W0404402

17. Mai 1993

Liebste Mami,

Alles alles Liebe zum Geburtstag von Deiner Uschi!

Über dieses Buch Eigenartigerweise sind die wohl beliebtesten Gestalten der Bibel, die Heiligen Drei Könige, historisch nicht belegt, während es über den Herrscher Herodes, dessen Land sie besuchen, Zeugnisse die Menge gibt, wie auch über andere biblische Figuren. Auf seine ganz besondere Art nimmt sich Tournier die Könige vor und erzählt deren Geschichte aus seiner Sicht. Damit nicht genug, steigert er noch die Legende – und führt einen vierten König ein, einen besonders liebenswerten. Nach dem Diktum, daß die Letzten die Ersten sein werden, kommt Taor, Prinz von Mangalore, andauernd zu spät.
Tournier fragt in seinem Buch: Wer waren die Heiligen Könige? Woher kamen sie? Was hat sie bewogen, ihre Reiche zu verlassen? Was fanden sie in Jerusalem und Bethlehem? Neben vielem anderen – einer der Weisen aus dem Morgenland ist äußerst vernascht – erfahren wir, daß Kaspar, der Negerkönig, Liebeskummer hatte; der junge Melchior war durch einen Staatsstreich vom Thron gejagt worden; Balthasar, der königliche Mäzen, sucht in Bethlehem die Ehrenrettung und Heiligung der vom Alten Testament mit Fluch belegten Welt der Bilder – es ist die Geburtsstunde der abendländischen Kunst. Mit diesem scheinbar naiv-farbigen Roman, dessen Urstoff im Evangelium nur wenige Zeilen ausmacht, taucht Michel Tournier tief in die Quellen unserer Kultur und Geistigkeit. Und lieferte gleichzeitig ein amüsantes Buch.

Der Autor Michel Tournier, geboren 1924 in Paris, studierte Rechtswissenschaften und Philosophie in Paris und Tübingen; war mehrere Jahre beim französischen Rundfunk, dann als Presseattaché, schließlich als Lektor bei Plon tätig; Mitglied der ›Academie Goncourt‹; übersetzte Erich Maria Remarque ins Französische; neben seinen literarisch äußerst anspruchsvollen Veröffentlichungen auch erfolgreich als Autor von Kinder- und Jugendbüchern. Michel Tournier lebt als freier Autor in der Nähe von Paris.
Vom selben Autor sind im Fischer Taschenbuch-Programm lieferbar: ›Der Wind Paraklet. Ein autobiographischer Versuch‹ (Bd. 5313), ›Freitag oder Im Schoße des Pazifik‹ (Bd. 5746), ›Zwillingssterne‹ (Bd. 5792), ›Der Erlkönig‹ (Bd. 5793), ›Die Familie Adam‹ (Bd. 5859), ›Gilles & Jeanne‹ (Bd. 5197) und ›Der Goldtropfen‹ (Bd. 9281).

Michel Tournier

Kaspar, Melchior & Balthasar

Roman

Aus dem Französischen
von Hellmut Waller

Fischer Taschenbuch Verlag

9.–10. Tausend: September 1991

Veröffentlicht im Fischer Taschenbuch Verlag GmbH,
Frankfurt am Main, Dezember 1985

Lizenzausgabe mit freunlicher Genehmigung des
Hoffmann und Campe Verlags, Hamburg
Die französische Originalausgabe ›Gaspard, Melchior & Balthazar‹
erschien im Verlag Editions Gallimard, Paris

Umschlaggestaltung: Jan Buchholz / Reni Hinsch
unter Verwendung einer Illustration von Londinsky-Pasternak
Druck und Bindung: Clausen & Bosse, Leck
Printed in Germany
ISBN 3-596-25947-9

Kaspar, König von Meroë

Schwarz bin ich, doch bin ich König. Vielleicht lasse ich sie eines Tages auf dem Tympanon meines Palastes einmeißeln, diese Paraphrase zu Sulamiths Lied *Nigra sum, sed formosa*. Wahrhaftig: Gibt es für einen Mann eine größere Schönheit als die Königskrone? Für mich war das eine Gewißheit, die so feststand, daß ich nicht einmal daran dachte. Bis zu dem Tag, da die Blondheit in mein Leben hereinbrach...

Es begann alles zur Zeit des letzten Wintermondes mit einer ziemlich wirren Warnung meines Ersten Astrologen Barka Maï. Der ist ein redlicher, sorgsamer Mann, dessen Wissenschaft mir um so mehr Vertrauen einflößt, je mehr er selbst ihr mißtraut.

Träumend saß ich vor dem über und über sternfunkelnden Nachthimmel auf der Terrasse des Palastes, und die ersten lauen Lüfte des Jahres strichen darüber hin. Nach einem Sandsturm, der acht lange Tage gewütet hatte, war das die befreiende Wende, und ich sog mir mit dem Gefühl, in der Wüste Atem zu schöpfen, die Lungen voll. Ein leises Geräusch sagte mir, daß hinter mir jemand stehe. An der taktvoll-behutsamen Art seines Nähertretens hatte ich ihn erkannt: Es konnte kein anderer sein als Barka Maï.

»Friede sei mit dir, Barka! Was hast du mir zu berichten?« fragte ich ihn.

»Ich weiß so gut wie nichts, Herr«, antwortete er vorsichtig wie immer, »aber ich darf es dir nicht verhehlen, dieses Nichts. Ein Mann, der viel herumreist und gerade von den Nilquellen kommt, behauptet, ein Komet sei auf dem Weg zu uns.«

»Ein Komet? Erklär' mir doch, bitte, was ein Komet ist, und was es bedeutet, wenn ein Komet erscheint.«

»Deine erste Frage läßt sich leichter beantworten als die zweite. Das Wort kommt von den Griechen zu uns: ἀστὴρ κομήτης, was *Haargestirn* heißt. Das ist ein Stern, der unstet umherirrt; er erscheint und verschwindet ganz unberechenbar am Himmel und besteht eigentlich nur aus einem Haupt, das eine volle, wallende Mähne hinter sich herzieht.«

»Also ein abgeschlagener Kopf, kurz gesagt, der hoch in den Lüften fliegt. Sprich weiter.«

»Leider, Herr, ist das Erscheinen von Kometen selten ein gutes Omen, mag auch das Unheil, das sie künden, beinah stets voll tröstlicher Verheißungen sein. Geht ein Komet beispielsweise dem Tod eines Königs voraus – weiß man denn, ob er da nicht schon die Thronbesteigung des jungen Königs feiert, der ihm nachfolgt? Bereiten die mageren Kühe nicht in aller Regel den Weg für die Jahre der fetten Kühe?«

Ich bat ihn, ohne weitere Umschweife geradewegs zur Sache zu kommen.

»Also kurz gefragt: Was hat denn dein Komet, den dein Gewährsmann uns verheißt, so Bemerkenswertes an sich?«

»Zunächst einmal kommt er von Süden und zieht nordwärts, aber manchmal hält er plötzlich inne, macht wunderliche Sprünge oder schlägt Haken, und so ist es keineswegs gewiß, daß er auch über unseren Himmel zieht. Täte er es nicht, so könnte dein Volk darob sehr erleichtert sein!«

»Oftmals schreibt man ja Wandersternen sonderbare Gestalten zu: ein Schwert, eine Krone, eine geballte Faust, aus der Blut träuft, und was weiß ich noch alles!«

»Nein, der unsere ist ein ganz gewöhnlicher Komet, ein Kopf, wie gesagt, mit wallendem Haar. Was dieses Haar anbelangt, ist mir freilich eine recht sonderbare Beobachtung geschildert worden.«

»Nämlich?«

»Ach – die Haare sollen von Gold sein, heißt es. So richtig ein Komet mit goldenem Haar.«

»Nun, das sieht mir ja nicht gerade bedrohlich aus!«

»Schon, schon, aber glaube mir, Herr«, wiederholte er mit gedämpfter Stimme, »für dein Volk wäre es eine große Erleichterung, wenn er seine Bahn nicht über Meroë zöge!«

Ich hatte dieses Gespräch wieder vergessen, da ging ich zwei Wochen später in Baaluk mit meinem Gefolge eilends über den Markt, der berühmt ist wegen der vielfältigen und von weither zusammengetragenen Waren, die dort feilgeboten werden. Ich war schon immer begierig auf fremdartige Dinge und seltsame Wesen, wie die Natur sie sich gern einfallen läßt. So wurde auf mein Geheiß in meinen Gärten eine Art zoologischer Naturpark angelegt, in dem bedeutsame Zeugnisse der afrikanischen Tierwelt in Hege gehalten werden. Ich halte Gorillas, Zebras, Spießböcke, heilige Ibisse, Pythonschlangen aus Seba und Lachende Seidenaffen darin. Löwen und Adler habe ich als zu gewöhnlich und auf allzu vulgäre Art symbolträchtig ausgeschieden, doch warte ich auf ein Einhorn, einen Vogel Phönix und einen Drachen, die Durchreisende mir versprochen haben und die ich ihnen, um sicher zu gehen, im voraus bezahlt habe.

An diesem Tag hatte Baaluk aus dem Tierreich nichts sehr Ansprechendes zu bieten. Immerhin machte ich kleine Einkäufe und legte mir einen Posten Kamele zu, denn ich hatte mich seit Jahren nicht mehr weiter als zwei Tagemärsche von Meroë entfernt und empfand dunkel das Bedürfnis nach einer Entdeckungsreise in die Ferne, wobei ich zugleich fühlte, daß sie mir schon bald bevorstehe. Und so kaufte ich

Bergkamele aus Tibesti – schwarze, kraushaarige Tiere, die nicht müde werden – Lastkamele aus Batha – schwere Kolosse mit kurzem, gelblichem Haar, unbeholfen und darum im Gebirgsland nicht zu gebrauchen, aber unempfindlich gegen Stechmücken, Fliegen und Bremsen – und natürlich auch feine, behende, mondfarben schimmernde Läufer, nämlich jene gazellenleichten Meharis, wie das wilde Volk der Garamanten droben von den Höhen des Hoggar oder des Tassili sie mit scharlachroten Sätteln reitet.
Was uns am längsten aufhielt, war jedoch der Sklavenmarkt. Ich habe die Verschiedenheit der Rassen stets zu schätzen gewußt. Mir scheint, der menschliche Geist ziehe zu seiner Entfaltung Nutzen aus den mannigfachen Unterschieden an Größe, Profil und Farbe – ähnlich wie die Dichtkunst weltweit durch die Vielfalt der Sprachen gewinnt. Ich erwarb ohne viel Hin und Her ein Dutzend winziger Pygmäen; ich habe mir vorgenommen, sie als Ruderer auf der königlichen Feluke zu verwenden, mit der ich jeden Herbst zwischen dem achten und fünften Katarakt nilaufwärts fahre, um Silberreiher zu jagen. Ich hatte mich auf den Rückweg gemacht, ohne auf die große Schar derer zu achten, die in Ketten, schweigend und trübselig, etwaiger Käufer harrten. Nicht übersehen konnte ich jedoch zwei goldene Flekke, die inmitten dieser schwarzen Köpfe leuchtend hervorstachen: eine junge Frau, und bei ihr ein Halbwüchsiger. Die Haut hell wie Milch, die Augen grün wie das Wasser, wallte ihnen das Haar in Fülle auf die Schultern herab, Haar aus dem feinsten, sonnenglänzendsten Metall.
Ich bin, wie gesagt, höchst begierig auf wunderliche Launen der Natur; wirklich Geschmack jedoch finde ich eigentlich nur an dem, was aus dem Süden zu uns kommt. Unlängst haben Karawanen aus dem Norden einige von jenen hyperboreischen Früchten mitgebracht, die ohne Sonne und Wär-

me zu reifen vermögen und die man Äpfel, Birnen, Aprikosen nennt. Obschon ich hingerissen war, diese monströsen Dinge vor mir zu sehen, so stieß mich doch, als ich sie kostete, das Wässerig-Fade, Blutleere daran ab. Daß sie sich so erbärmlichen Klimabedingungen angepaßt hatten, war gewiß ein Verdienst – aber wie sollten sie bei Tisch auch nur mit der bescheidensten Dattel konkurrieren können?

Mit einem ganz ähnlichen Gefühl schickte ich denn auch meinen Verwalter hin, sich nach Herkunft und Preis der jungen Sklavin zu erkundigen. Er kam gleich wieder zurück. Sie gehöre, sagte er, mit ihrem Bruder zum Bestand einer phönizischen Galeere, die von massylischen Seeräubern gekapert worden sei. Und ihr Preis, der sei durch die Tatsache belastet, daß der Händler darauf bestehe, sie nicht ohne den jungen Burschen zu verkaufen.

Ich zuckte die Achseln, gab Weisung, den Preis für die beiden zu bezahlen, und vergaß meine Neuerwerbung gleich wieder. Tatsächlich machten meine Pygmäen mir wesentlich mehr Spaß. Überdies mußte ich mich nach Nauarik auf den großen Jahrmarkt begeben, auf dem die pikantesten Gewürze, die herrlichsten Konfitüren, die feurigsten Weine, aber auch die wirksamsten Heilmittel zu finden sind, kurzum, einfach alles, was das Morgenland an Berauschendem zu bieten hat: vielerlei Duftsubstanzen, Tragant, Balsam und Moschus. Für die siebzehn Frauen meines Harems ließ ich mehrere Scheffel verschiedenartigen kosmetischen Puders und zu meinem persönlichen Gebrauch eine ganze Truhe voller Weihrauchstäbchen kaufen. Es erscheint mir nämlich in der Tat geziemend, wenn ich bei der Erfüllung amtlicher Funktionen richterlicher oder administrativer Art oder bei religiösen Zeremonien von kleinen Räucherschalen umgeben bin, aus denen aromatisch duftender Rauch emporwirbelt. Das gibt etwas Majestätisches und beeindruckt die Gemüter.

Weihrauch paßt zur Krone wie der Wind zur Sonne.
Auf dem Heimweg von Nauarik, und berauscht von Wohlklängen und Speisen, stieß ich unvermutet wieder auf meine beiden Phönizier, und wieder lag es an ihrer Blondheit, daß ich auf sie aufmerksam wurde. Wir näherten uns dem Brunnen von Hassi Kef und hatten vor, dort zu übernachten. Nach einem glühheißen Tag in völliger Abgeschiedenheit mehrten sich nunmehr die Anzeichen, daß eine Wasserstelle in der Nähe sein mußte: Fußspuren von Menschen und Tieren im Sand, erloschene Feuerstellen, abgehackte Baumstümpfe, und bald auch Schwärme von Geiern am Himmel, denn wo Leben ist, sind auch Leichen. Als wir an den Rand der weiten Mulde kamen, in der Hassi Kef liegt, zeigte uns eine Staubwolke, wo der Brunnen war. Ich hätte ein paar Mann hinschicken können, um alles für die königliche Karawane freizumachen. Mir wird zuweilen vorgeworfen, ich verzichtete zu oft auf meine Vorrechte. Das ist bei mir nicht etwa Ausfluß einer Demut, die ja wahrhaftig ganz unangebracht wäre. Denn Stolz hab' ich mehr als genug, und meine nahen Vertrauten entdecken mitunter in den Fugen einer vollendet gespielten Leutseligkeit, wie maßlos dieser Stolz ist. Aber so bin ich nun einmal: Ich liebe die Dinge, die Tiere und die Menschen, und ich vertrage die Einsamkeit schlecht, die mir die Krone aufzwingt. In Wahrheit gerät meine Wißbegierde ständig in Konflikt mit der Zurückhaltung und Distanz, die mir die Königswürde gebietet. Umherschlendern, sich unter Menschen mischen, beobachten, Gesichter, Gebärden, Blicke erhaschen – ein köstlicher Traum, der einem Herrscher versagt ist.
Insgesamt bot Hassi Kef, in rötlich-staubflirrenden Glorienschein gehüllt, einen großartigen Anblick. In langen Reihen fallen nun, da es hinabgeht, die Tiere in Trab und sprengen hinein in die tosende Menge, die sich um die

Wassertröge drängt. Kamele und Esel, Rinder und Schafe, Ziegen und Hunde stoßen und schieben einander und waten dabei in einem Schlamm aus Jauche und gehäckseltem Stroh. Äthiopische Hirten, fein und hager wie aus Ebenholz geschnitzt, mit Stöcken oder Dornzweigen bewaffnet, machen sich bei den Tieren zu schaffen. Manchmal bücken sie sich und werfen ein paar Handvoll Erde auf die Böcke und die Widder, die miteinander zu kämpfen beginnen. Der starke, lebendige Geruch, noch verstärkt von Hitze und Wasser, wirkt berauschend wie purer Alkohol.

Doch ein Gott herrscht über dieses lärmende Treiben. Auf einem Querbalken mitten in der Mündung des Brunnenschachts stehend, bewegt der Schöpfknecht seine beiden Arme wie Windmühlenflügel; er faßt das Seil weit unten und schwingt es hochauf über den Kopf, bis der volle Ledereimer in Reichweite seiner Hände kommt. Das klare Wasser ergießt sich als jäher Sturzbach in die Tröge, wo es gleich schmutzig wird. Schlaff saust das Ledergefäß wieder hinab in den Brunnen, das Seil windet sich wie eine wütende Schlange in den Händen des Schöpfknechts, und die beiden Arme beginnen von neuem ihre großen Kreise zu schlagen.

Diese äußerst beschwerliche Arbeit muß häufig ein armseliger, gemarterter Körper verrichten, der sich ächzend, stöhnend in Ach! und Oh! Luft macht und jeglichen Anlaß sucht, in seinem Bemühen nachzulassen oder innezuhalten, und der Aufseher ist nie weit, um, die lange Peitsche in der Hand, einen immerfort schwindenden Eifer aufs neue zu beleben. Uns freilich bot sich ganz der gegenteilige Anblick: eine Statue aus hellem Kupfer, mit schwarzen Schlammflekken getigert, triefend von Wasser und Schweiß, eine wunderbar ineinanderspielende Einheit aus Muskeln und Sehnen, die ihren Dienst mühelos, gleichsam mit Schwung, ja mit Überschwang tat, eher ein Tänzer als ein Arbeiter, und wenn dieser Gott dann weitausholend das Seil über seinen Kopf hob, wandte er aufblickend das Gesicht dem Himmel zu und schüttelte wie von Glück übermannt seine goldene Mähne.

»Wer ist dieser Mann?« fragte ich meinen Stellvertreter.

Etwas später kam die Antwort, und sie rief mir Baaluk, seinen Markt und die beiden Phönizier, die ich dort gekauft hatte, wieder in Erinnerung.

»Hatte er nicht eine Schwester?«

Das Mädchen, so wurde mir berichtet, sei auf den Hirsefeldern beschäftigt. Ich befahl, man solle die beiden künftig beisammen lassen und sie in Meroë in das Personal des Palastes eingliedern. Das Weitere später.

Das Weitere später... Die fertige Formel, Ausdruck für den ungesäumten Vollzug eines Befehls, dessen Endzweck rätselhaft und gleichsam im Dunkel der Zukunft verborgen bleibt, gewann in diesem besonderen Fall eine gravierende Bedeutung. Sie besagte nämlich, ich gehorchte einem Impuls, dem ich mich nicht entziehen konnte, obschon es keinen Zweck gab, der ihn rechtfertigte – wenigstens meines Wissens nicht, denn es konnte ja sein, daß die beiden Fremden in einen Plan des Schicksals hineingehörten, der mir entging.

An den folgenden Tagen mußte ich unaufhörlich an meine lichten Sklaven denken. Als ich in der Nacht vor der Rückkehr in meinen Palast keinen Schlaf fand, verließ ich das Zelt und ging ohne Gefolge ziemlich weit in die Steppe hinein. Zunächst schritt ich aufs Geratewohl dahin, freilich bemüht, die Richtung beizubehalten, doch gewahrte ich bald in der Ferne einen Lichtschimmer, den ich für den Schein eines Feuers hielt und ohne klare Überlegung zum Ziel meines nächtlichen Wanderns erkor. Da entspann sich sozusagen ein Spiel zwischen mir und dem Feuer, denn es verschwand und tauchte wieder auf, immerfort, je nach den Mulden und Buckeln, den Sträuchern und Felsen im Gelände; dabei kam es augenscheinlich nicht näher. Bis ich, als es schon für immer verschwunden schien, auf einmal vor einem alten Mann stand, der an einem von einer Kerze beleuchteten niedrigen Tisch hockte. Inmitten dieser endlosen Einsamkeit stickte er Goldfäden auf ein Paar Pantoffeln. Da anscheinend nichts sein Tun stören konnte, setzte ich mich ohne Umstände ihm geradewegs gegenüber. Alles an dieser Erscheinung, die in einem Ozean von tiefem Schwarz trieb, war weiß: der Musselinschleier, der das Haupt des Alten umgab, sein leichenblasses Gesicht, sein großer Bart, der Mantel, in den er gehüllt war, seine langen, durchscheinenden Hände, bis hin zu einer blühenden Lilie, die in einem winzigen Kristallglas geheimnisvoll auf dem Tisch stand. Ich sog mir Augen, Herz und Seele voll mit dem Anblick solch heiterer Ruhe, um eines Tages, wenn die Leidenschaft an meine Tür klopfe, in Gedanken darauf zurückgreifen und Stärke und Trost daraus schöpfen zu können.

Lange Zeit schien er meiner Anwesenheit nicht gewahr zu werden. Schließlich legte er seine Arbeit weg, faltete die Hände und blickte mir ins Gesicht.

»In zwei Stunden«, sprach er, »färbt sich gen Aufgang der Himmel rosen. Doch das reine Herz hofft mit nicht geringerer Zuversicht auf das Kommen des Erlösers wie der Wachtposten, der auf den Stadtmauern den Sonnenaufgang erwartet.«

Er verstummte wieder. Es war die bewegende Stunde, da, noch tief ins Dunkel getaucht, die ganze Erde sich sammelt im Vorgefühl des ersten Morgenschimmers.

»Der Sonnengott...« murmelte der Alte. »So herrisch gebietet er Schweigen, daß man von ihm nur mitten in der Nacht zu reden vermag. Ein halbes Jahrhundert schon un-

terwerfe ich mich seinem großen, furchtbaren Gesetz; seine Bahn von einem Horizont zum anderen ist die einzige Bewegung, die ich ertrage. Eifersüchtiger Gott, keinen anderen als dich kann ich mehr anbeten, doch du verabscheust das Denken! Du gabst keine Ruhe, ehe du mir nicht alle Muskeln im Leib schwer gemacht, jeglichen Schwung meines Herzens getötet, jegliches Leuchten meines Geistes überstrahlt hattest. Unter deiner tyrannischen Herrschaft verwandle ich mich Tag um Tag in meine eigene, durchscheinende Steinfigur. Aber ich gebe zu, es ist ein großes Glück, so zu Stein zu werden.«
Abermals schwieg er still. Dann, als käme ihm plötzlich mein Vorhandensein wieder in den Sinn, sprach er zu mir: »Geh jetzt, geh fort, ehe er da ist!«
Ich wollte eben aufstehen, da zog durch die Terebinthenzweige ein duftschwerer Hauch. Und gleich darauf, unglaublich nah, erscholl das einsame Schluchzen einer Hirtenflöte. Mit unsagbarer Trauer drang die Musik in mich ein.
»Wer ist das?« fragte ich.
»Das ist Satan. Er weint ob der Schönheit der Welt«, erwiderte er, und seine Stimme klang weich, ganz im Gegensatz zu der Härte seiner vorigen Worte. »So geht es allen tief gesunkenen Geschöpfen: die Reinheit der Dinge läßt alles Schlechte, das in ihnen ist, vor Sehnsucht und Reue bluten. Nimm dich in acht vor lichthellen Wesen!«
Er beugte sich über den Tisch herüber und gab mir seine Lilie. Ich ging, die Blüte wie eine Kerze zwischen Daumen und Zeigefinger haltend, von dannen. Als ich das Lager erreichte, tauchte ein goldleuchtender Streifen überm Horizont die Dünen in lohende Glut. In mir tönte Satans Klage fort und fort. Ich wollte noch nichts erkennen, aber ich wußte genug, um zu begreifen: die Blondheit war in mein Leben eingebrochen und drohte es zu verheeren.

Die Festung Meroë – die gräzisierte Form des ägyptischen Namens *Barua* – ist auf den Ruinen und mit dem Basaltmaterial einer früheren Pharaonenburg erbaut. Sie ist mein Zuhause. Hier bin ich geboren, hier wohne ich, wenn ich nicht auf Reisen bin, hier werde ich höchstwahrscheinlich sterben, und der Sarkophag, in dem meine sterbliche Hülle ruhen soll, steht bereit. Freilich ist diese Feste keine heitere Behausung, eher eine Kriegswaffe und überdies eine Nekropole. Aber sie schützt vor Hitze und Sandsturm, und zudem bilde ich mir ein, sie sei mir ähnlich, und so liebe ich durch sie hindurch ein wenig mich selbst. Ihr Herzstück ist ein riesenhafter Brunnen, der aus der Glanzzeit der Pharaonen stammt. In Fels gehauen, reicht er zweihundertsechzig Fuß tief hinunter bis auf die Höhe des Nilwasserspiegels. In halber Höhe wird er von einer Plattform durchschnitten, zu der Kamele auf einer gewendelten Rampe hinuntergelangen können. Sie setzen ein Schöpfwerk in Gang, mit dem das Wasser in eine erste Zisterne gehoben wird; sie wiederum speist ein zweites Schöpfwerk, von dem das große Freibekken im Palast mit Wasser versorgt wird.
Die Besucher, die dieses großartige Bauwerk bestaunen, wundern sich zuweilen, daß dieses reichlich fließende, reine Wasser nicht dazu benutzt wird, den Palast mit Blumen und Grün zu schmücken. Tatsache ist, daß hier kaum mehr Vegetation vorhanden ist als mitten in der Wüste. So ist es eben. Weder ich noch meine Hausgenossen noch die Frauen meines Harems können uns – wohl weil wir alle aus dem dürren Land im Süden kommen – ein Meroë vorstellen, das grünt. Doch verstehe ich wohl, daß ein Fremder sich von der unwirtlichen Kargheit dieses Ortes schier erdrückt fühlt.
Das galt wohl sicherlich auch für Biltine und Galeka, zumal sie in all ihrer Heimatlosigkeit auch noch ihrer Hautfarbe

wegen von den anderen Sklaven abgelehnt wurden. Als ich die vom Niger stammende Haremsälteste über Biltine befragte, sah ich, wie sie, die doch gewohnt ist, Rassen und Völkerschaften durcheinanderzumengen, in einer ruckartigen Bewegung des Abscheus auffuhr. Mit dem Freimut des Weibes, das ich schon als Kind gekannt und das meine ersten Taten auf dem Feld der Liebe geleitet hatte, häufte sie sarkastische Bemerkungen auf die Neue, hinter denen kaum verhüllt die vorwurfsschwere Frage stand: Warum, weshalb nur hast du dieses Geschöpf ans Land gezogen? Sie schilderte sie bis ins kleinste dessen farblose Haut, durch die da und dort violette Äderchen schimmerten, die große, schmale, spitze Nase, die breiten, abstehenden Ohren, den Flaum an Unterarmen und Waden und andere schwere Mängel, mit denen eine schwarze Bevölkerung überall den Widerwillen zu begründen trachtet, den die Weißen ihr einflößen.
»Und übrigens«, schloß sie, »behaupten die Weißen, sie seien weiß. Aber sie lügen. In Wahrheit sind sie nicht weiß, sie sind rosa, rosig wie die Schweine! Und sie stinken!«
Ich verstand diese Litanei, den Ausdruck der Fremdenfeindlichkeit eines Volkes mit mattschwarzer Haut, stumpfer Nase, winzig kleinen Ohren und unbehaartem Körper, das an Menschen nur zwei Gerüche kennt – beide ohne Geheimnis und längst vertraut –: den der Hirseesser und den der Maniokesser. Ich begriff sie wohl, diese Fremdenfeindlichkeit, denn ich teilte sie ja, und es ist sonnenklar, daß in meine Neugier auf Biltine auch eine Art urtümlicher Abneigung einfloß.
Ich hieß das alte Weib sich zu mir setzen, gedachte in ungezwungen-vertraulichem Ton, der ihr wohltun und sie gerührt stimmen mußte, der frühen Jahre meines Hineinwachsens in das Leben, und fragte sie:
»Sag' mal, meine alte Kallaha, es gibt eine Frage, die ich mir

von Kindheit auf immerfort gestellt habe, ohne je die Antwort darauf zu finden. Du aber, du müßtest die Antwort wissen.«

»Frag' immerhin, mein Junge«, sprach sie mit einer Mischung aus Gutmütigkeit und Mißtrauen.

»Hör' zu! Bei blonden Frauen, siehst du, da hab' ich mich immer gefragt, wie das Vlies an den drei Stellen ihres Körpers wohl aussehen mag. Ist es ebenfalls blond wie das Haar auf ihrem Haupt, oder schwarz wie bei unseren Frauen, oder hat es gar noch eine andere Farbe? Sag' mir's, du hast die Fremde ja nackt ausgezogen.«

Jäh stand Kallaha auf, aufs neue vom Zorn gepackt.

»Du stellst zu viel Fragen über diese Kreatur! Das klingt ja, als interessiertest du dich nicht wenig für sie? Soll ich sie zu dir senden, damit du deine Forschungen selber betreiben kannst?«

Diese Alte ging zu weit. Es war an der Zeit, daß ich sie zu mehr Zurückhaltung mahnte. Ich stand auf. Mit veränderter Stimme befahl ich:

»Ganz recht! Eine glänzende Idee! Mache sie zurecht, und sie soll zwei Stunden nach Sonnenuntergang hier sein.«

Kallaha verneigte sich und ging, rückwärts schreitend, hinaus.

Ja, die Blondheit war in mein Leben getreten. Es war wie eine Krankheit, die mich eines Morgens erfaßt hatte, als ich in Baaluk über den Sklavenmarkt gegangen war. Und als Biltine sich, gesalbt und in Wohlgerüche gehüllt, in meinen Gemächern einfand, da verkörperte sie lediglich diese Wendung meines Schicksals. Ich war sogleich betroffen von dem lichten Schimmer, der zwischen den dunklen Wänden der Kammer von ihr auszugehen schien. In diesem schwarzen Palast leuchtete Biltine wie eine Goldstatuette in der Tiefe einer Truhe aus Ebenholz.

Sie kauerte sich, die Hände im Schoß verschränkt, ohne weiteres vor mir nieder. Ich verschlang sie mit den Augen. Ich mußte an die boshaften Bemerkungen denken, die Kallaha vorhin geäußert hatte. Sie hatte auf den Flaum an ihren Unterarmen angespielt, und wirklich sah ich im bebenden Licht der Fackeln ihre nackten Arme über und über mit feuerglänzenden Flittern bedeckt. Ihre Ohren aber verschwanden unter dem langen, gelösten Haar, die zierliche Nase gab ihrem Gesicht einen Ausdruck anmaßender Intelligenz. Was ihren Geruch anbelangt, sperrte ich meine Nüstern weit auf in der Absicht, etwas davon zu erhaschen, aber ich tat es mehr aus Begierde als um bestätigt zu finden, was man den Weißen von alters her so verächtlich nachsagt und woran das alte Weib wieder erinnert hatte. Und dann verharrten wir eine ganze Weile so, die weiße Sklavin und ihr schwarzer Gebieter in gegenseitiger Betrachtung. Mit wollüstigem Schrecken fühlte ich, wie sich meine Neugier gegenüber dieser Rasse mit ihren sonderbaren Eigenarten in Zuneigung, in Leidenschaft verwandelte. Die Blondheit nahm mein Leben in Besitz...

Schließlich raffte ich mich zu einer Frage auf – einer Frage, die in ihrem Munde passender gewesen wäre als in dem meinen, wenn Sklaven überhaupt das Recht gehabt hätten, Fragen zu stellen:

»Was willst du von mir?«

Eine ungewöhnliche, gefährliche Frage, denn Biltine konnte sie so auffassen, als wollte ich ihren Preis wissen, während sie mir doch bereits gehörte. Und so verstand sie die Frage wohl auch, denn sie antwortete sogleich:

»Mein Bruder Galeka. Wo ist er? Wir sind zwei Hyperboreerkinder, verloren in Afrikas Wüste. Trenne uns nicht! Meine Dankbarkeit wird dich glücklich machen.«

Schon am nächsten Tag waren Bruder und Schwester vereint. Dafür mußte ich der stummen Feindseligkeit des ganzen Palastes von Meroë ins Auge sehen, und die alte Kallaha war natürlich nicht die letzte, wenn es darum ging, die unerklärliche Huld zu verurteilen, die ich den beiden Weißen so sichtlich erwiese. Täglich erfand ich einen Vorwand, um sie an meiner Seite zu haben. Wir waren beim Segeln auf dem Atbara, bei einer Besichtigung der Totenstadt Begeraujeh, bei einem Kamelrennen in Guz-Redscheb, oder wir saßen ganz einfach auf der hohen Terrasse des Palastes, Biltine sang phönizische Weisen und begleitete sich dabei auf der Kithara.

Meine Art, die Geschwister zu betrachten, wandelte sich allmählich. War ich zunächst von ihrer gemeinsamen Blondheit geradezu geblendet gewesen, so wich dies nun der Gewohnheit. Ich sah sie nun besser und fand sie, von der Gleichheit der Rasse abgesehen, einander immer weniger ähnlich. Vor allem lernte ich mehr und mehr ermessen, wie strahlend schön Biltine war, und ich spürte, wie mein Herz sich mit Finsternis füllte, als müsse sie immerfort an Liebreiz zunehmen, und ich sei damit geschlagen, dafür unausweichlich immer häßlicher zu werden. Ja, ich ward immer trauriger, reizbarer, trübsinniger. Die Wahrheit ist, daß ich mich nicht mehr mit demselben Blick betrachtete: Ich fand mich grobschlächtig, tierisch, unfähig, in einem anderen Freundschaft oder Bewunderung zu wecken – von Liebe gar nicht zu reden. Sprechen wir es nur aus: Mein Negertum ward mir verhaßt. Und da kam mir auch wieder in den Sinn, was der Weise mit der Lilie gesagt hatte: »Dieser verzehrende Klang, das ist Satan: er weint ob der Schönheit der Welt.« Der arme Neger, der zu sein ich mir bewußt war, weinte vor der Schönheit einer Weißen. Die Liebe hatte mich dazu gebracht, im Grund meines Herzens mein Volk zu verraten.

Über Biltine brauchte ich mich indessen nicht zu beklagen.

Seit ihr Bruder an unseren Ausflügen und Lustpartien teilnahm, erwies sie sich als die ausgelassenste unter ihren Gefährtinnen. Die liebreizende Freundlichkeit, die sie mir überreichlich schenkte, machte mich trunken vor Glück, und die Erinnerung daran bleibt meinem Gedächtnis köstlich, so bitter die Tage waren, die diesem Fest folgten. Selbstverständlich zweifelte ich nicht daran, daß sie meine Geliebte würde. Eine Sklavin kann sich dem Verlangen ihres Herrn nicht entziehen, erst recht nicht, wenn er König ist. Aber den Augenblick dafür schob ich hinaus, denn ich war noch nicht zu Ende damit, sie zu betrachten, und zu beobachten, wie sich der Blick veränderte, mit dem ich sie anschaute. Auf die Neugierde, die ein ungewöhnlich aussehendes, unheimliches und irgendwie abstoßendes Wesen in mir erregt hatte, war jener tiefe Durst des Fleisches gefolgt, der sich mit nichts anderem als dem jammervoll-quälenden Hunger des Rauschgiftsüchtigen im Stadium des Entzugs vergleichen läßt. Doch der Reiz des Unbekannten, den ich an ihr fand, spielte bei meiner Liebe nicht wenig mit. In diesem düsteren Palast aus Basalt und Ebenholz verschwammen die afrikanischen Frauen meines Harems mit den Wänden und den Möbeln. Mehr noch, ihre Körper mit den straffen, vollendeten Formen zeigten Verwandtschaft mit dem Material ihrer Umgebung. Man mochte glauben, sie seien aus Mahagoni geschnitzt, in Obsidian gehauen. Mit Biltine, so schien mir, entdeckte ich zum erstenmal das Fleisch. Das Weiße, das Rosige an ihm – sie gaben ihm eine unvergleichliche Fähigkeit dazu, nackt zu sein. *Schamlos* – so lautete unwiderruflich das Urteil, das Kallaha darüber gefällt hatte. Ich war ganz ihrer Meinung. Aber eben das war es, was mich am stärksten zu meiner Sklavin zog. Der Schwarze, selbst bar jeglicher Kleidung, ist immer angezogen. Biltine war immer nackt, selbst wenn sie sich bis zu den

Augen verhüllte. Das geht so weit, daß dem Leib eines Afrikaners nichts so gut steht wie Kleider in lebhaften Farben, Schmuck aus massivem Gold, kostbare Steine. Dagegen wirkten dieselben Dinge auf Biltines Körper schwer und künstlich, als widersprächen sie dessen Bestimmung, ganz und gar nackt zu sein.

Es kam das Fest der Befruchtung der Dattelpalmen. Da bei ihnen die Zeit der Blüte gleich am Ende des Winters liegt – bei den männlichen Pflanzen mit etlichen Tagen Vorsprung vor den weiblichen – geschieht die Befruchtung im vollen Prangen des Frühlings. Die männlichen Dattelpalmen verstreuen ihren Samenstaub in den Lüften, doch in den Palmpflanzungen macht die Anzahl weiblicher Bäume, bezogen auf die männlichen – fünfundzwanzig weibliche auf einen männlichen, das getreue Abbild des Zahlenverhältnisses zwischen den Frauen eines Harems und ihrem Herrn – ein Eingreifen von Menschenhand erforderlich. Übrigens obliegt es ausschließlich verheirateten Männern, einen männlichen Blütenzweig zu pflücken und ihn über weiblichen Blüten in alle vier Himmelsrichtungen zu schütteln, bevor er dann mitten in dem Blütenstand abgelegt wird. Gesang und Tanz vereinen die jungen Leute am Fuß der Bäume, auf denen die Pollenspender am Werk sind. Die Lustbarkeiten dauern so lange wie das Befruchten auch, und sie sind üblicherweise der Anlaß, Verlöbnisse einzugehen, ebenso wie dann sechs Monate später, beim Erntefest, die Hochzeiten gefeiert werden. Das rituelle Mahl am Befruchtungsfest ist eine Antilopenkeule, mariniert, mit Trüffeln, ein pikant zubereitetes Gericht, in das Piment, Zimt, Gewürznelken, Ingwer, Muskatnuß und Paradieskörner hineingehören.

Wir hatten nicht versäumt, uns unter das fröhliche Volk zu mischen, das in dem großen Palmenhain von Meroë trank, schmauste und tanzte. Biltine wollte sich in eine

Gruppe tanzender Mädchen einreihen. Sie ahmte sie nach, so gut sie konnte, die knappen, wiegenden Bewegungen des ganzen Körpers, wie sie, zusammen mit dem völlig unbewegten Kopf und den ganz kleinen Schritten der Füße, den Tänzen der Frauen von Meroë das hieratische Gepräge verleihen. Fühlte sie wie ich, wie sehr sie von ihnen abstach, diesen Mädchen mit den zernarbten Wangen und dem hartgeflochtenen Haar, die peinlich genauen Speisevorschriften unterworfen sind? Auf ihre Weise fühlte sie es wohl, denn es tat ihr sichtlich weh, sich zu diesem Tanz aufzuraffen, der Afrikas ganzen Überschwang in ein Mindestmaß von Bewegungen zusammendrängt.

Um so froher war ich dann zu sehen, wie sie beim nächtlichen Mahl der Antilopenkeule zusprach, nachdem sie schon zuvor hemmungslos von den kleinen Gaumenfreuden gekostet hatte, die üblicherweise vorher gereicht werden: Estragonblütensalat, Kolibrispießchen, Hirn junger Hunde in länglichen Kürbissen, geröstete Regenpfeifer in Weinlaub, in Butter gebratene Widderschnauzen und, nicht zu vergessen, Schafsschwänze, die nichts anderes als Beutel von reinstem Fett sind. Palmwein und Reisschnaps flossen unterdessen in Strömen. Bewundernd sah ich, daß Biltine inmitten all dieser Viktualien, denen sie so gut zusprach, elegant, reizend, verführerisch zu bleiben verstand. Jede andere Frau im Palast hätte geglaubt, nur mit spitzen Lippen ein wenig daran herumknabbern zu dürfen. Biltine legte in ihren prächtigen Appetit so viel jugendliche Fröhlichkeit hinein, daß es ansteckend wirkte. So ergab ich mich für einen Augenblick den Gaumenfreuden ebenso wie sie – für einen Augenblick nur, denn die Stunden verstrichen, die Nacht neigte sich dem Morgen zu; wiederum erfüllte Satans Schluchzen mein Herz, und ein neu aufsteigender Argwohn vergiftete mir das Gemüt: wollte Biltine sich deshalb mit

Speisen und alkoholischen Getränken betäuben, weil sie wußte, daß sie noch vor Sonnenaufgang das Bett mit mir teilen werde? Mußte sie nicht betrunken und abgestumpft sein, um das intime Beisammensein mit einem Neger ertragen zu können?

Nubische Sklaven trugen das schmutzige Geschirr und die Reste des nächtlichen Mahles ab, da kam ich darauf, daß Galeka verschwunden war. Dieses Zeichen von Takt seinerseits – doch war Biltine daran sicher nicht wenig beteiligt – rührte mich und gab mir mein Selbstvertrauen wieder. Ich zog mich auch meinerseits zurück, um mich mit duftenden Essenzen zu besprengen und mich meiner Waffen und des königlichen Schmucks zu entledigen. Als ich wieder zu dem Wust von Pelzwerk und Kissen zurückkam, die im Übermaß die Terrasse des Palastes deckten, fand ich Biltine mit gekreuzten Armen darauf ausgestreckt; sie sah mich lächelnd an. Ich legte mich zu ihr, umschlang sie, und bald kannte ich alle Geheimnisse der Blondheit. Aber weshalb konnte ich nichts von ihrem Körper sehen ohne daß ich stets auch ein Stück meines eigenen zu Gesicht bekam? Meine Hand auf ihrer Schulter, mein Haupt zwischen ihren Brüsten, meine Beine zwischen den ihren, wir beide aneinandergeschmiegt – das war Elfenbein und Bitumen! Als mein Liebesmühen erlahmte, versank ich in trübseliges Sinnen über diesen Kontrast.

Und sie? Was fühlte sie? Was dachte sie? Darüber sollte ich nicht lange im unklaren bleiben! Mit einem Mal riß sie sich aus meiner Umarmung los, lief zum Geländer der Terrasse, und ich sah, wie sie sich mit dem Oberkörper darüberbeugte, wie Brechreiz und Würgen sie schüttelten. Schließlich kam sie wieder, sehr blaß, hohlen Gesichts, tiefe Ringe um die Augen. Sie legte sich auf den Rücken, brav, in der Haltung einer Grabskulptur.

»Die Keule ist mir nicht bekommen«, erklärte sie einfach. »Die Antilopenkeule oder der Schafsschwanz.«

Sie konnte mir nichts vormachen. Ich wußte, es lag weder an der Antilopenkeule noch an dem Schaf, daß die Frau, die ich liebte, sich vor Ekel hatte übergeben müssen! Ich stand auf und eilte, von Gram überwältigt, in meine Gemächer.

Bisher habe ich ganz wenig von Galeka gesprochen, denn Biltine nahm mein ganzes Denken in Anspruch. Nun aber wandte ich mich dem jungen Mann zu, als wäre er eine Inkarnation Biltines, die außerstande wäre, mir wehzutun, eine Art harmloser Vertrauter. Ist das im übrigen nicht die normale Funktion des Bruders, des Schwagers? Hätte ich ehrlich von ihm erwartet, er werde mich von Biltine ablenken, so wäre ich enttäuscht worden. Mir wurde vielmehr klar, er lebe nur im Schatten seiner Schwester, er verlasse sich auf sie bei allem, was er zu beurteilen, zu entscheiden habe. Überraschend war mir auch bei ihm, wie wenig Bindung an seine phönizische Heimat er erkennen ließ. Nach allem, was er mir erzählte, hatten sie sich, einer phönizischen Tradition folgend, wonach junge Leute ihre Heimat verlassen und aus den Fährden des Reisens Bereicherung schöpfen sollen, von Byblos, ihrer Geburtsstadt, nach Sizilien eingeschifft, wo sie nahe Verwandte besitzen. Für sie beide hatte das Abenteuer am achten Tag begonnen, als ihr Schiff Seeräubern in die Hände gefallen war. Der Handelswert, den ihre Jugend und Schönheit ihnen verliehen, hatte ihnen das Leben gerettet. Sie waren an einem Strand unweit von Alexandria ausgebootet und mit einer Karawane südwärts in Marsch gesetzt worden. Unterwegs hatten sie nicht allzuviel auszustehen gehabt, denn ihre Herren behandelten sie glimpflich, um ihnen ihr gutes Aussehen zu bewahren. Daß Kinder und junge Tiere hübsch sind, gleicht ihre Wehrlosigkeit aus und schützt sie gegen ihre Feinde. Die Schön-

heit einer Frau oder die Frische eines Jünglings sind nicht minder wirkungsvolle Waffen. Ich habe das bitter erfahren: kein Heer hätte mich so gefangennehmen, so unterwerfen können wie diese beiden Sklaven es tun...
Eine Frage konnte ich nicht zurückhalten, und Galeka nahm sie zuerst verwundert, dann belustigt auf: Sind die Bewohner Phöniziens alle blond? Er lächelte. »Bei weitem nicht!« gab er mir zur Antwort. »Es gibt Braune, Dunkelblonde, Hellblonde. Auch Rothaarige gibt es.« Dann runzelte er die Stirn, als erkenne er zum erstenmal eine neue, schwer zu erfassende Wahrheit. Ihm schien bei näherem Zusehen, die Sklaven seien brauner, sehr braun, seien auch kraushaarig, und bei den Freien träten helle Haut, blondes und ungekräuseltes Haar um so deutlicher hervor, je mehr man die Stufenleiter der Gesellschaft emporsteige – dergestalt, daß sich das Großbürgertum mit der Aristokratie an Blondheit messen konnte. Und er lachte, als verdienten solche Reden eines blonden Sklaven an einen schwarzen König nicht den Tod am Pfahl oder am Kreuz! Gegen meinen Willen bewunderte ich die Leichtigkeit, mit der er sprach und mit der er all die Dinge nahm, die ihm zugestoßen waren. Frei und reich war er von Byblos zu einem Aufenthalt bei Verwandten aufgebrochen, und nun, nachdem er, zu Fuß, den Strick des Sklaventums um den Hals, Wüsten durchquert hatte, war er Günstling eines afrikanischen Königs. Weiß er, daß ich nur in die Hände zu klatschen brauchte, und es wäre um seinen Kopf geschehen? Könnte ich es wirklich? Hieße das nicht, Biltine sofort verlieren? Aber ist sie für mich nicht ohnedies verloren? O Kummer? »Ich bin Sklavin, doch bin ich blond!« könnte sie singen. Ich muß mich endlich entschließen, ein Geschehnis zu erzählen, das ich mit ihr erlebte und das, wenn es dessen noch bedürfte, Zeugnis ablegte von dem traurigen, sinnverwirrten Zustand, in dem ich mich befand.

Ich habe schon erwähnt, daß ich oft und gerne Räucherschalen benutzte, um die Pracht offizieller Feierlichkeiten zu erhöhen, bei denen ich, mit den ehrwürdigsten Attributen königlicher Macht bekleidet, vor dem Volk erschien. Desgleichen habe ich auch schon gesagt, daß ich von dem großen Markt in Nauarik ein Kästchen voll Weihrauchstäbchen mitgebracht hatte. Leute, die sich für kluge Köpfe und freie Geister halten, besitzen nicht selten die Leichtfertigkeit, mit Dingen zu spielen, deren Symbolkraft ihren Verstand übersteigt. Zuweilen müssen sie teuer dafür bezahlen. Ich hatte den nicht sehr geistreichen Einfall gehabt, diesen Weihrauch zur schöneren Ausgestaltung der Lustpartien zu benutzen, zu denen wir – Biltine, ihr Bruder und ich – uns manchmal nächtlicherweile zusammenfanden. Anfangs – das kann ich versichern – ging es nur darum, die Luft meiner Gemächer, die oft stickig war und über der noch die schalen Gerüche des letzten Banketts lagen, mit angenehmem Duft zu verbessern. Nur: Weihrauch läßt sich nicht so leicht entweihen. Sein nebliger Dunst dämpft das Licht und bevölkert es mit ungreifbaren Gestalten. Sein Geruch stimmt einen zum Träumen, zum Meditieren. In seinem Verglühen auf den feurigen Kohlen liegt etwas von Hingabe, von Brand- und Sühneopfer. Kurzum, mag man es wollen oder nicht: Weihrauch schafft eine Atmosphäre des Kultischen, des Religiösen.
Wir entgingen ihr anfangs durch recht derbe Späße, an denen der Alkohol sicher nicht unbeteiligt war. Biltine war darauf verfallen, sie und ich könnten unsere Hautfarbe wechseln, und sie hatte, nachdem sie ihr eigenes Gesicht mit Kienruß geschwärzt, das meine mit Kaolinerde beschmiert. So tollten wir ein gut Teil der Nacht umher. Als dann jene Stunde der Angst gekommen war, da der vergangene Tag tot und die Geburt des nächsten noch in weiter Ferne ist, da war

unsere ganze schöne Fröhlichkeit in sich zusammengefallen. Da gaben die Weihrauchschwaden unseren Narreteien den Anschein eines Totentanzes. Der weißgetünchte Neger und die rußgeschwärzte, blonde Gestalt blickten einander ins Gesicht, indes der dritte im Bunde als Ministrant eines grotesken Kults zu ihren Füßen langsam und ernst ein qualmendes Rauchfaß schwang.

Ich liebte Biltine, und Verliebte versäumen nie, Worte wie *vergöttern, anbeten, kniefällig verehren* zu gebrauchen. Man muß ihnen verzeihen, denn sie wissen nicht, was sie tun. Ich weiß es – seit jener Nacht; aber um mir die Augen zu öffnen, bedurfte es dieser beiden in wirbelnden Duft gehüllten Fastnachtsgestalten. Nie ist mir Satans Schluchzen so tief und schneidend durchs Herz gegangen wie damals. Es war ein langer, lautloser Schrei, der in mir gar nicht enden wollte, ein Ruf nach etwas anderem, ein stürmischer Aufbruch zu einem neuen Horizont. Das heißt nicht, daß ich Biltine verachtete, mich von ihr abwandte, weit gefehlt. Ich fühlte mich ihr im Gegenteil nah wie niemals zuvor, jedoch nah in einem anderen Gefühl, einer Art Brüderlichkeit im Verworfensein, einem brennenden Erbarmen, einem glühenden Mitleid, das mich zu ihr zog und in mir das Verlangen weckte, sie an mich zu reißen und mitzunehmen. Arme Biltine, so schwach und, trotz ihrer kindhaften Doppelzüngigkeit, so gefährdet an diesem Hof, wo alle sie haßten!

Von diesem Haß sollte ich bald einen schrecklichen Beweis erhalten, und natürlich mußte Kallaha die sein, die ihn mir beibrachte.

Wegen ihres langjährigen Dienstes bei mir und als Haremsmutter hatte sie Tag und Nacht Zutritt zu meinen Gemächern. So tauchte sie einmal, begleitet von einem Eunuchen, der eine Fackel trug, mitten in einer schlaflosen Nacht bei mir auf. Sie wirkte sehr aufgeregt und schien eine triumphierende Freude kaum unterdrücken zu können. Doch das Protokoll verbot ihr, als erste das Wort zu nehmen, und ich hatte keine Eile, das Unheil losbrechen zu lassen, das ich bereits als unabwendbar erkannt hatte.

Ich stand auf, zog ein leichtes Nachtgewand über und ging daran, mir den Mund zu spülen, ohne die Matrone, die vor Ungeduld kochte, eines Blickes zu würdigen. Schließlich machte ich meine Kissen zurecht, streckte mich wieder darauf aus und sprach leichthin zu ihr: »Na, Kallaha, was gibt's im Harem?« Denn, daß ich ihr erlaube, sich über ein anderes Thema zu äußern, kommt natürlich nicht in Frage.

»Deine Phönizier!« platzte sie heraus. Als hätte ich nicht schon, wie sie hereinkam, begriffen, daß es um die beiden gehe!

»Deine Phönizier! Die sind ebensowenig Geschwister wie der und ich!«

Dabei tippte sie dem Eunuchen auf die Schulter.

»Was weißt du denn davon?«

»Wenn du mir nicht glaubst, so komm mit, dann wirst du gleich sehen, wie geschwisterlich die Spiele sind, die sie spielen!«

Sofort war ich auf den Beinen. Das also war es! Die würgende Traurigkeit, die mich seit Wochen umfing, war in mörderische Wut umgeschlagen. Ich warf einen Mantel über. Kallaha, fassungslos ob meiner Heftigkeit, wich erschrocken zur Tür zurück.

»Auf, marsch! alte Eselsmähre, gehn wir hin!«

Was nun folgte, hatte das Schwerelos-Eilige eines Alptraums: die Liebenden, jäh bei der Umarmung betroffen, die herbeigerufenen Soldaten, der junge Bursche, den sie in die Verliese, zur Zwangsarbeit schleppen, Biltine – schöner denn je in ihrem so plötzlich zerschmetterten Glück, begehrenswerter denn je in ihren Tränen und in dem langen Haar,

das ihr einziges Gewand war – Biltine, eingesperrt in eine Zelle von sechs Fuß im Geviert, Kallaha nicht mehr zu sehen, denn verschlagen, wie sie war, wußte sie aus Erfahrung, daß es einem nicht gut bekommt, sich in derlei Momenten in meiner Nähe herumzutreiben, und so fand ich mich wieder in einer entsetzlichen Einsamkeit, tief in einer Nacht, so schwarz wie meine Haut und wie der Grund meiner Seele. Und ich hätte wohl geweint, hätte ich nicht gewußt, wie schlecht Tränen einem Neger anstehen.
Sind Biltine und Galeka Geschwister? Alles gibt mir Anlaß, daran zu zweifeln. Wie schon erwähnt, war ihre äußere Ähnlichkeit, die zunächst unverkennbar schien, in meinen Augen um so mehr verblaßt, je stärker ich hinter ihrer Rassengleichheit die individuellen Züge hervortreten sah. Und das Täuschungsmanöver läßt sich nur allzu leicht erklären: indem die Phönizierin ihren Geliebten – oder ihren Gatten – als ihren Bruder ausgab, bot sie ihm Schutz vor meiner Eifersucht und ließ ihn an den Gunstbeweisen teilhaben, mit denen ich sie überhäufte. Es wäre ein Gebot der Vorsicht gewesen, im Umgang miteinander größte Zurückhaltung zu bewahren. Daß sie nicht so gehandelt haben, erfüllt mich mit rasender Wut – brauchten sie sich denn, von Spionen umgeben, wie sie es waren, so wenig darum zu kümmern, ob sie mich herausforderten! –; diese Leichtfertigkeit, diese Unbesonnenheit wundert mich aber auch und rührt mich ein bißchen. Und um nochmals auf ihre Geschwisterbeziehung zu kommen: es liegt mir wenig daran, ob sie Tatsache oder ob sie erlogen war. Bei den Pharaonen Oberägyptens – die weder zeitlich noch räumlich sehr weit von mir entfernt sind – heirateten Geschwister einander, um das Blut für die Nachkommen rein zu erhalten. Für mich bleibt die Verbindung zwischen Biltine und Galeka die Verbindung zweier gleichartiger Wesen. Blond zieht es zu

blond, sie streifen einander... und stoßen den Schwarzen weit von sich, hinaus in die äußerste Finsternis. Einzig und allein dies zählt in meinen Augen.
An den darauffolgenden Tagen hatte ich das stumme oder verhüllte Ansinnen meiner Umgebung auszustehen, die mich drängte, mit den Tätern kurzen Prozeß zu machen. Was wiegt das Leben zweier in Ungnade gefallener Sklaven in der Hand eines Königs? Aber ich in meinem Alter besitze genug Lebensweisheit, um zu wissen: das Wichtige ist für mich weder, daß Recht geschieht, noch daß ich gar Rache nehme, sondern daß die Wunde heilt, an der ich leide. Daß ich handle, wie es einem höchst vernünftigen Egoismus entspricht. Hätte denn ein – grausamer oder rascher – Tod des einen der beiden Phönizier – und überdies welches von beiden? – oder der Tod beider zugleich eine wohltuende Auswirkung auf meinen Kummer? Nur dies allein ist die Frage, und ich bestreite allen, die ringsum in Haßgeschrei ausbrechen, jegliche, auch die geringste Kompetenz, das zu beurteilen.
Wieder einmal war es mein Astrologe Barka Maï, der mir in höchst einsichtsvoller Weise zu Hilfe kam.
Ich irrte auf meiner Terrasse umher und sann mit bitterer Befriedigung darüber nach, wie leer das tiefe Schwarz meiner Seele sei, indes das Tiefschwarz des Nachthimmels von Sternen funkelte, da kam Barka Maï und brachte mir eine – wie er sagte, eine wichtige – Nachricht.
»Heute nacht ist es soweit«, erklärte er geheimnisvoll.
Ich hatte unsere vorige Begegnung vergessen. Ich wußte nicht mehr, was er meinte.
»Der Komet«, suchte er mich zu erinnern, »der Haarstern. Gegen Ende der Nacht kann man ihn von dieser Terrasse aus sehen.«
Der Stern mit den goldenen Haaren! Jetzt erinnerte ich

mich, daß Barka mir diese Himmelserscheinung schon vorausgesagt hatte, als Biltine noch nicht in mein Leben getreten war. Der gute Barka! Sein hellseherischer Blick kam mir wie ein Wunder vor. Vor allem aber verlieh er mit einem Schlag dem elenden Betrug, dem ich zum Opfer gefallen war, eine himmelweite Dimension. Gewiß, ich war hintergangen worden, doch mein Mißgeschick in seiner Fülle und Eigenart war königlich und erscholl bis in Himmelshöhen empor! Dadurch fühlte ich mich mächtig gestärkt. Die Flöte Satans gab endlich nach und schwieg.
»Nun denn«, sagte ich, »so laß uns miteinander auf deinen Haarstern warten.«
Über den Hügeln am Horizont kündete ein unmerkliches Zucken – ganz schwache Wärmeblitze – sein Kommen an, und Barka gewahrte ihn als erster und zeigte ihn mir, indem er mit dem Finger auf einen Lichtschimmer deutete, den ich sonst leicht mit dem eines Planeten hätte verwechseln können.
»Das ist er«, meinte Barka. »Er kommt von den Nilquellen und zieht in Richtung Nildelta.«
»Aber«, wandte ich ein, »Biltine kommt doch im Gegensatz dazu vom nördlichen Mittelmeer, und sie mußte die Wüste durchqueren, um hierherzukommen.«
»Wer redet hier denn von Biltine?« wunderte sich Barka mit listigem Lächeln.
»Hast du mir nicht gesagt, dieser Haarstern sei blond?«
»Golden. Ich sprach von goldenen Haaren.«
»Eben. Ich hatte bislang nur die schwarzen, runden Krausköpfe unserer Frauen gekannt. Nun, wenn Biltine ihr Haar löste und es schüttelte, so daß es auf ihre Schultern herabfiel oder wenn es auf dem Kopfkissen ausgebreitet lag, da berührte ich es, dieses Haar, ich ließ es von einer Hand in die andere gleiten und wunderte mich, wie sich der Hunger, der

Durst nach dem gelben Metall so verwandeln konnte, daß sie der Liebe zu einer Frau zum Verwechseln ähnlich wurden. Es ist wie mit dem Geruch von Gold. Du kennst doch das Sprichwort, Gold stinke nicht. Es bedeutet, man könne auch aus höchst unsauberen Quellen – aus Lupanaren oder Latrinen – Gewinn ziehen, ohne daß der Kronschatz dadurch auch nur im geringsten anrüchig werde. Das ist sehr bequem, und es ist bedenklich, denn damit gehen selbst die schmutzigsten Verbrechen in dem Gewinn unter, der sich aus ihnen ziehen läßt. So manches Mal habe ich eine Kiste mit Goldstücken vor mir ausleeren lassen, habe mit vollen Händen hineingegriffen und mir die Goldstücke unter die Nase gehalten. Nichts! Sie rochen nach gar nichts. Die Hände und die Taschen, durch die sie auf ihrem Weg über Schleichhandel, Verrat und Mord hindurchgegangen waren, hatten an ihnen keinerlei Geruch hinterlassen. Das Gold in Biltines Haar dagegen!... Du kennst doch das kleine, würzig duftende Gras, das in hohlen Felsen wächst...«
»Wirklich, edler Herr, diese Frau beschäftigt dein Denken im Übermaß! Komm, schau' einmal hinauf zu dem blonden Kometen. Er kommt näher, er wirbelt über den schwarzen Himmel wie eine Bajadere aus Licht. Vielleicht ist es Biltine. Vielleicht aber ist es gleichzeitig auch jemand anderes, denn Blondheit gibt es ja auf der Erde nicht nur ein einziges Mal. Er kommt von Süden, der Komet, und sein sprunghaft wechselnder Lauf zielt nach Norden. Glaub' mir: Eile ihm nach! Brich auf! Reisen ist ein unfehlbares Mittel gegen das Weh, das an dir nagt. Reisen ist ein fortgesetztes Entschwinden ins Unwiederbringliche, sagt treffend der Dichter[1]. Auf, mach' eine Kur in solchem Entschwinden! Es kann dir nur Gutes daraus erwachsen.«
Die Bajadere aus Licht über dem Palmenhain schwenkte ihr Haar. Ja, sie winkte mir, ihr zu folgen. So würde ich denn

auf die Reise gehen. Biltine und ihren Bruder würde ich meinem obersten Palastverwalter anvertrauen mit dem Hinweis, er bürge mir mit seinem Leben für das ihre, bis ich von der Reise zurück sei. Ich werde nilabwärts ziehen, hinunter an das kalte Meer, auf dem Männer und Frauen mit goldenem Haar umhersegeln. Und Barka Maï wird mich begleiten. Zur Strafe und zum Lohn!

Die Vorbereitungen zu unserer Abreise wirkten auf mich wie eine verjüngende, kräftigende Kur. Der Dichter[2] sagt: »Wenn Wasser unbewegt und leblos daliegt, wird es sauer und schlammig. Strömendes, rauschendes Wasser hingegen bleibt rein und klar. So ist auch die Seele des seßhaften Menschen ein Schlamm, in dem endlos wiedergekäute Beschwerden gären. Aus der Seele dessen, der reist, sprudeln in hellen Strömen neue Gedanken und überraschende Taten.«
Mehr zum Vergnügen als weil es nötig war, überwachte ich selbst die Aufstellung unserer Reisekarawane. Mit nicht mehr als fünfzig Kamelen sollte sie an Zahl beschränkt, jedoch weder an Männern noch an Tieren zu schwach sein, denn das Ziel unserer Fahrt war ja ungewiß und lag zugleich in weiter Ferne. Was dies betrifft, widerstrebte es mir, meine Gefährten und meine Sklaven ohne eine Erläuterung auf die Reise mitzunehmen. Ihnen gegenüber sprach ich darum von einem Staatsbesuch bei einem großen, weißen König an den östlichen Küsten des Meeres; ein wenig aufs Geratewohl erwähnte ich auch Herodes, den König der Juden mit seiner Hauptstadt Jerusalem. Meine Skrupel waren überflüssig. Sie hörten mir kaum zu. Es sind alles Nomaden, die seßhaft geworden – und darob unglücklich – sind: für sie trägt der Aufbruch in die Welt hinaus seine Rechtfertigung in sich

selbst. Das Ziel kümmert sie kaum. Sie haben, glaube ich, nur eines begriffen: es geht weit fort, also ist es ein Abschied auf lange Zeit. Mehr verlangten sie nicht, um in Jubel auszubrechen. Barka Maï selber schien gute Miene zum bösen Spiel zu machen. Offenbar war er doch nicht so alt und so skeptisch, um nicht Überraschungen und Lehren einer solchen Entdeckungsreise als Gewinn zu verbuchen.
Für den Auszug aus Meroë mußte ich mich entschließen, die große königliche Sänfte zu benutzen, den Palankin aus roter, goldbestickter Wolle mit dem spitzen hölzernen Mast obendrauf, an dem, von einem Büschel Straußenfedern gekrönt, grüne Standarten flattern. Vom großen Tor des Palastes bis zur letzten Palme – dahinter kommt die Wüste – umjubelte Meroës Volk seinen König und weinte, weil er fortzog, und da bei uns nichts ohne Tanz und ohne Musik geschieht, erscholl zugleich ein tosendes Durcheinander von Schellenbäumen, Zistern, Zimbeln, Harfen und Psaltern. Meine Würde als König läßt es nicht zu, daß ich die Hauptstadt ohne solchen Aufwand verlasse. Doch gleich nach dem ersten Reisetag ließ ich das pompöse Gepränge, unter dem ich den ganzen Tag über schier erstickt war, entfernen; ich wechselte mein Reittier und nahm Platz auf meinem Tourensattel, einem mit Schaffell bezogenen, leichten Sitzgestell.
Am Abend wollte ich diesen ersten Tag, da ich mich losgerissen hatte, bis zur Neige feiern, und dazu mußte ich allein sein. Meine Vertrauten haben sich längst mit meinen Eskapaden abgefunden, und keiner versuchte mir zu folgen, als ich mich von dem Sykomorengesträuch und von der Guelta entfernte, wo wir unser Lager aufgeschlagen hatten. In der plötzlichen Kühle des zu Ende gehenden Tages genoß ich vollen Herzens den geschmeidigen Paßgang meiner Kamelstute. Dieses wiegende Schreiten – beide rechten Beine

greifen gleichzeitig nach vorn aus, der ganze Körper des Tieres schwingt nach links; dann greifen beide linken Beine aus, und der ganze Körper schwingt nach rechts – ist Kamelen, Löwen und Elefanten eigen und begünstigt metaphysisches Meditieren, während die seitenverschränkte Gangart der Pferde und Hunde einen nur zu armseligen Gedanken und schäbigem Berechnen anregt. Glückselige Stunde! Das Alleinsein, in meinem Palast so widerwärtig und demütigend – wie begeisterte es mich hier, mitten in der Wüste!

Mein Reittier, dem ich den Zügel lang ließ, trabte locker der untergehenden Sonne zu. In Wahrheit folgte es zahlreichen Spuren, die ich nicht sogleich bemerkte. Es blieb auf einmal vor dem Erdaufwurf eines kleinen Brunnens stehen, aus dem der von Kerben zerfurchte Stamm einer Palme herausgewachsen war. Ich beugte mich darüber und sah in schwarzem Spiegel mein bebendes Bild. Die Versuchung war übermächtig. Ich zog all meine Kleider aus und stieg am Stamm der Palme hinunter bis auf die Sohle des Brunnens. Das Wasser stand mir bis zur Hüfte, und an meinen Knöcheln spürte ich kühl das Strömen einer unsichtbaren Quelle. Ich tauchte bis zur Brust, bis zum Hals, bis an die Augen hinein in die herrlich liebkosende Flut. Über mir sah ich das Rund der Brunnenmündung, eine Scheibe phosphoreszierenden Himmels, an der ein erster Stern blinkte. Ein Windhauch strich über den Brunnenschacht, und ich hörte die Luftsäule darin ertönen wie in einer riesenhaften Flöte, eine sanfte, dunkle Musik, die Erde und Nachthimmel gemeinsam spielten und die ich in unfaßbarer Dreistigkeit belauscht hatte.

An den nächsten Tagen folgten stundenlange Märsche und wieder stundenlange Märsche, es folgten die roten, von Rissen durchzogenen Lande der Regs mit ihren dornstarrenden Stauden, und die weiten, mit gelbem, salzfunkelndem

Gras übersäten Salzsümpfe der Sebkas – es war, als zögen wir in der Ewigkeit dahin, und sehr wenige von uns hätten zu sagen vermocht, wie lange es her war, seitdem wir aufgebrochen waren. Denn auch dies ist das Reisen: eine Art und Weise, wie die Zeit – dem gleichmütigen Paßgang unserer Tiere entsprechend – viel langsamer und zugleich viel schneller abläuft als in der Stadt, wo die Vielfalt von Aufgaben und Begegnungen eine vielschichtige Vergangenheit schafft, die sich in eine Reihe verschiedener Ebenen, in unterschiedliche Bereiche und Aspekte gliedert.
Wir lebten vornehmlich im Zeichen von Tieren, natürlich vor allem unserer eigenen, der Kamele, ohne die wir verloren gewesen wären. Beunruhigend war für uns eine Durchfallepidemie, hervorgerufen von einem üppigen, fetten Gras; sie führte dazu, daß es zwischen den mageren Schenkeln unserer Tiere nur noch wäßrig-grün herabrann. Eines Tages mußten wir ihnen mit Gewalt etwas zu trinken geben, denn die auf drei Tagemärsche hin einzige Quelle gab zwar herrlich klares, aber durch ihren Gehalt an Natron ganz bitter schmeckendes Wasser. Drei Kamelstuten, die immer schwächer wurden, mußten getötet werden, ehe sie zu wandelnden Skeletten abgemagert waren. Das war dann Anlaß zu einem Festschmaus, dem auch ich mich zugesellte – nicht so sehr, weil ich daran Geschmack fand, als aus dem Gefühl der Verbundenheit mit meinen Gefährten heraus. Nach altem Brauch wurden die Markknochen, wie in Säcke, in Mägen gesteckt; die wurden zugebunden unter einer Feuerstelle vergraben. Und tags darauf fand man sie dann mit einer Art Blutsuppe gefüllt, wie die Leute aus der Wüste sie mit Vorliebe essen. Die Versorgung mit Milch jedoch war nun erheblich geschmälert.
Unmerklich näherten wir uns dem Nil, und plötzlich – es traf unser Herz wie ein Schlag – entdecken wir ihn, riesen-

groß, blau, gesäumt von Papyrospflanzen, deren Dolden einander mit seidigem Rauschen kosend im Winde streifen. Eine morastige Bucht birgt ein Nilpferd, das mit weit aufgeschlitztem Bauch, alle Gedärme heraushängend, rücklings daliegt und die kurzen Beine in die Höhe streckt. Und im Näherkommen sehen wir, wie aus dieser glitschigen Höhle ein nackter kleiner Junge auftaucht, eine Statue, rot von Blut, an der nichts Weißes ist außer Augen und Zähnen. Er lacht schallend auf und bietet uns mit ausgestreckten Armen Innereien und Fleischstücke an.

Theben. Wir haben den Fluß überquert, um im Menschengewühl der einstigen ägyptischen Hauptstadt untertauchen zu können. Diese Hoffnung trog. Je weiter wir gen Norden vorstoßen, desto mehr sehen wir, wie die Hautfarbe sich aufhellt. Ich suche mir schon vorweg den Augenblick auszudenken, da Neger, wie wir es sind, in einer Masse von Weißen als schwarzer Fleck erscheinen werden – Weiß auf Schwarz, unversehens zu Schwarz auf Weiß verkehrt: eine Umkehrung, die man sich nur schwer vorstellen kann.

So weit sind wir freilich noch nicht, und doch zuckte ich zusammen, als ich in der Volksmenge am Hafen Blondschöpfe gewahrte. Vielleicht Phönizier? Ja, es war falsch gewesen, hier in der Menge untertauchen zu wollen, denn beim Kontakt mit Menschen sind meine Wunden wieder aufgebrochen. Mein wundes Herz erträgt nur die Wüste. Erleichtert kehrte ich schließlich in die Stille des linken Ufers zurück, wo die beiden Memnonskolosse an den Gräbern von Königen und Königinnen Wache halten. Lange ging ich am Rand des Flusses dahin und sah den Falken beim Fischfang zu, den heiligen Falken, deren Bild für den Gott Horus steht, den Sohn von Osiris und Isis, den Sieger über Seth. Der Schnabel dieser prachtvollen Vögel ist zu kurz, um damit Fische packen zu können; sie fischen mit ihren

Fängen, und wenn sie wie Meteoriten auf die Wasseroberfläche hinabschießen, schnellen im letzten Augenblick ihre krallenbewehrten Füße hervor und greifen unter Wasser nach der Beute. Sie furchen den Wasserspiegel, und schon steigen sie mit großen Flügelschlägen wieder empor, um sogleich, noch im Fluge, mit dem Schnabel den Fisch zu zerreißen, den sie in den Fängen halten. Die Ägypter waren wie kein anderes Volk beeindruckt von der göttlichen Schlichtheit dieses Tierleibs und von der Vollkommenheit, mit der er sich in die Ordnung der Natur einfügt. Sicherlich Grund genug, ihn kultisch zu verehren! Horus, göttlicher Herr, gib mir die naive Kraft und die wilde Schönheit des Vogels, der dein Sinnbild ist!

Wir hatten der Verlockung nachgegeben, die von den ruhigen, klaren Wassern des Flusses ausging, und hatten unser Lager unmittelbar auf der Böschung des linken Ufers aufgeschlagen. Barka Maï hatte nicht erst jetzt die Bitterkeit um meinen Mund und die Traurigkeit in meinen Augen bemerkt. Er wußte, die frohe Stimmung, in die mich der Aufbruch zu dieser Reise versetzt hatte, war dahin. Schweigend aßen wir das Ragout aus dicken braunen Bohnen mit gehackten Zwiebeln, mit Öl und Kümmel, das anscheinend hierzulande das Nationalgericht ist. Weil ich gar keinen Appetit hatte, empfand ich wohl besonders stark, wie fade dieses Gericht schmeckt, und ich stellte schon bei dieser Gelegenheit fest, daß die Kost fader und immer fader wird, je weiter man hinauf nach Norden kommt, eine Regel, die lediglich von den in Essig eingemachten Heuschrecken Lügen gestraft wurde, wie sie in Judäa unser harrten. Dann versenkte ich mich ins Betrachten der Strudel und Schlieren, die sich auf dem trägen Strömen des Flusses abzeichneten.

»Du bist ja todtraurig«, sprach Barka zu mir. »Hör auf, in dies mattgrüne Wasser zu schauen. Dreh dich um, dem

Gebirge der Könige zu. Geh hin und suche Rat bei den beiden riesenhaften Gestalten, die Amenophis' Grabstätte hüten. Geh! sie erwarten dich!«

Um Gehorsam zu finden, selbst bei einem König, gibt es nichts Besseres, als ihm eben das zu befehlen, was er im Grunde seines Herzens zu tun begehrt. Von weitem hatte ich sie schon gesehen, Seite an Seite, die beiden Kolossalfiguren, und ich hatte gleich das Verlangen gespürt, mich unter den machtvollen Schutz dieser wunderbaren Gestalten zu stellen. Denn von diesen Statuen, zehnmal so hoch wie ein Mensch, geht ein Strahlen, eine Heiterkeit aus, die zum Teil wohl ihrer Haltung zu verdanken ist: friedsam, die beiden Hände auf die geschlossenen Knie gelegt, sitzen sie da. Zuerst schritt ich im Kreis um die beiden Statuen, dann ging ich hinein in die Totenstadt, deren Hüter sie sind. Von Amenophis' Grabtempel ist nichts anderes mehr übrig als Säulen, Kapitelle, Treppen, denen mitten im Schwung geheimnisvoll Halt geboten worden ist, und rätselhafte Steinblöcke. Doch unter diesem Trümmerfeld liegt die dunkle Ordnung der Gräber und Stelen. Unter dem Wirrwarr, der noch Leben, noch Menschenwerk ist, pocht die Uhr der Götter ihr unerschütterliches Ticktack. Man weiß gewiß: die Zeit arbeitet ihr zu, und nicht lange mehr, und die Wüste hat diese Ruinen verschlungen. Doch die kolossalen Gestalten wachen... Ich wollte es ihnen gleichtun. Ich kauerte mich in meinem Mantel zu Füßen des nördlichen der beiden. Einen Teil der Nacht hindurch war ich mit meinem kleinen, schwachen Lichtschimmer das Abbild des ewigen Wachens des steinernen Giganten. Dann verlor ich das Bewußtsein.

Aus dem Schlaf riß mich das Wimmern eines Säuglings. Wenigstens meinte ich das zunächst. Eine kindlich-wimmernde Stimme erscholl. Woher mochte sie kommen? Von oben, so schien es, vielleicht vom Himmel, oder noch eher von dem kleinen, nemesgekrönten Haupt Memnons. Zuweilen war es auch wie ein Gesang, denn manche Klänge hatten etwas Zärtliches, ein Tremolo, ein Jauchzen kindlicher Lust. Es klang wie die kleinen, fröhlichen Schreie eines Säuglings, den seine Mutter liebkost.

Ich stand auf. Im fahlen Licht der Frühe erschienen die Wüste und die Gräber noch trostloser als am Abend. Doch im Osten, jenseits des Nils, klaffte im Himmel, wie eine Wunde, eine geschweifte purpurne Höhlung, und orangeroter Widerschein fiel auf die steinerne Brust der Kolossalstatue vor mir. Da erinnerte ich mich einer Legende, die man mir erzählt, die ich jedoch ihrer Verstiegenheit wegen von mir gewiesen hatte. Memnon war der Sohn Auroras und Tithons, des Königs von Ägypten, und dieser hatte ihn ausgeschickt, dem belagerten Troja Hilfe zu bringen. Dort wurde er von Achill erschlagen. Seitdem bedeckt Aurora die Statue ihres Sohnes allmorgendlich mit Tautränen und zärtlichen Strahlen, und unter den warmen Liebkosungen seiner Mutter nimmt der Koloß Leben an und singt vor Glück und Weh. Bei diesem liebenden Wiederfinden der beiden war ich zugegen, und ein seltsam-überschwengliches Gefühl ergriff mich.

Zum zweitenmal entdeckte ich, daß Größe das einzige wahre Heilmittel für unglückliche Liebe ist. Das Elend dessen, der Kummer leidet, gipfelt in vulgären Vorwürfen, gemeinen Tiefschlägen, kleinlichen Mäkeleien und sauren Mienen. Zuerst war es der Komet – Biltines verwandelte Gestalt am Himmel – der mich dem Schmachten in meinen Gemächern entrissen und mich hinausgeschleudert hat auf die Wüstenpfade. Und heute früh sah ich nun den Schmerz einer in erhabene Höhen entrückten Mutter, ich hörte den innigen Strom des Gefühls zwischen der aufgehenden Sonne und dem Steinkoloß mit der Kleinkindesstimme. Und ich war

König! Wie hätte ich sie nicht verstehen sollen, diese erhebende Lektion? Ich errötete vor Zorn und Scham, wenn ich daran dachte, zu welcher Verächtlichkeit ich herabgesunken war, wenn ich mich damit abquälte, weshalb eine Sklavin sich erbrochen hatte, und mich verzweifelt fragte, ob daran die Antilopenkeule, das Schafschwänzchen oder mein Negertum schuld sei!

Nur mit Mühe erkannten meine Leute ihren tags zuvor noch gramgebeugten Herrscher wieder, als ich sie antrieb, sich eilends wieder zur Karawane zu formieren und weiterzuziehen nach Nordosten, in Richtung auf das Rote Meer.

Von Theben aus brauchten wir zwei Tage, um Koinopolis zu erreichen, wo aus einer mit Asche von Halfagras vermengten Töpfererde Krüge, Amphoren und Standgefäße hergestellt werden. Das Gemenge ergibt einen porösen Ton, der Wasser durch stetiges Verdunsten kühl hält. Anschließend zogen wir weiter in ein Gebirge hinein, wo wir nur noch in kleinen Etappen vorwärtskamen. Zwei junge Kamele, die schlecht zugeritten oder zu schwer beladen waren, stürzten sich in den Felsen zu Krüppeln, und wir mußten sie opfern. Für meine Leute war das abermals eine Gelegenheit, sich mit Fleisch vollzuschlagen. In mühsamem Vorwärtskämpfen durch Schluchten, über denen – für uns eine völlig neue Landschaft – Schneegipfel aufragten, brauchten wir nicht weniger als zehn Tage, bis wir dann die freie Küstenebene vor uns hatten. Unsere Erleichterung war riesengroß, als wir endlich den weiten Horizont des Meeres und bald darauf die Salzsandufer gewahrten; die Muntersten in meinem Gefolge rannten auf dem Strand gleich los und jauchzten dabei vor Begeisterung wie die Kinder. Es ist nun einmal so, daß das Meer stets als eine Verheißung der Freiheit erscheint – eine Verheißung, die leider oft genug trügerisch ist.

In der Hafenstadt Kosseir machten wir Rast. Wie die meisten Küstenstädte am Roten Meer, treibt auch Kosseir Handel hauptsächlich mit Elath am Nordufer des Golfs, der die Sinaihalbinsel und die arabische Küste voneinander trennt. Es ist das alte Ezion Geber König Salomos, wo Gold, Sandelholz und Elfenbein, Affen, Pfauen und Pferde aus zwei Kontinenten, aus Afrika und Arabien, zusammenströmten. Neun Tage Palaver waren erforderlich, um die elf Barkassen zu chartern, die wir brauchten, um Mensch und Tier und Proviant zu befördern. Dann mußten wir uns noch fünf Tage gedulden, weil der Wind, der von Norden her blies, ein Navigieren unmöglich machte. Endlich konnten wir den Anker lichten, und nach einwöchiger Seefahrt an öden, steilen, von mächtigen Gipfeln überragten Ufern entlang liefen wir in die Freilände des Hafens von Elath ein. Diese friedliche Überfahrt war eine Erholung für alle, in erster Linie für die Kamele, die im Schatten der Laderäume angebunden standen und sich richtig sattfressen und satttrinken konnten, so daß auch der Höcker wieder zur alten Größe gedieh.
Von Elath nach Jerusalem sollten es dem Vernehmen nach zwanzig Tagemärsche sein, und vermutlich hätten wir die Strecke auch in dieser Zeit zurückgelegt, hätten wir nicht zwei Tagereisen vor Jerusalem eine Begegnung gehabt, die unsern Marsch aufhalten und ihm zugleich einen neuen Sinn geben sollte.
Barka Maï erzählte mir, seit wir an Land gegangen waren, Wunderdinge über die unerhörte Würde und Herrlichkeit der uralten Stadt Hebron, der wir zustrebten, und die nach seinen Worten allein schon die Reise wert sei. Hebron rühmte sich, die älteste Stadt der Welt zu sein. Und wie konnte es auch anders sein, da doch schon Adam und Eva nach der Vertreibung aus dem Paradies dorthin geflüchtet waren? Ja, mehr noch: Dort kann man auch die Stätte sehen,

deren Lehm einst Jahwe dazu diente, den ersten Menschen zu formen!
Hebron, das Tor zur idumäischen Wüste, hält Wacht über drei kleine grüne, mit Oliven, Granatäpfeln und Feigenbäumen bepflanzte Hügel. Seine äußerlich völlig abgeschlossenen weißen Häuser lassen kein Lebenszeichen nach außen dringen. Kein Fenster, keine Wäsche auf der Leine, kein Mensch auf den in Treppen ansteigenden Gassen, nicht einmal ein Hund. Zumindest ist das die abweisende Maske, wie die erste Stadt der Menschheitsgeschichte sie dem Fremden zeigt. Dem entsprach auch, was mir die Boten erzählten, die ich ausgesandt hatte, um unsere Ankunft zu vermelden. Doch hatten sie in Hebron nicht bloß Öde angetroffen. Wie sie berichteten, sei knapp einige Stunden vor uns eine andere Karawane angekommen, und angesichts der Ungastlichkeit der Einwohner schlage diese Reisegesellschaft östlich der Stadt ein Lager auf, und dieses Lager werde allem Anschein nach prächtig werden. Ich schickte sofort einen offiziellen Abgesandten aus, der uns vorstellen und sich nach den Absichten der Fremden erkundigen sollte. Offensichtlich hocherfreut über das Ergebnis seiner Mission kam er zurück: Diese Leute seien das Gefolge von König Balthasar IV., des Herrschers über das chaldäische Fürstentum Nippur, der uns willkommen heiße und mich bitte, mit ihm zu Abend zu speisen.
Das erste, was mir auffiel, als ich mich Balthasars Lager näherte, war die Unmenge von Pferden. Wir aus dem weiten Süden reisen nur mit Kamelen. Da das Pferd Schweiß und Urin ungehemmt von sich gibt, ist es auf Wassermangel, der bei uns der Normalzustand ist, nicht eingerichtet. Immerhin ließ König Salomon die Pferde, die er vor seine berühmten Kriegswagen spannen ließ, aus Ägypten kommen. Mit ihrem gebogenen Kopf, ihren kurzen, aber kraftvollen Glie-

dern, mit ihrer Kruppe, rund wie eine Granatfrucht, gehören König Balthasars Pferde der berühmten Rasse an, die vom Taurusgebirge kommt und deren Stamm die Legende von Pegasus, dem geflügelten Pferd des Perseus, herleitet. Der König von Nippur ist ein freundlicher alter Mann, dem auf den ersten Blick nichts über Bequemlichkeit und verfeinerten Lebensgenuß zu gehen scheint. Durch das Land zieht er mit einem solchen Troß, daß man keinen Augenblick daran denkt, zu fragen, zu welchem Zweck er reist: des Vergnügens, der Freude, des Glücks wegen! antworten die Teppiche, das Tafelgeschirr, das Pelzwerk und die Parfums, für die eine eigens dazu eingeteilte zahlreiche Dienerschaft verantwortlich ist. Kaum angelangt, wurden wir gleich gebadet, frisiert und gesalbt, und zwar von darin wohlerfahrenen jungen Mädchen, deren Erscheinung ihren Eindruck auf mich nicht verfehlte. Später erfuhr ich dann, sie seien sämtlich vom Geschlecht der Königin Malvina, die dem fernen, geheimnisvollen Hyrkanien entstammt. Von dort läßt der König – als feinsinnige Huldigung an seine Frau – die Zofen kommen, die im Palast zu Nippur Dienst tun. Sehr hellhäutig, haben sie schweres, kohlschwarzes Haar, zu dem die hellblauen Augen einen entzückenden Kontrast bilden. Aufmerksam, wie ich ob meiner unglücklichen Geschichte auf diese Einzelheiten achtete, habe ich mir die Mädchen, solange sie mich fein machten, wirklich gut angeschaut. Nachdem die erste Überraschung verflogen war, wurde ihr Reiz indessen doch eher etwas schal. Eine helle Haut und üppige schwarze Haare, das ist sehr hübsch, aber ich habe auf Oberlippe und Unterarmen eine Spur dunklen Flaums bemerkt, und ich bin nicht sicher, ob es zum Vorteil dieser Mädchen ausschlägt, wenn man sie sich genauer vornimmt. Kurzum: Mir sind die Blonden und die Negerinnen lieber; da passen wenigstens Haut und Haar zusammen!

Selbstverständlich habe ich mich gehütet, Balthasar taktlose Fragen zu stellen, ebenso wie er mich nicht über Gründe und Zweck meiner Reise ausgefragt hat. Unterm Zwang der Höflichkeit spielten wir das seltsame Spiel, über das Wesentliche zu schweigen und sich ihm nur indirekt zu nähern – durch Schlüsse, die wir schlecht und recht aus den zwischen uns gewechselten belanglosen Worten zogen – so daß ich am Ende dieses ersten Abends so gut wie nichts über ihn wußte, und daß er bei mir ebenfalls kaum weitergekommen war. Zum Glück hatten wir ja Gefolge bei uns, und da unsere Sklaven und Höflinge nicht diesem Gesetz vornehmer Zurückhaltung unterlagen, würden wir durch das, was bei der Dienerschaft, in Küchen und Ställen geschwatzt und uns dann, wie sich's gebührt, hinterbracht würde, morgen schon mehr übereinander wissen. Sicher scheint, daß der König von Nippur ein großer Kunstkenner ist und mit Leidenschaft Gemälde, Skulpturen und Zeichnungen sammelt. Ob er vielleicht ganz einfach herumreist, um schöne Dinge zu sehen und zu erwerben? Zu seinem prunkvollen Reisezug würde das gut passen.
Schon tags darauf sollten wir uns wieder begegnen: in der Grotte von Makpela. Sie birgt die Gräber von Adam und Eva, von Abraham, Sarah, Isaak, Rebekka, Lea und Jakob, kurzum, sie ist geradezu eine biblische Familiengruft, der zur Vollständigkeit lediglich noch die sterblichen Überreste Jahwes selbst fehlen. Wenn ich so leichthin und in unehrerbietiger Weise über diese doch ehrwürdigen Dinge rede, dann vermutlich deshalb, weil ich sie als etwas empfinde, das mir sehr fern liegt. Legenden leben von dem, was in uns ist. Sie haben ihre Wahrheit nur daher, daß unsere Herzen ihre Komplizen sind. Erkennen wir in ihnen nicht unsere eigene Geschichte wieder, dann sind sie nichts als dürres Holz und leeres Stroh.

Ganz anders erging es da König Balthasar; der schien tief bewegt, als er sich mit mir in das Labyrinth der unterirdischen Gänge begab, das zu den Gräbern der Urväter hinunterführt. In dem Dunkel, das die Fackeln mit Rauch und tanzenden Lichtern erfüllten, schwanden die Gräber, kaum sichtbar, zu vagen Grabhügeln. Mein Gefährte ließ sich Adams Grab zeigen und beugte sich lange darüber, als suchte er etwas, ein Geheimnis, eine Botschaft, wenigstens einen Hinweis, was weiß ich! Als ich ihn wiedersah, verriet sein Gesicht, hinter all seiner ungerührten Schönheit, deutliche Enttäuschung. Gleichgültig betrachtete er die prachtvolle Terebinthe, deren Stamm sich noch nicht einmal von zehn Männern, die sich an den Händen halten, umfassen läßt und die der Sage nach zurückreicht in die Zeit des Paradieses auf Erden. Nur einen verächtlichen Blick hatte er für das öde, dornenüberwachsene Stück Land, wo Kain angeblich seinen Bruder Abel erschlug. Rege wurde hingegen seine Neugier wieder vor dem von Weißdornhecken umschlossenen Feld mit der frisch umgepflügten Erde, aus der Jahwe Adam geformt haben soll, bevor er ihn dann in den Garten Eden setzte. Balthasar nahm eine Handvoll Erde und ließ sie durch die Finger rinnen – jene urtümliche Erde, aus der die menschliche Gestalt erschaffen und der von Gott Leben eingehaucht worden war. Dann richtete er sich wieder auf und nun – vielleicht galt es mir, aber viel eher noch war es, als redete er mit sich selbst – sprach er Worte, die ich trotz ihrer dunklen Bedeutung behalten habe.
»Über die ersten Zeilen der Schöpfungsgeschichte kann man gar nicht genug nachdenken«, sagte er. »*Gott schuf den Menschen nach seinem Bild und Gleichnis.* Weshalb die Worte *Bild* und *Gleichnis*? Welcher Unterschied besteht zwischen ihnen? Vermutlich ist es so, daß das Gleichnis das ganze Wesen – Leib und Seele – in sich begreift, während das

Bild nur eine oberflächliche Maske ist und trügerisch sein kann. Solang der Mensch noch so war, wie Gott ihn geschaffen hatte, durchstrahlte seine göttliche Seele die Maske aus Fleisch und Blut, und so war er schlicht und lauter wie ein Barren Gold. Damals legten Bild und Gleichnis gemeinsam ein einziges, einhelliges Zeugnis von ihrem Ursprung ab. Man hätte auf zwei unterschiedliche Worte verzichten können. Doch als dann der Mensch in seinem Ungehorsam gesündigt hatte, als er nun der Strenge Gottes durch Lügen zu entgehen suchte, da hörte er auf, Gleichnis seines Schöpfers zu sein, und ihm blieb nur sein Gesicht, ein kleines, trügerisches Bild, das gewissermaßen wider Willen an einen fernen, verleugneten, verhöhnten, aber nicht ganz verdunkelten Ursprung gemahnt. Daher begreift man den Fluch, der auf der Darstellung des Menschen in Malerei oder Bildhauerkunst ruht: in ihnen macht sich die Kunst mitschuldig an einem Betrug, denn sie verherrlicht und verbreitet ein *Bild, das kein Gleichnis ist.* Mit glühendem, fanatischem Eifer verfolgt die Priesterschaft die bildenden Künste und zerstört selbst die herrlichsten Werke menschlichen Geistes. Wenn man nachfragt, erhält man die Antwort, so werde es so lange bleiben, als das Bild insgeheim etwas untergründig Gleichniswidriges in sich berge. Eines Tages vielleicht wird der gefallene Mensch von einem Helden, einem Heiland erlöst und erneuert werden. Dann wird er wieder Gleichnis und damit wird sein Bild wieder gerechtfertigt sein, und die Künstler, Maler, Bildhauer und Zeichner werden ihre Kunst wieder ausüben dürfen, denn sie hat dann ihre geheiligte Dimension wiedergewonnen...«
Während er so seiner Betrachtung nachging, wandte ich meinen Blick hinab zu der frisch umgebrochenen Erde, und indes die Worte Bild und Gleichnis mir wieder und wieder ins Ohr drangen, suchte ich in diesem Lehm nach der Spur

eines Menschen, nach Balthasars, nach Biltines, vielleicht nach meiner eigenen Spur. Balthasar war verstummt und verharrte in andächtigem Schweigen. Da raffte ich eine Handvoll Erde zusammen, hielt sie dem König hin und sprach:

»Sag an, wenn es dir beliebt, edler Balthasar: ist diese Erde, aus der Adam geformt worden ist, deiner Meinung nach weiß?«

»Weiß? Gewiß nicht!« rief Balthasar mit einem Freimut, über den ich lächeln mußte. »Ich finde, sie ist eher schwarz, falls du meine Ansicht wissen willst. Überdies hat sie bei näherem Zusehen einen rotbraunen Schimmer, und das erinnert mich denn auch daran, daß *Adam* auf hebräisch *Ockererde* bedeutet.

Selbst wenn er weniger gesagt hätte, wäre ich schon glücklich gewesen. Ich hielt mir die Handvoll Erde nah vor mein Gesicht.

»Schwarz, braun, rot, ockerfarben, sagst du. So schau denn her und vergleiche! Ist Adams Antlitz etwa nicht nach dem Bilde – wenn nicht gar nach dem Gleichnis (denn es geht nur um die Hautfarbe) – des Gesichts deines Vetters, des Königs von Meroë geschaffen?«

»Adam ein Neger? Weshalb nicht? Ich dachte nicht daran, doch es gibt nichts, das diese Annahme verbietet. Aber Vorsicht – Eva wurde ja aus Adams Fleisch geschaffen. Einem Adam, der Neger ist, entspricht also auch eine schwarze Eva. Doch wie seltsam das ist! Unsere Mythologie mit ihrer unvordenklich alten Bilderwelt hält dem Ansturm unserer Phantasie und unserer Vernunft stand. Bei Adam mag es hingehen, aber Eva – die kann ich nie anders als weiß vor mir sehen!«

Und ich erst! Nicht nur weiß, sondern blond, mit der aufmüpfigen Nase und dem kindlichen Mund Biltines...

Und während Balthasar mich mitnahm zu unserer gemeinsamen großen Karawane, in der Pferde und Kamele durcheinanderliefen, sprach er eine Frage aus, die für ihn nichts als ein scherzhaftes Paradox war, für mich jedoch von unübersehbarer Tragweite werden sollte:
»Wer weiß«, sagte er, »ob der Sinn unserer Reise nicht darin liegt, Verherrlichung des Negertums zu sein?«

Balthasar, König von Nippur

Ich kann mich kaum genug dazu beglückwünschen, daß wir uns in Hebron mit der Karawane des Königs Kaspar von Meroë vereinigt haben. Es tut mir leid, daß ich mich nicht nachhaltiger bemüht habe, Schwarzafrika und seine Kulturen kennenzulernen: in ihnen verbergen sich gewiß noch ungeheure Reichtümer. War es meinerseits Unwissenheit, Mangel an Zeit oder allzu ausschließliches Interesse für Griechenland? Ich meine, es war nicht nur das. Der schwarze Mann stieß mich ab, denn er stellte mir in Wahrheit eine Frage, die zu beantworten ich nicht imstande war, die zu beantworten ich mir nicht die Mühe machen wollte. Denn bis ich meinem afrikanischen Bruder begegnete, war ein langer Weg zurückzulegen. Ich mußte, älter werdend und nachdenkend, diesen Weg gehen, ohne es zu merken, und er führte mich an dieses umfriedete, gepflügte Feld in der Landschaft Hebron, wo Jahwe, wie die Legende will, den ersten Menschen geformt haben soll... und wo Kaspar, der König von Meroë, meiner wartete. Der Mythos von Adam als dem Selbstbildnis des Schöpfers hat mich schon immer stark beschäftigt, denn ich hatte schon lange den Eindruck, er enthalte bedeutsame Wahrheiten, in die noch niemand eingedrungen ist. Ich habe mich so weit gehen lassen, daß ich vor Kaspar laut spintisierte und die beiden Worte *Bild* und *Gleichnis* – in deren Nebeneinander man bisher nur rhetorische Wortfülle sah – einander entgegensetzte wie einen Hebel und seinen Ansatzpunkt, um so diese nur allzu bekannte Geschichte aufzubrechen und ihr das Geheimnis zu entreißen, das darin verborgen liegt. Da machte der gute

Neger mich darauf aufmerksam, wie sehr doch die Farbe des Bodens hier in Hebron der Farbe seines Gesichtes gleiche, so daß aller Anlaß bestehe, an einen Adam zu glauben, der unseren afrikanischen Freunden an Hautfarbe brüderlich verwandt sei. Ich habe diesen neuen Schlüssel – einen Adam, der schwarz ist – sofort an jenen Fragen von Bild und Bildnis versucht, die mir schon immer ein Problem waren. Was dabei herauskam, hat sich als überraschend, als verheißungsvoll erwiesen.

Denn ist ist offensichtlich, daß der Schwarze zum Bildhaften tiefere Affinitäten besitzt als der Weiße. Man braucht sich nur einmal anzusehen, um wieviel besser als der Weiße er Schmuckstücke, Kleider in lebhaften Farben und vor allem Juwelen, kostbare Steine und edle Metalle trägt. Im Vergleich zum Weißen ist der Schwarze auf eine viel natürlichere Art *Idol*. Idol – das heißt Bild.

Ich habe beobachten können, wie sehr diese Begabung auch bei Kaspars Reisegefährten in Blüte steht: man bekommt eine schöne Sammlung von Kleinodien und Juwelen zu sehen, und sogar von Kleinodien und Juwelen aus Fleisch und Blut, nämlich Tätowierungen und Ziernarben. Ich sprach Kaspar darauf an, und zu meinem Erstaunen schob der die Frage mit einem einzigen Satz aufs Gebiet der Moral. Er sagte:

»Darauf nehme ich Bedacht, wenn ich meine Leute auswähle. Ein Tätowierter hat mich noch nie verraten.«

Welch seltsame Metaphorik, die Tätowierung mit Treue gleichsetzt!

Was ist eine Tätowierung? Sie ist ein Amulett auf Dauer, ein lebendes Schmuckstück, das man nicht ablegen kann, weil es mit dem Körper substanzgleich ist. Man hat mir bei einem jungen Mädchen auf der Innenseite der Schenkel feine, rautenförmig-schachbrettartige Narben gezeigt: es sind die

»Eisengitter«, die ihre Jungfräulichkeit schützen sollen. An der Schwelle zu ihrem Geschlecht hält die Tätowierung Wache. Der tätowierte Körper ist reiner und besser geschützt als der untätowierte. Und die Seele des Tätowierten, sie hat teil an der Unzerstörbarkeit der Tätowierung, übersetzt sie in ihre eigene Sprache und wandelt sie zur Tugend der Treue. Wenn ein Tätowierter kein Verräter sein kann, so deshalb, weil sein Körper es ihm verbietet. Wie jegliche Art von Signum, Signal und Signatur gehört er unverbrüchlich dem Reich der Zeichen an. Seine Haut ist Logos. Der Schriftkundige und der Redner besitzen einen Körper, so weiß und unberührt wie ein unbeschriebenes Blatt. Mit Hand und Mund senden sie Zeichen – Schrift und Wort – hinein in Raum und Zeit. Der Tätowierte hingegen redet nicht und schreibt nicht: er ist Schrift und Wort. Und das erst recht, wenn seine Haut schwarz ist. Diese Begabung der Afrikaner, das Zeichen in ihrem eigenen Körper Fleisch werden zu lassen, erreicht in Gestalt reliefartiger Narben seinen Höhepunkt. Ich habe einige von Kaspars Gefährten betrachtet: das Zeichen, das ihnen ins Fleisch geritzt ist, hat die dritte Dimension erobert. Das Gemälde ist zum Hochrelief, zur Skulptur geworden. Sie machen tiefe Einschnitte in ihre – besonders dicke und schwellende – Haut, verhindern künstlich das Zusammenwachsen der Wundränder und erreichen so, daß sich lippenartige Wülste bilden; die bearbeiten sie dann weiter mit Feuer, Schermesser, Nadel und zugleich mit Farbstoffen: Ocker, Henna, Laterit, Kaolinweiß, mit Saft von Wassermelonen oder grüner Gerste. Manchmal gehen sie gar so weit und legen in die Wunde eine ölgetränkte Kugel oder Lamelle ein, die dort auch bleibt, wenn die Wunde vernarbt ist. Eleganter finde ich freilich die Technik, ganze Streifen Haut abzuziehen, sie ineinander zu flechten und den so entstehenden Zopf dann in eine mitten-

drin aufgerissene Wundfurche einzupflanzen, damit er darin anwächst wie ein Pfropfreis.
Die nahe Beziehung dieser Körperkunst zu Adam im Paradies ist offensichtlich. Das Leibliche wird nicht zur Rolle des Werkzeugs herabgewürdigt – zu einem Maler- oder Bildhauergerät –; es ist in dem Kunstwerk, zu dem es geworden ist, geheiligt. Ja, wäre der bemalte und zur Skulptur geformte Körper von Kaspars Gefährten eine Erinnerung an Adams Körper in der Unschuld seines Ursprungs und in seiner innigen Verbindung mit Gottes ewigem Wort – es sollte mich nicht wundern. Während unsere glatten, mühseligen weißen Körper dem sträflichen, erniedrigten, in die Gottesferne verbannten Leib entsprechen, der uns seit dem Sündenfall zu eigen ist.
Wir waren drei Tage in Hebron. Drei weitere Tage brauchten wir, bis wir an den Toren Jerusalems anlangten.

Ist der Vater geizig, wird der Sohn ein Mäzen. Mit gieriger Hartnäckigkeit hatten mein Großvater Belsussar, dann mein Vater Balsarar die mageren Geldquellen des kleinen Fürstentums Nippur – eines glanzvollen, aber wenig gewichtigen Fragments des Königreichs Babylon, dessen Auflösung durch Alexanders Tod beschleunigt worden war – ausgebeutet, und sie hatten in ihren fünfundsechzig Regierungsjahren jeden Anlaß zu Geldausgaben wie Krieg, Entdeckungsreisen oder große Bauvorhaben vermieden. Und darum sah ich, Balthasar IV., ihr Sohn und Enkel, mich bei meiner Thronbesteigung im Besitz eines Staatsschatzes, der auch ehrgeizigsten Ansprüchen gerecht werden konnte. Die meinen zielten weder auf Eroberungen noch auf Prachtentfaltung ab. Einzig der Leidenschaft für reine, schlichte Schönheit galt die ganze Glut meiner Jugend, und ich habe immer

behauptet – und behaupte es noch – daß ich daraus so viel Rechtsgefühl und politischen Instinkt schöpfe, wie sie notwendig und ausreichend sind, um ein Volk zu regieren.
Der Geiz meiner Väter... Ich sehe darin keine Negation meiner künstlerischen Neigungen, ebensowenig wie diese Neigungen zu einer Art Verschwendungssucht verkürzt werden dürfen. Schon immer steckte in mir ein leidenschaftlicher Sammler. Der Geizige und der Sammler aber sind keineswegs Widersacher; sie haben im Gegenteil viel Verwandtes, und machen sie einander einmal den Rang streitig, so löst sich das fast immer, ohne daß sie groß aneinandergeraten. Als Kind geschah es mir einmal, daß ich meinen Großvater in die Tresorkammer begleiten durfte, die er zuinnerst im Palast hatte einbauen lassen; hier sollten nach seinem Willen die Schätze des Königreichs in grabestiefer Stille schlummern. Ein enger Gang, von steilen, winkeligen Treppchen unterbrochen, führte zu einem Granitblock, so groß wie ein Haus, der von einem entfernten Raum aus durch ein System von Ketten und Winden aus der Zugangsöffnung gekippt werden konnte. Es war schon eine kleine Expedition, bis man überhaupt darauf vorbereitet war, ins Allerheiligste eingelassen zu werden. Durch eine schmale Schießscharte fiel ein Sonnenstrahl in den Raum und zerschnitt das Halbdunkel wie ein Schwert von Licht. Wenn Belsussar sein mageres Rückgrat krümmte und die schweren Schatztruhen umherwuchtete, bewies er eine für sein Alter erstaunliche Kraft. Ich sah ihm zu, wie er sich über ganze Haufen von Türkisen, Amethysten, Hydrophanen und Chalzedonen beugte, wie er Rohdiamanten in der hohlen Hand durcheinanderkullern ließ oder auch Rubine gegen das Licht hielt, um ihr Wasser zu beurteilen, oder Perlen, um ihren matten Glanz heller schimmern zu lassen. Erst nach Jahren des Nachdenkens kam ich darauf, daß das überschwengliche

Gefühl, das mich damals zu ihm hinzog, auf einem Mißverständnis beruhte, denn wo mich die Schönheit von Gemmen und Perlmutt mit Jubel erfüllte, da sah er nichts als eine bestimmte Menge Reichtum, ein abstraktes und darum vielseitig verwertbares Symbol, das sich in einem Stück Land, einem Schiff oder einem Dutzend Sklaven niederschlagen konnte. Kurzum, während ich mich ins Betrachten eines kostbaren Gegenstandes vertiefte, nahm mein Großvater ihn lediglich als Ausgangspunkt für einen fortschreitenden Sublimierungsvorgang, der letztlich in einer bloßen Zahl endete.

Mein Vater beseitigte das Zwielicht, durch das der über seine Juwelen gekrümmte Geizhals für einen Kunstliebhaber gehalten werden kann: sogleich mit seiner Thronbesteigung trennte er sich von dem Schatz in der Tresorkammer. Zunächst behielt er lediglich Goldmünzen mit Bildnisprägungen, die aus dem Mittelmeerraum, vom afrikanischen Festland oder von den Grenzen Asiens stammten. Mit einer letzten Illusion, die ich hegte, ließ ich mich von diesen geprägten Bildern begeistern, die meiner Vorliebe für die Kunst des Porträts und überhaupt für die bildhafte Darstellung eines Lebenden oder Verstorbenen schmeichelten. In Gold oder Silber eingegraben, gewann das Gesicht eines – vergangenen oder zeitgenössischen – Herrschers in meinen Augen göttliche Dimension. Doch meine Illusion endete, wie dann diese Geldstücke als solche verschwanden und dem Abakus sowie dem Schreibwerk der chaldäischen Bankiers Platz machten, mit denen der König und sein Finanzminister regelmäßige Besprechungen abhielten. Auf eine herausfordernd-paradoxe Weise haben wachsender Geiz und dessen Ausfluß, der maßlose Reichtum, Verwandtschaft mit der fortschreitenden Entsagung, der sich die Askese des von Gott besessenen Mystikers hingibt. Beim Geizigen wie beim

Mystiker verdecken die äußeren Zeichen der Armut einen ungeheuren, unsichtbaren Reichtum, der freilich im einen und im anderen Fall ganz unterschiedlicher Natur ist.
Meine eigene, glühende Neigung stand ganz im Gegensatz zu dieser Armut und zu diesem Reichtum. Ich liebe Teppiche, Gemälde, Zeichnungen, Statuen. Ich liebe alles, was unser Dasein schöner und edler macht, und in erster Linie die Darstellung des Lebens, die uns anregt, uns über uns selbst zu erheben. Ich finde keinen besonderen Geschmack an den geometrischen Motiven von Smyrnateppichen oder babylonischen Fayencen, und die Architektur ihrerseits bedrückt mich durch die Lektion von Größe und hochmütiger Unvergänglichkeit, die sie uns fortwährend scheint beibringen zu wollen. Ich brauche Wesen aus Fleisch und Blut, gesteigert und erhöht durch die Hand des Künstlers.
Bald übrigens entdeckte ich einen Aspekt meiner Neigung zum Ästheten, der mich von meinen durch ihre Knauserei zur Seßhaftigkeit verdammten Vätern vollends unterschied: das Reisen. Was mich aus dem heimischen Palast vertrieb, war freilich weder ein Trojanischer Krieg noch ein Versuch, Asien zu erobern. Ich muß lachen, da ich diese Zeilen schreibe, so sehr füllen sie sich auch ohne mein Zutun mit provozierender Ironie. Ja, ich gebe es zu: nicht mit dem Schwert in der Hand, sondern ein Schmetterlingsnetz schwingend zog ich hinaus auf die Straßen der Welt. Leider zeichnet sich der Palast von Nippur nicht durch seine Rosenbeete und Obstgärten aus. Sondern durch das Licht, das in blendenden Flächen auf weiße Terrassen fällt, die triumphale Vermählung von Stein und Sonne. So war ich einigermaßen entzückt, wenn ich zuweilen am frühen Morgen auf der Balustrade vor meinen Gemächern einen schönen, bunten Schmetterling betraf, wie er sich heftig zitternd vom nächtlichen Tau trocknete. Dann sah ich, wie er aufflog,

unentschlossen umhertaumelte und – stets gen Westen – mit den wunderlich-eckigen Bewegungen eines Geschöpfs, das zu große Flügel hat, um gut fliegen zu können, entschwand.
Aber wenn sich auch der zarte Besuch hin und wieder erneuerte – der Besucher wechselte jedesmal die Livree. Manchmal gelb und schwarzsamten schattiert oder fuchsrot geflammt, mit malvenfarbenem Auge oder auch ganz einfach schneeweiß, war er dann wieder grau und blau gesprenkelt, als wäre er aus Schildpatt geschnitten.
Ich war einstweilen noch ein Kind, und diese Schmetterlinge, die wie Sendboten einer anderen Welt zu mir kamen, verkörperten in meinen Augen die reine Schönheit, nicht faßbar und zugleich ohne jeden Handelswert, genau die Umkehrung dessen, was man mich in Nippur gelehrt hatte. Ich ließ den Verwalter kommen, der den Auftrag hat, für mein materielles Wohl zu sorgen, und befahl ihm, mir das Gerät, das ich benötigte, herstellen zu lassen, nämlich einen Rohrstock mit einem Metallring am Ende, an dem eine Art Mütze aus leichtem, weitmaschigem Stoff angebracht sein sollte. Nach etlichen tastenden Versuchen – fast alle für die drei Einzelteile verwendeten Materialien waren viel zu schwer und ohne die gebotene Affinität zu der gewünschten Beute – sah ich mich im Besitz eines ziemlich brauchbaren Schmetterlingsnetzes. Ohne zum Anreiz eine morgendliche Visite abzuwarten, rannte ich los, dem Horizont – dem östlichen – zu, von wo meine kleinen Besucher stets gekommen waren.
Es war das erste Mal, daß ich mich allein über die Grenzen des königlichen Besitztums hinauswagte. Zu meiner Überraschung fand sich bei meiner Eskapade kein Wachtposten, vielmehr schien sich alles zu ihren Gunsten verschworen zu haben: ein köstlich milder Wind, das von der Hochebene

leicht abfallende, tamariskenbeschattete Gelände und, nicht zu vergessen, da und dort ein bunter Fleck, der von Blüte zu Blüte flatterte, als wollte er mich herausfordern oder mich an meine Pflichten als Schmetterlingsjäger erinnern. Je weiter ich in das Tal eines Nebenflusses des Tigris hinabstieg, desto mehr sah ich, wie die Vegetation reicher und üppiger wurde. Fortgelaufen war ich im ausgehenden Winter, der nur durch ein paar spärliche Krokusse etwas fröhlicher gewirkt hatte; jetzt war mir, als eilte ich durch Felder voller Narzissen, Hyazinthen und Goldlilien der freundlichen Jahreszeit entgegen. Und seltsam! Schmetterlinge stellten sich nicht nur immer zahlreicher ein, sondern ihr Flug schien gar stets vom gleichen Punkt auszugehen, und natürlich lag dort auch das Ziel meiner Entdeckungsreise.
Durch einen Schwarm Insekten wurde ich überdies schon aus einiger Entfernung auf Maaleks Hof aufmerksam. Um einen Brunnen herum – der wohl der entscheidende Grund für die Ansiedlung an dieser Stelle gewesen war – lag da zunächst ein großer, weißgetünchter Kubus, der außer einer einzigen niedrigen Tür keine andere Öffnung aufwies und sich, beiderseits im rechten Winkel darangebaut, in zwei großen, leichten, mit Palmblättern gedeckten Bauten fortsetzte. Aus einem dieser Palmblattdächer stieg, wie blauer Rauch, eine luftige Fahne, die sich nach allen Richtungen ausdehnte und entfaltete; dieses aktive, dynamische, fast von einem Willen getriebene Anschwellen war aber nicht das – passive – Wachsen einer Wolke, sondern das Auffliegen einer Unmasse geflügelter kleiner Tiere. Bevor ich in den Hof des Anwesens kam, war es mir schon gelungen, im Gras ein paar kleine Schmetterlinge, allesamt grau und durchscheinend, aufzulesen, offenbar die Trägsten aus diesem zu seiner Wanderung aufbrechenden Völkchen.
Bellend stürzte mir ein Hund entgegen; eine Handvoll Hüh-

ner stob vor ihm in wilder Flucht davon. Vielleicht reizte ihn das seltsame Gerät, das ich in der Hand hatte, zur Wut; jedenfalls ließ er mich nicht in Ruhe, bis der Gutsherr eingriff. Der kam aus einer der großen Palmhütten; er beeindruckte mich durch seine Größe, seine hagere Erscheinung – in eine weite gelbe Tunika mit langen Ärmeln gehüllt – und durch sein kahles, asketisches Gesicht. Er streckte mir die Hand entgegen, und ich glaubte, er wolle mich begrüßen, doch wollte er, wie ich dann merkte, mir mein Schmetterlingsnetz abnehmen, das er vielleicht, wie vor ihm schon der Hund, in diesen Gefilden fehl am Platze fand.
Ich hielt es nicht für angezeigt, ihm zu verheimlichen, wer ich sei; ich genoß schon im voraus die etwas schockierte Überraschung, die es erregen würde, wenn ich mich vorstellte. Und so sagte ich denn ohne weitere Einleitung:
»Ich bin heute morgen aus dem Palast in Nippur fortgelaufen. Ich bin Balthasar, der Sohn Balsarars und Enkel Belsussars.«
Nicht ohne Verschmitztheit erwiderte er mir mit einem Wink auf die Schmetterlinge, deren Schwarm nun nicht mehr aus dem Dach quoll, sich vielmehr über den Bäumen zerfasernd auflöste:
»Das sind Silberbläulinge. Sie verpuppen sich eng beisammen, in ganzen Trauben, und fliegen dann, einem geheimnisvollen Gemeinschaftssinn folgend, alle gleichzeitig davon. Gestern ließ noch nichts darauf schließen, daß das allgemeine Ausschlüpfen schon unmittelbar bevorstand. Und doch hatte, auf ein dunkles Signal hin, jedes einzelne Tierchen begonnen, ein Loch in die Spitze seines Kokons zu nagen.«
Er versäumte indessen auch nicht die üblichen Zeichen der Gastfreundschaft. Er schöpfte Wasser aus dem Brunnen, füllte einen Becher und reichte ihn mir. Dankbar begann ich

zu trinken und wurde mir dabei um so mehr meines Durstes bewußt, je mehr ich ihn löschte. Ja, die lange Strecke, die ich bis hierher gelaufen war, hatte mich durstig gemacht, und nun, da ich getrunken hatte, spürte ich, wie meine Beine vor Müdigkeit zitterten. Ich begriff wohl, daß der andere das gemerkt hatte, daß er aber entschlossen war, darauf keine Rücksicht zu nehmen. Dieser junge, ein bißchen verrückte Prinz, der da mit einem lächerlichen Ding in der Hand aus seiner Hauptstadt gelaufen kam, verdiente hart angefaßt zu werden.

»Auf«, befahl er mir, »du bist ja gekommen, um sie dir anzusehen. Sie warten auf dich.«

Und ohne mir Zeit zu lassen, ihn zu fragen, wer mich erwarte, führte er mich in die erste Palmhütte.

Und da waren »sie« denn auch, zu Tausenden, zu Hunderttausenden, und das Geräusch, das sie beim Fressen machten, erfüllte die Luft mit betäubendem Geraspel. Es standen eine Art Tröge da, und die waren voller Blätter: Feigen-, Maulbeer-, Wein-, Eukalyptus-, Fenchel-, Karotten-, Asparagus-, und noch vielerlei andere Blätter, die ich nicht näher benennen konnte. Jeder Trog hatte seine besondere Art von Blättern, und jede Blattsorte hatte ihre besondere Art von Raupen. Glatte oder behaarte – winzige Bären in Braun, Fuchsgelb oder Schwarz – weiche oder schabrackengeschmückte, die wunderlichen Zierat trugen – Stacheln, Federbüschel, Pinsel, Knollen, Warzen oder Pfauenaugen. Aber alle bestanden aus zwölf aneinandergefügten Ringen und hatten am einen Ende einen runden Kopf mit mächtigen Kauwerkzeugen, und die unheimlichsten waren die, die in Form und Farbe zum Verwechseln genau der Pflanze glichen, auf der sie lebten, so daß es auf den ersten Blick wirkte, als verzehrten die Blätter, von kannibalischem Wahn erfaßt, sich selbst.

Maalek beobachtete mich, wie ich mich, die Augen vor Staunen und Neugier weit aufgerissen, über den einen Trog, dann wieder über einen anderen beugte, um das erstaunliche Schauspiel, das sich mir darbot, voll in mich aufzunehmen.

»Wahrhaftig, das ist gut so!« sagte er, mit sich selber redend. »Ich beobachte dich, während du beobachtest, ich schaue, während du schaust, und indem ich so meinen Blick schärfe, gebe ich diesen bedeutsamen Dingen neue Eindrücklichkeit und Frische. Ich sollte häufiger junge Gäste hier oben haben. Doch du hast von dem, was sich hier abspielt, erst die Hälfte zu Gesicht bekommen. Gehen wir darum weiter; komm mit – hier durch die Tür!«

Und schon zog er mich mit sich in die zweite Hütte.

Nach der fieberhaften, heißhungrigen Lebendigkeit zuvor war dies nun ein Anblick, der von Tod, besser gesagt von Schlaf sprach, einem Schlaf freilich, der in erschreckend raffinierter Weise den Tod imitierte. Man sah nur einen Wald von Ästchen und Zweigen, geradezu ein künstliches Dickicht, eingepflanzt in Bottiche mit Sand. Und dieses ganze Wäldchen war mit Kokons bedeckt, seltsamen Früchten, die nicht zum Essen taugten, alle umgeben von einer seidigen Hülle, leuchtend gelb und geschwellt von einem irgendwie verdächtigen inwendigen Drang.

»Denk nur nicht, sie schlafen!« sagte Maalek, der meine Gedanken erriet. »Bei Schmetterlingspuppen geht es ja nicht um einen Winterschlaf. Sie geben sich im Gegenteil einer ungeheuren Arbeit hin, deren Ausmaß nur wenige Menschen ahnen. Hör' gut zu, kleiner Prinz: die Raupen, die du gesehen hast, hatten alle, wie du und ich, einen lebendigen Körper, der aus verschiedenen Organen bestand. Magen, Auge, Gehirn, und so weiter – das alles ist bei der Raupe vorhanden. Und jetzt schau her!«

Er löste von einem Zweig einen Kokon, faßte ihn zwischen Daumen und Zeigefinger und schnitt ihn mit einem dünnen Messer entzwei. Die aufgeschnittene Larve enthielt nichts als eine weiße Substanz, die dem Fruchtfleisch einer Avocado glich.

»Siehst du, da ist nichts darin als ein unterschiedslos mehliger Brei. Alle Organe der Raupe sind darin aufgegangen. Verschwunden ist sie mit Rumpf und Stumpf, die Raupe, samt ihrem ganzen, waffenstarrenden Körperbau! Vereinfacht bis zum letzten und eingeschmolzen! Billiger geht's nun mal nicht, wenn man zum Schmetterling werden will. So manches Jahr beobachte ich schon alle diese winzigen Mumien und mache mir Gedanken über die vollkommene Einfachheit, zu der sie gelangen und die doch nur Vorspiel zu einer wunderbaren Verwandlung ist. Ich suche nach anderen, vergleichbaren Dingen. Eine Gemütsbewegung zum Beispiel. Ja, Gemütsbewegung; auch Furcht, wenn du willst.«

Er setzte sich auf seinen Hocker, um bequemer und aus nächster Nähe mit mir sprechen zu können.

»Furcht... Du gehst eines schönen Aprilmorgens im Park des Schlosses spazieren. Alles ringsum lädt ein zu Frieden und Glück. Du läßt dich davon tragen, überläßt dich den Düften, dem Gezwitscher, dem milden Wind. Und da taucht plötzlich ein Raubtier auf; gleich wird es sich auf dich stürzen. Es gilt, ihm die Stirn zu bieten und sich zum Kampf zu rüsten, einem Kampf auf Leben und Tod. Heftige innere Bewegung erfaßt dich. Ein paar Sekunden lang ist dir, als seien deine Gedanken völlig durcheinander; du hast nicht die Kraft, um Hilfe zu rufen; deine Arme und Beine gehorchen deinem Willen nicht mehr. Das ist der Zustand, der Furcht heißt. Ich für mein Teil würde ihn *Vereinfachung* nennen. Die Situation fordert von dir eine radikale Verwandlung. Der sorglose Spaziergänger muß zum Kämpfer werden. Das geht nicht ohne eine Übergangsphase, die alles in Fluß bringt, wie bei unserem Beispiel von der Puppe in ihrem Kokon. Aus dieser Phase, in der alles im Fluß ist, muß ein Mann hervorgehen, der kampfbereit ist. Hoffen wir, daß er es rechtzeitig ist!«

Er stand auf und ging schweigend ein paar Schritte auf und ab.

»Noch viel besser läßt sich natürlich diese Theorie von der vorübergehenden Vereinfachung auf der Ebene der Völker verdeutlichen. Beim Wechsel des politischen Systems – oder auch einfach des Herrschers – macht ein Land normalerweise eine unruhige Zeit durch, in der alle Organe der Verwaltung, der Rechtsprechung und der Armee sich in Anarchie aufzulösen scheinen. Doch ist gerade dies der Preis dafür, daß die neue Obrigkeit ihren Platz einnehmen kann.

Was die Verwandlung angeht, die aus der Raupe einen Schmetterling werden läßt, so ist die offensichtlich ein exemplarischer Vorgang. Ich war nicht selten versucht, im Schmetterling eine Tier-Blume zu sehen, die – einem Angleichungstrieb folgend, der Insekt und Pflanzenblatt ineinander übergehen läßt – aus einer Pflanze erblüht, die Raupe heißt. Eine exemplarische, weil zu einem glanzvollen Ergebnis führende Verwandlung. Kann man sich denn eine wundersamere Verklärung vorstellen als eine, die von der grauen, im Staub kriechenden Raupe ausgeht und im Schmetterling endet? Doch dieses Beispiel wird bei weitem nicht immer beherzigt! Ich habe vorhin die Völker mit ihren politischen Umwälzungen erwähnt. Aber wie oft wird nicht ein Tyrann aus der Macht nur vertrieben, um einem noch blutrünstigeren Tyrannen Platz zu machen? Und bei den Kindern – kann man da nicht sagen, die Pubertät, die sie zu Männern macht, sei die Verwandlung eines Schmetterlings in eine Raupe?«

Anschließend führte er mich in einen kleinen Raum, in dem ein starker, balsamischer Geruch herrschte. Hier, so erklärte er mir, müßten die Schmetterlinge, die er konservieren wolle, ihr Leben lassen; hier würden sie dann mit ausgebreiteten Flügeln für ewige Zeiten in ihrer Lage fixiert. Gleich wenn sie aus dem Kokon kämen – noch ganz feucht, zerknittert und bebend – bringe man sie in einen kleinen, hermetisch verschlossenen Glaskäfig. Da beobachte man ihr Erwachen zum Leben und ihr Erblühen zum Sonnenlicht, und dann, sogar noch ehe sie zum ersten Flug angesetzt hätten, halte man ein in Myrrhe getauchtes Stäbchen mit dem einen, brennenden Ende in den Käfig, so daß sie erstickten. Maalek legte großes Gewicht auf dieses von einem orientalischen Strauch[3] ausgeschwitzte Harz, das die alten Ägypter zum Einbalsamieren ihrer Toten verwendeten. In ihm sah er die symbolträchtige Substanz, kraft deren das verwesliche Fleisch zur Zeitlosigkeit des Marmors, der vergängliche Leib zur Ewigkeit der Statue... und seine fragilen Schmetterlinge zur kompakten Dichte von Juwelen gelangten. Er schenkte mir einen großen Brocken Myrrhe; ich habe ihn seitdem aufbewahrt, und auch jetzt, da ich diese Zeilen schreibe, halte ich ihn in der linken Hand und fühle sein Gewicht. Ich betrachte sie, diese ein bißchen ölige, von weißen Schlieren durchzogene, rötliche Masse, und ich weiß, sie hinterläßt nachher in meiner Hand einen langanhaltenden Duft nach Tempeldämmern und welken Blumen. Später hieß er mich dann in seine Behausung eintreten. Von ihr habe ich nur behalten, daß Tausende von Schmetterlingen, alle in flachen Kristallkästchen geschützt, die Wände bedeckten. Er nannte mir alle mit Namen, eine phantastische Litanei, in der von Sphinxen, von Pfauen, Nachtfaltern, Satyrn die Rede war, und ich sehe vor mir immer noch den Großen Perlmuttfalter, den Atlasspinner, die Kupferglucke, den Admiral, den Königssegler, den Nymphenschleier. Mehr als jede andere Schmetterlingsart aber begeisterte mich der Ritterschildträger, und zwar nicht so sehr wegen seiner »Hörner«, einer Art feiner, gebogener Fortsätze an den hinteren Flügeln, als wegen einer auf dem Rückenschild sichtbaren, wappenartigen Zeichnung, die oft ein geometrisches Muster, zuweilen aber auch eine eindeutige bildliche Darstellung aufwies: einen Kopf, ja, einen Totenkopf, aber auch den Kopf eines Lebenden, ein Bildnis – mein Porträt, versicherte Maalek und schenkte mir, in einen rosenfarbenen Beryllquader gefaßt, einen *Balthasarschildträger*, wie er ihn feierlich taufte.

Tags darauf machte ich mich wieder auf den Rückweg nach Nippur. Anstelle meines Schmetterlingsnetzes hatte ich nun den Balthasarschildträger bei mir; ich drückte ihn und zugleich meinen Myrrhebrocken unter der Tunika fest an mich – zwei Dinge, die mir jetzt, aus langjährigem Abstand betrachtet, quasi als die ersten Marksteine meines Schicksals erscheinen. Denn dieser Ritter-Balthasar-Schildträger – schwarz schillernd mit feinen, malvenfarbenen Linien – der als Relief in seinem hornigen Rückenpanzer eintätowiert unstreitig einen menschlichen Kopf, und zwar – worüber sich eher streiten läßt – den meinen trägt, sollte gerade deshalb als erstes Opfer vor zahlreichen anderen, die dann noch folgten, dem fanatischen Haß von Nippurs Priestern anheimfallen. Denn gleich nach meiner Rückkunft in den Palast hatte ich ja mit jugendlicher Sorglosigkeit jedem meine Errungenschaft gezeigt, ohne zu sehen – oder sehen zu wollen – wie manche Gesichter abweisend und hart wurden, wenn ich ausführte, das, was der schöne samtene Ritter auf dem Rücken zeige, sei mein Bild. Daß jedes Bild überhaupt und Bildnisse von Menschen im besonderen verboten sind, ist und bleibt ein Glaubenssatz bei den semitischen Völkern, die allesamt besessen sind vom Grauen – oder soll man sagen von der Versuchung? – sich Götzen zuzuwenden. Und geht es gar um ein Mitglied des Herrscherhauses, so erweckt eine Büste, ein Porträt, eine bildliche Darstellung obendrein den Argwohn, hier werde nach römischem Muster versucht, sich selbst zum Gott zu machen, was in den Augen unserer Priesterschaft die äußerste, hoffnungsloseste Verworfenheit bedeutet.

Einige Zeit danach war ich wegen einer Jagdveranstaltung drei Tage fort. Bei meiner Rückkehr fand ich meinen Beryllblock und seinen kostbaren Inhalt in tausend Stücken auf den Fliesen meiner Terrasse vor, offenbar mit einem Stein oder wahrscheinlicher noch mit einem Keulenschlag zertrümmert. Aus meinen Bedienten, die unfehlbar Zeugen dieser »Hinrichtung« gewesen sein mußten, war nichts herauszubringen. Ich war an die Grenzen königlicher Macht gestoßen. Es war das erste Mal; es sollte nicht das letzte Mal sein.

Namenlos und ohne Gesicht war der Feind im übrigen keineswegs. Der Hohepriester, ein eher zu gutmütiger alter Mann, den ich im Verdacht hatte, insgeheim ein Zweifler zu sein, hätte von sich aus nicht gegen meine Sammelstücke gewütet. Doch ihm zur Seite stand ein junger Levit, der Hilfspriester Cheddad, der vom traditionellen Glauben durchdrungen, ein erbitterter Anhänger des Bilderverbotsdogmas, ein Reiner unter Reinen war. Ich habe mich immer davor gehütet, ihn geradeswegs vor den Kopf zu stoßen, zunächst aus Schwäche und Schüchternheit, dann aus Berechnung, aber ich habe ihn sehr rasch als den unerbittlichen Feind dessen erkannt, was mir das Kostbarste auf der Welt und in Wahrheit der eigentliche Sinn meines Daseins war: die Kunst des Malers, Zeichners und Bildhauers. Und was vielleicht noch schwerer wiegt: ich habe ihm nie verziehen, daß er meinen schönen Schmetterling zerstört hat, diesen Balthasar-Ritter, der, in seinen Rückenpanzer graviert, mein Bildnis zum Himmel emporgetragen hatte. Wehe dem, der ein Kind in dem, was ihm das liebste ist, verletzt! Er soll nur nicht hoffen, sein Frevel werde als Kinderei beurteilt, weil sein Opfer ein Kind ist!

Einer sehr alten, wohl bis ins goldene Zeitalter des Hellenismus zurückreichenden Familientradition gemäß schickte mein Vater mich nach Griechenland. Vorab schon war ich von Athen, dem Ziel meiner Reise, so geblendet, daß ich während der Reiseetappen, die mich nacheinander durch Chaldäa, Mesopotamien und Phönizien führten, und in Attalia und Rhodos, wo wir unterwegs anlegten, ehe wir dann in Piräus von Bord gingen, wie mit Blindheit geschlagen war. Von all dem Wunderbaren und Neuen, das sich mir bot – es war meine erste Seereise – ist mir fast nichts in Erinnerung geblieben, was wieder einmal beweist, daß sich die Jugend viel mehr durch heiße Leidenschaften als durch geistige Aufgeschlossenheit auszeichnet.

Gleichviel! Als ich den Fuß auf Griechenlands Boden setzte, hätte nicht viel gefehlt, und ich wäre niedergekniet und hätte ihn geküßt! Ich war völlig blind für den Niedergang dieses Volkes, das aus üppiger Fülle in Knechtschaft und Zerrissenheit herabgesunken war. Die Tempel verwüstet, die Sokkel ohne Statuen, die Felder brach, Städte wie Theben und Argos wieder zu elenden Dörfern geworden – für meine vom Wunder geweiteten Augen war dies alles überhaupt nicht vorhanden. In Wirklichkeit war es so, daß alles Leben aus den größeren Dörfern und vom flachen Land abgeflossen und einzig in die beiden Städte Athen und Korinth hineingeströmt war. Mir hätte die heilige Schar der Statuen auf der Akropolis genügt, dieses Land zu bevölkern. Die Propyläen, der Parthenon, das Erechtheion, die Erephoren,

so viel Anmut, verbunden mit so viel Größe, so viel Sinnlich-Lebendiges mit so viel Edlem vereint – das alles traf mich mit einer Art seligen Staunens, aus dem ich bis heute noch nicht heraus bin. Ich entdeckte, was ich von jeher erwartet hatte, und meine Erwartung wurde aufs herrlichste übertroffen.
Ja, und dem Hellenischen, der großen Offenbarung meiner Jugendjahre, bin ich leidenschaftlich treu geblieben. Natürlich bin ich dann reifer geworden und gleichzeitig reifte auch meine Anschauung von der Welt. Mit den Jahren betrachtete ich sie aus einem gewissen Abstand, die verzauberte Welt aus Marmor und Porphyr, der Apolls Gestirn vom Morgen bis zum Abend huldigt. Auf jener ersten Reise hat sich mir die schmerzliche Folgerung aufgedrängt, daß ich mit Herz und Seele diesem geliebten Griechenland gehörte und nur durch einen schrecklichen Mißgriff des Schicksals anderswo geboren sei. Nach und nach kam ich zum Bewußtsein und in den Besitz dessen, was ich den *Vorzug des Fernseins* nennen möchte. Gerade der bittere Schmerz, fern von ihr, ein Verbannter zu sein, rückte diese hellenische Erde in ein Licht, von dem ihre Bewohner nichts wissen konnten, und das mich wissend machte, ohne mir freilich Trost zu bringen. So habe ich von meinem fernen Chaldäa aus entdeckt, welch enge Verbundenheit zwischen der Kunst der Plastik und dem Polytheismus besteht. Götter, Göttinnen und Heroen sprießen in Griechenland so zahlreich, daß sie alles überwuchern und der bescheidenen menschlichen Wirklichkeit keinen nennenswerten Raum mehr lassen. Für den griechischen Künstler löst sich die Alternative zwischen »profan« und »heilig« ganz einfach dadurch, daß er Profanes nicht kennt. Während der Monotheismus Bilderfurcht und Bilderhaß mit sich bringt, ist der Polytheismus – unter dessen Ägide Malerei und Plastik ein goldenes Zeitalter

erleben – die sichere Gewähr für die Herrschaft der Götter über alle Künste.

Zwar habe ich das ferne Griechenland aus der Tiefe meines Palastes zu Nippur weiterhin verehrt, doch erkannte ich auch die Grenzen seiner hehren Kunst. Es ist nämlich weder gut noch gerecht noch wahrhaftig, die Kunst in einen Olymp zu sperren, von dem der wirkliche, lebendige Mensch ausgeschlossen ist. Für mich ist es die alltäglichste, die brennendste Erfahrung, in der Gestalt einer niedrigen Magd, im Gesicht eines Bettlers oder in der Bewegung eines kleinen Kindes eine jäh aufblitzende Schönheit zu entdekken. Diese im Alltäglichen verborgene Schönheit will sie nicht sehen, die griechische Kunst; sie kennt ja nur Zeus, Apollon oder Artemis. So wandte ich mich der Bibel der Juden zu; sie ist für einen Monotheismus, der unbeirrt Alleingültigkeit beansprucht, die Charta schlechthin. In ihr las ich, Gott habe den Menschen nach seinem Bild und Gleichnis geschaffen, womit er also nicht nur das erste Bildnis, sondern das erste Selbstbildnis der Weltgeschichte schuf. Ich las, er habe dem Menschen alsdann befohlen, zu wachsen und sich zu mehren und so die ganze Erde mit seinen Nachkommen zu erfüllen. Gott hat also sein eigenes Bild erschaffen, und dann äußert er seinen Willen, dieses Bild solle ins Unendliche vervielfacht werden und sich in der ganzen Welt verbreiten.

In beiden Punkten gab dann dieses Vorgehen für die meisten Herrscher und Tyrannen das Vorbild ab; ihm folgend sicherten sie die Verbreitung ihres Bildes allenthalben über ihre Lande: sie ließen ihr Bild auf Münzen prägen, denn sie sollen ja nicht nur in großer Zahl vervielfacht werden, sondern sollen auch unablässig von Truhe zu Truhe, von Tasche zu Tasche, von Hand zu Hand gehen.

Später geschah dann etwas Unbegreifliches, ein Bruch, eine

Katastrophe, und die Bibel, die mit dem Blick auf einen bildnis- und selbstbildnisschaffenden Gott begonnen hatte, ging plötzlich daran, die Bildermacher unablässig mit ihrem Fluch zu verfolgen. Dieser Fluch, der im ganzen Orient fort und fort widerhallt, der war mein großes Leid, und ich fragte mich immer wieder: Warum? Warum? Was ist denn geschehen? und wird es denn nie wieder gut werden?

Meine Lebensgeschichte sollte eine neue Bahn einschlagen, als es für mich darum ging, eine Frau zu nehmen. Bei einem Kronprinzen ist die Heranbildung der Sinne und des Herzens gewiß stets dazu verurteilt, lückenhaft und irgendwie lachhaft zu sein. Weshalb? Weil für ihn alles zu leicht ist. Während ein junger Mann, der arm oder der eben nicht von Adel ist, um alles, was Körper und Herz begehren, kämpfen muß – gegen sich selbst, gegen die Gesellschaft und oft sogar gegen das Objekt seiner Liebe – und während in diesem Kampf sein Verlangen wächst und erstarkt, genügt von seiten eines Prinzen ein Wink mit der Hand oder mit den Augen – und schon findet er diese oder jene, die er irgendwo flüchtig gesehen hatte, und sei es selbst die Frau seines Großwesirs, leibhaftig in seinem Bett vor. Eine Mühelosigkeit, die alles schal und schwächlich werden läßt und die einen um die herbe Freude der Jagd oder um die subtile Lust des Verführens bringt.

Mein Vater fragte mich eines Tages nach seiner Art – die um so beiläufiger, spielerischer und indirekter war, je mehr ihn das Thema berührte, um das es ging –, ob ich auch daran dächte, daß ich ja eines Tages seine Nachfolge antreten müsse, und daß es sich dann schicke, eine Frau zu haben, die würdig sei, Königin von Nippur zu werden. Ich hatte keinen politischen Ehrgeiz, und aus den vorhin erwähnten Gründen gingen meinerseits vom Sexus keine Ansprüche aus, die mir hätten den Schlaf rauben können. Die Frage meines Vaters, auf die ich nichts zu antworten gewußt hatte, blieb gleichwohl nicht ohne Wirkung; sie beschäftigte mich, und vielleicht machte sie mich auf dunkle Weise leidensbereit.

Karawanen weither aus den fernsten Landen am Tigris hatten ihre Schätze an Flechtwerk, Karfunkelsteinen, Wandbehängen, an niellierten Armreifen, Rohseidenballen, ungegerbten Fellen und goldgeschmiedeten Leuchtern in die Suks von Nippur ergossen. Ich konnte nicht umhin, von der Eröffnung des Marktes an immer wieder die Buden und die Hinterstübchen heimzusuchen, wo, nach dem Orient und nach den großen Weiten der Wüste riechend, dieser vielgepriesene Trödelkram aufgehäuft lag. Damals war ich ein Mensch, der an Ort und Stelle bleiben und doch reisen konnte, dem statt Kamelen, Schiffen und fliegenden Teppichen schon exotische Dinge genügten, um in die Ferne zu entfliehen, weit fort, weit nach jenseits des Horizonts. Und so fand ich eines Tages einen Spiegel – oder einen ehemaligen Spiegel, wenn man so will –, dessen polierte Metallfläche durch ein mit farbigen Erden gemaltes Bildnis ersetzt oder überdeckt worden war. Es stellte ein sehr blasses junges Mädchen mit blauen Augen dar, dessen üppiges schwarzes Haar in ungebärdigem Wogen auf Stirn und Schultern herabfiel. Ihre ernste Miene stand in sichtlichem Gegensatz zu der blutjungen Frische ihrer Züge und verlieh ihnen einen Ausdruck trotziger Melancholie. Kam es daher, daß ich dieses Bildnis am Griff des Spiegels vor Augen hielt? – Zu meinem Vergnügen entdeckte ich zwischen diesem Mädchen und mir eine gewisse Familienähnlichkeit. Wir mußten beide ungefähr gleichaltrig sein; sie hatte wie ich dunkles Haar und blaue Augen; nach der Herkunft der Karawanen zu schließen hatte sie die eisigen Hochebenen Assyriens überquert, um zu mir zu kommen. Ich kaufte das Bild und schwang mich auf den Flügeln meiner Phantasie in die Ferne. Wo mochte das Mädchen jetzt sein? Kam sie von Ninive, von Ekbatana, von Rhagai? Aber vielleicht war sie mir, ebenso wie räumlich, auch zeitlich fern? Vielleicht war dieses Bildnis vor einem oder zwei Jahrhunderten gemalt, und sein reizendes Urbild war längst mitsamt seinen Ahnen zu Staub geworden. Weit entfernt davon, mich zu bedrücken, verstärkte diese Annahme meine Bindung an das Bild, und so gewann es einen noch größeren, einen gewissermaßen absoluten Wert, da es ja nun seinen Bezugspunkt verloren hatte. Eine seltsame Reaktion, durch die ich mir eigentlich über meine wahren Gefühle hätte klar werden müssen!

Mein Vater stattete mir zuweilen einen kurzen Besuch in meinen Gemächern ab. Da ihn wohl die Frage, die er mir gestellt hatte, stark beschäftigte, ging er stracks auf das Spiegelporträt zu. Seine Fragen erinnerten mich natürlich an seinen Rat, ich müsse mir eine Braut suchen.

»Das ist die Frau, die ich liebe, und die ich zur künftigen Königin von Nippur haben will«, erwiderte ich.

Freilich mußte ich ihm gleich gestehen, ich hätte keine Ahnung, wie sie heiße und woher sie stamme, und sogar nicht einmal, wie alt sie sei. Vor so viel kindischer Torheit zuckte der König die Achseln und wandte sich zur Tür. Dann änderte er seine Absicht und kam zu mir zurück.

»Willst du mir das Bild für drei Tage anvertrauen?« fragte er mich.

Wenngleich mir der Gedanke widerstrebte, mich von dem Spiegelporträt zu trennen, konnte ich doch nicht anders, als es ihm überlassen. An dem jähen Schmerz, den ich dabei empfand, merkte ich freilich, wie sehr ich daran hing.

Unter dem Anschein des Frivolen, den sich mein Vater zu geben beliebte, war er ein pünktlicher und gewissenhafter Mann. Drei Tage später erschien er, den Spiegel in der

Hand, wieder bei mir. Er legte ihn auf den Tisch und sagte nur:

»Na also! Sie heißt Malvina. Sie lebt am Hof des Satrapen von Hyrkanien, mit dem sie entfernt verwandt ist. Sie ist achtzehn. Soll ich für dich um sie anhalten?«

Die ungeheure Freude, die ich äußerte, als ich mein Eigentum wieder erhielt, täuschte meinen Vater. Er meinte, nun sei alles entschieden. Er hatte sich eiligst bemüht, herauszufinden, wer das junge Mädchen auf dem Bild sei; zu seinen Nachforschungen hatte er eine ganze Menge Leute unter die von Norden und Nordosten kommenden Karawanenreisenden entsandt. Nun schickte er sofort eine glanzvolle Delegation nach Samariane, dem Sommersitz des Satrapen von Hyrkanien. Drei Monate später standen Malvina und ich, dem Hochzeitsritus in Nippur entsprechend, einander mit verschleiertem Gesicht gegenüber, und ehe wir einander hatten sehen und den Klang unserer Stimme hatten hören können, fanden wir uns als Ehegatten wieder.

Niemand wird sich, denke ich, wundern, wenn ich schreibe, daß ich den Augenblick, da Malvina mir ihr Gesicht zeigen würde, mit brennender Neugier erwartete, um ihre Ähnlichkeit mit dem Bildnis beurteilen zu können. Das scheint wohl natürlich, nicht? Aber wenn man es recht bedenkt, läßt sich nicht leugnen, daß darin ein unglaubliches Paradox liegt! Denn ein Porträt ist ja nichts als ein von Menschenhand dem lebenden Urbild nachgestaltetes, totes Ding. Das Bildnis hat füglich dem Gesicht ähnlich zu sein, und nicht das Gesicht dem Bildnis. Für mich aber war das Bildnis der Ursprung von allem. Ohne den Druck, den mein Vater und meine Umgebung auf mich ausgeübt hatten, hätte ich nie an eine Malvina aus den fernen Landen am hyrkanischen Meer[4] gedacht. Das Bild hatte mir genügt. Das Bild war das, was ich liebte, und das wirkliche junge Mädchen bewegte mein

Gemüt erst in zweiter Linie, soweit ich auf ihren Zügen einen Schimmer des vergötterten Bildwerks entdeckte. Gibt es ein Wort, die seltsame Verirrung zu bezeichnen, der ich verfallen war? Ich habe eine reiche Erbin, die allein mit einer Meute Windhunde lebte und ihnen, wie es hieß, jegliche Gunst gewährte, *zoophil* nennen hören. Müßte man nicht, auf mich allein gemünzt, das Wort *ikonophil* prägen?

Das Leben besteht aus Konzessionen und Kompromissen. Malvina und ich paßten uns einer Situation an, die, obwohl auf einem Mißverständnis beruhend, so unerträglich nicht war. Das Spiegelporträt behielt seinen Platz an der Wand unseres Schlafzimmers. Es wachte gewissermaßen über unsere ehelichen Freuden, und niemand, selbst Malvina nicht, konnte ahnen, daß meine stürmischen Liebesbezeigungen ihm galten und daß sie nur Mittlerin war. Doch die Jahre vergingen und schufen unerbittlich eine Kluft zwischen dem Porträt und dessen Urbild. Malvina blühte auf. Was Gesicht und Leib einst, da wir geheiratet hatten, noch Kindliches gehabt hatten, schwand und wich der majestätischen Schönheit einer zur Krone berufenen, reifen Frau. Wir zeugten Nachkommen. Mit jeder Niederkunft entfernte sich meine Frau weiter von dem lächelnd-melancholischen Bild, von dem mir noch immer warm ums Herz wurde.

Meine älteste Tochter mochte sieben Jahre alt sein, als sich ein kleines Geschehnis zutrug, das niemand beachtete und das doch mein Leben von Grund auf veränderte. Miranda war einer Amme anvertraut und wagte sich selten ins Schlafzimmer ihrer Eltern. Die Augen weit offen vor Staunen und Neugier musterte sie deshalb alles ringsum, wenn wir sie einmal dorthin kommen hießen. An diesem Tag nun trat das Kind an das Ehebett und deutete aufblickend mit dem Finger auf das kleine Spiegelporträt, das aufmerksam auf sie heruntersah.

»Wer ist das?« fragte sie.
Und im selben Augenblick, da sie diese einfachen Worte aussprach, erkannte ich, wie im Zucken eines Blitzes, auf ihrem naiven, sehr blassen, von zwei blauen Augen erhellten Gesicht, das zwischen ihren wogenden schwarzen Locken noch schmäler wirkte – ich erkannte, sage ich, den Ausdruck trotziger Schwermut wieder, den Ausdruck des Gesichts, auf das sie deutete, gerade als gewänne die Fläche dort auf einmal ihre Spiegelkraft zurück und spiegle das Bild des kleinen Mädchens wider. Mir kamen die Tränen vor wundersamer, tiefer Bewegung. Ich nahm das Bildnis von der Wand, zog das Kind an meine Knie und hielt das Porträt nah vor das frische, junge Gesicht.
»Schau' gut hin«, sagte ich. »Du fragst, wer das ist? Schau' gut hin, es ist jemand, den du kennst.«
Sie schwieg hartnäckig, für ihre Mutter ein grausames, beleidigendes Schweigen: sie weigerte sich entschieden, in diesem jugendlichen Bildnis ihre Mutter zu erkennen.
»Nun, das bist du, das bist du schon bald, wenn du größer bist. Darum nimmst du jetzt diesen Rahmen samt Bild mit. Ich schenke ihn dir. Du hängst ihn dann über deinem Bett auf, und jeden Morgen schaust du darauf und sagst: »Guten Morgen, Miranda!« Und du wirst sehen, von Tag zu Tag kommst du dem Bild immer näher.«
Ich hielt ihr das Bildnis hin, und gelehrig, mit kindlichem Ernst, sprach sie: »Guten Morgen, Miranda!« Dann nahm sie es unter den Arm und lief eilends davon.
Tags darauf teilte ich Malvina mit, künftig habe jeder von uns sein eigenes Schlafzimmer. Der Tod meines Vaters und unsere Krönung ließen bald darauf diesen nicht sehr bedeutenden Epilog unseres Ehelebens in den Hintergrund treten.

Wie um die Zukunft daraus zu lesen, fühle ich ihn an,

betrachte ich ihn, den Brocken Myrrhe, den Maalek mir einst vor langer Zeit geschenkt hat als den Stoff, der die Kraft besitzt, das Zeitliche zu verewigen, das heißt Menschen und Schmetterlinge vom verweslichen in einen unzerstörbaren Zustand übergehen zu lassen. Tatsächlich spielt sich mein ganzes Leben zwischen zwei Worten ab: den Worten *zeitlich* und *ewig*. Das Ewige nämlich, das habe ich in Hellas verkörpert gefunden in einem Stamm und Geschlecht, göttlich-unbewegt und voll Grazie unterm Gleißen der Sonne, die selber Statue des Gottes, Apollons, ist. Meine Ehe hat mich wieder in das zähe Medium der verrinnenden Zeit geworfen, wo alles Niedergang, Verderb, Altwerden ist. Ich habe mitangesehen, wie die Übereinstimmung zwischen der jungen Malvina und dem reizenden Bildnis, das ich so liebte, von Jahr zu Jahr mehr verlorenging – in immer neuen »Altersschüben«, wie sie die Prinzessin aus Hyrkanien erlitt. Heute weiß ich, daß ich Licht und Ruhe erst an dem Tag wiederfinde, da ich die vergängliche, aufwühlende menschliche Wahrheit und die göttliche Größe des Ewigen in ein und demselben Bild verschmolzen sehe. Aber hat einer je von einer Verbindung geträumt, die unwahrscheinlicher wäre?

Die Verpflichtungen meines königlichen Amtes hielten mich mehrere Jahre lang in Nippur fest. Nachdem ich dann die wichtigsten der von meinem Vater hinterlassenen inneren und äußeren Schwierigkeiten bereinigt und insbesondere nachdem ich begriffen hatte, daß höchste Herrschertugend die Fähigkeit ist, tüchtige und rechtschaffene Männer um sich zu scharen und ihnen Vertrauen zu schenken, konnte ich mich einer Reihe von Forschungsreisen widmen, deren wirkliches und erklärtes Ziel es war, Kunstschätze der Nachbarländer kennenzulernen und sie, wenn möglich, zu erwerben. Wenn ich sage, ein Herrscher müsse fähig sein, den von ihm selbst eingesetzten Ministern Vertrauen zu schenken, so habe ich dem doch anzufügen, daß man den Teufel nicht versuchen darf und daß, um das Schlimmste zu verhüten, gewisse Vorsichtsmaßregeln unerläßlich sind. Ich für meinen Teil habe einen uralten Brauch wieder sehr zu Ehren gebracht: die Pagen, jene jungen Leute von adligem Stamm, die von ihrem Vater an den königlichen Hof geschickt werden, um dort dem König zu dienen und Bekannte und Freunde zu gewinnen, die ihnen für ihre Zukunft von Nutzen sind. Wenn ich auf Reisen ging, ließ ich an strategisch wichtiger Stelle nie einen Mann, der mir nicht zumindest einen seiner Söhne zu meiner Begleitung auf der Fahrt anvertraut hatte. So verfügte ich über eine glanzvoll-jugendliche Eskorte, die das Reisen angenehmer machte, die im Kontakt mit fremden Dingen und Menschen Bildung erwarb und die gegenüber den in Nippur verbliebenen Ministern eine Anzahl von Geiseln darstellte, die ausreichte, sie von vornherein vor jeder Versuchung zu einem Staatsstreich zu bewahren. Die Institution bewährte sich und gewann eine Art Eigengesetzlichkeit. Einer bei jungen Leuten nicht seltenen Neigung folgend, schlossen sich meine Pagen – zu denen sich ganz zwanglos meine eigenen Söhne gesellten – zu einer Art Geheimbund zusammen, dessen Emblem eine Narzissenblüte war. Was mich angeht, mag ich es gern, dieses naiv-herausfordernde Bekenntnis zur Eigenliebe, die ja die Jugend ganz spontan empfindet. Gemeinsam durchlebte Erfahrungen, gegenüber der Nippurer Gesellschaft eine gewisse abweisende Verschlossenheit, die unseren häufigen Reisen zuzuschreiben war, eine Spur Geringschätzung für die seßhaften, in ihren Gewohnheiten und Vorurteilen verhockten Bürger der Hauptstadt – all diese Dinge trugen dazu bei, meine Narzißgesellschaft zu einem Kern revolutionärer politischer Tendenzen zu machen, von dem ich mir Vortreffliches erwarte, wenn ich mich eines Tages samt den Männern meiner Generation von der Macht zurückziehe.

Eine unserer ersten Reisen führte uns selbstverständlich nach Griechenland und seinen Nachbarländern. Ich wünschte, meine jungen Gefährten möchten es ähnlich erleben wie ich zwanzig Jahre zuvor: überwältigt, geblendet von so viel Glanz. Und so gingen wir voll fröhlicher Begeisterung zu Sidon an Bord eines phönizischen Seglers. Lag es daran, daß die Jahre meinen Blick verändert hatten oder daß meine Pagen dabei waren und mich umgaben? Ich fand das Griechenland meiner frühen Jugendjahre nicht wieder, doch entdeckte ich dafür ein anderes. Die Narcissi, unternehmungslustig und begierig auf menschliche Kontakte, fanden sehr schnell Eingang in die – übrigens aufgeschlossenen und leicht zugänglichen – Kreise der Athener Jugend. Für mich erstaunlich rasch sprachen sie deren Sprache, kopierten sie deren Kleidung, eroberten sie sich ihre Bäder, ihre Turnhallen, ihre Theater. Das ging so weit, daß ich unter den Epheben, die sich im Dampfbad, in der Palästra drängten, die Meinen manchmal nicht sogleich herausfinden konnte. Ich war stolz, daß sie eine so gute Figur machten, und ich gratulierte mir schon im voraus zu alledem, was sie dem hausbackenen Bürgertum zu Nippur an Bereicherung mitbringen würden. Ja, ich freute mich sogar, daß auch eine bestimmte Form von Liebe – die zu einer Besonderheit Griechenlands geworden ist, nicht weil sie gerade dort praktiziert würde (das wird sie überall auf der Welt), sondern weil die Öffentlichkeit sie dort ganz gelassen zur Kenntnis nimmt – von meinen Narcissi voll und ganz übernommen wurde, denn sie taugt gut dazu, in die schwerfällig im Joch gehende Heterosexualität der Ehe eine schwerelose, niemand zum Schaden gereichende Abwechslung zu bringen.

In dieser Stadt, deren strahlender Genius die Welt geblendet hatte, gab es freilich nicht nur Turner, Schauspieler und Fechtlehrer oder Masseure. Ich jedenfalls verbrachte dort herrliche Abende unter laubgekrönten Portiken, Weißwein aus Thasos trinkend, in vertrautem Gespräch mit Männern und Frauen, die unendlich gebildet und voller Fragen waren, neugierig auf alles, scharfsinnig, für jeden Scherz zu haben, die besten Gastgeber, die man sich denken kann. Trotzdem begriff ich recht bald, daß von solch vollendeten Feingeistern nicht viel zu erwarten sei, daß vielmehr ihr Herz dürr, ihr Geist an der Oberfläche, ihre Phantasie unfruchtbar bleibe und daß alles um sie eine Atmosphäre schaffe, die dem luftleeren Raum nahekomme. Meine erste Griechenlandreise hatte mich nur Götter schauen lassen. Beim zweiten Mal sah ich nun Menschen. Leider gab es kaum eine Beziehung zwischen beiden. Jahrhunderte zuvor war diese Erde vielleicht von Bauern, Kriegern und übermenschlichen Denkern bevölkert gewesen, die mit dem Olymp gleich auf gleich gestanden hatten. Sie hatten in vertrautem Umgang mit Halbgöttern, mit Faunen und Satyrn, mit Kastor, Pollux und Herakles, mit Giganten und Kentauren gelebt. Dann waren die großen Geister gekommen, deren gewaltige Stimme aus der Tiefe der Zeiten noch immer herauftönt bis zu uns: Homer, Hesiod, Pindar, Aischylos, Sophokles, Euripides. Die ich jetzt vorfand, waren weder ihre direkten Erben noch auch nur ihre Erbenserben. Das Hellas meiner ersten Reise war ein erhabenes Bild gewesen. Doch bei meiner zweiten Reise mußte ich feststellen: dieses Bild war nur eine über dem Nichts flatternde, gesichtslose Maske.

Gleichviel! Der Leib des Schiffes, das uns wieder heimwärts brachte, war schwer von Marmorbüsten, Torsi, Reliefarbeiten und Keramiken. Am liebsten hätte ich einen Tempel gänzlich abtragen und in Einzelteilen mitnehmen mögen! Aus dieser ersten Erkundungsreise jedenfalls entstand die

Idee eines *Balthasareums*, mit anderen Worten einer Königlichen Stiftung, in der meine Sammlungen und die vom Königshaus erworbenen Kunstschätze ausgestellt werden sollten. Das Balthasareum erfuhr durch jede neue Forschungsreise neue Bereicherung, und im Lauf der Jahre konnte man, jeweils in besonderen Abteilungen zusammengefaßt, punische Mosaiken, ägyptische Sarkophage, persische Miniaturen, und zuletzt sogar elefantenrüsseltragende indische Götzenbilder sehen. Dieses – wie ich zugebe, etwas zusammengewürfelte – Museum war mein Stolz, war der Sinn nicht nur meiner Reisen, sondern meines ganzen Lebens. Hatte ich ein neues Prachtstück erworben, so wachte ich nächtlicherweile mit der Vorstellung auf, es in meinen Sammlungen an dem ihm zukommenden Platz stehen zu sehen, und lachte vor Freude. Meine Narcissi hatte das Spiel gereizt; sie waren aus dem Zwang der Ereignisse heraus ganz von selbst zu Experten für *mirabilia* aller Provenienzen geworden. Mit jugendlichem Eifer gingen sie für mich auf die Jagd und brachten mir immer neue Beute. Übrigens gab ich die Hoffnung nicht auf, die wunderbare künstlerische Ausbildung, die sie mir verdankten, werde beim einen oder anderen Früchte tragen und den einen oder anderen zum Grabstichel, zur Zeichenfeder oder zum Bildhauermeißel greifen lassen. Denn der Anblick des Schöpferischen muß ansteckend wirken, und Meisterwerke sind erst dann voll und ganz Meisterwerke, wenn sie neue Meisterwerke ins Leben rufen. Darum förderte ich mit meinem Zuspruch die tastenden Versuche eines Jungen aus unserem Kreis, der Assur hieß und babylonischer Abkunft war. Doch abgesehen von der Feindseligkeit unserer Priesterschaft stieß er sich, wie ich wohl merkte, an dem Gegensatz, den ich vorhin schon auszudrücken suchte, dem Gegensatz zwischen der im Hieratischen erstarrten Kunst, deren Werken wir begegneten, und den spontanen Äußerungen einfachsten Lebens, die ihn zu Freude und Bewunderung hinrissen. Sein Suchen war das meine, nur war es seiner Jugend und seines Ehrgeizes wegen noch glühender und noch mehr von Angst gepeinigt.

Und dann kam das Unheil, der schwarze Frevel in mondloser Nacht, es kam jene Tag- und Nachtgleiche im Herbst, die mich mit einem Schlag aus der ewigen Jugend, wo ich mit meinem Narzißgefolge und meinen Herrlichkeiten ganz für mich abgeschlossen gelebt hatte, hinausstieß in ein bitteres, vereinsamtes Alter. Ein paar wenige Stunden haben mein Haar gebleicht, meine Gestalt gebeugt, meinen Blick verschleiert, mein Gehör verhärtet, haben meine Beine schwer werden und mein Geschlecht verkümmern lassen.

Wir waren in Susa und suchten in den Spuren der Apadana Darius' I., was die Dynastie der Achämeniden uns noch zu überliefern habe. Die Ausbeute war schön, doch deutete sie auf nahendes Unheil. Namentlich die bemalten Vasen, die wir ausgruben, erzählten uns nur von Leiden, Zerstörung und Tod. Es gibt Zeichen, die nicht trügen. Wir holten gerade aus einem Grab Schädel herauf, die mit Chrysoprasen, dem Unglücksstein schlechthin, eingelegt waren, als wir, staubbeflügelt, ein schwarzes Roß von Westen heransprengen sahen. Wir hatten Mühe, im Reiter den jüngeren Bruder eines unserer Narcissi zu erkennen, so entstellt war sein Gesicht durch den sechstägtigen rasenden Ritt – und leider auch durch die schreckliche Nachricht, deren Bote er war. Das Balthasareum bestand nicht mehr. Es war bei einer Revolte, die von den Elendsvierteln der Stadt ausgegangen war, gestürmt worden. Die getreuen Diener, die versucht hatten, der Meute den Zutritt zu verwehren, waren niedergemacht worden. Die anschließende regelrechte Plünderung hatte von den ganzen Schätzen nichts übriggelassen.

Was sie nicht hatten wegschleppen können, hatten sie mit schweren Hämmern zerschlagen. Dem Geschrei und den Standarten der Rebellen zufolge seien die Motive dieses Volkszorns religiöser Natur gewesen. Man habe Schluß machen wollen mit einer Institution, deren Sammlungen dem Dienst des wahren Gottes und dem Verbot von Idolen und Bildern Hohn gesprochen hätten.

So war das Verbrechen denn geschehen. Ich kannte die zwielichtige Plebs aus den unteren Vierteln meiner Hauptstadt gut genug, um zu wissen, daß die Verehrung des wahren Gottes und die der Bilder sie keinen Pfifferling kümmert. Dafür ist sie für Parolen empfänglich, die von Geld- und Branntweingeschenken begleitet sind. Offensichtlich war bei diesem angeblichen Volksaufstand die Hand des Hilfspriesters Cheddad am Werk gewesen. Doch hatte der es natürlich verstanden, sich herauszuhalten. Mein ärgster Feind hatte zugeschlagen, ohne sich eine Blöße zu geben. Hätte ich Hand an ihn gelegt, hätte ich als Tyrann gehandelt, und die ganze der Priesterschaft ergebene Bevölkerung hätte mich verflucht. Die Rädelsführer der Revolte wurden ermittelt und als Sklaven verkauft, ebenso diejenigen, die überführt waren, die Wachleute des Balthasareums tödlich verletzt zu haben. Dann zog ich mich, auch selber tödlich verletzt, in die Tiefe meines Palastes zurück.

Um diese Zeit war erstmals von einem Kometen die Rede. Er komme, hieß es, von Südwesten und ziehe gen Norden. Meine Astrologen – sämtlich Chaldäer – waren in großer Aufregung und diskutierten bis ins Uferlose darüber, was die Erscheinung zu bedeuten habe. Schließlich waren sie sich einig und wollten sie als bedrohlich verstanden wissen. Vor einer Seuche, einer Dürre, einem Erdbeben oder vor der Machtergreifung eines blutrünstigen Despoten geschehen zwischen Himmel und Erde außergewöhnliche Dinge. Und

meine Astrologen versäumten nicht, sich in ihren Voraussagen an Pessimismus zu überbieten. Die nachtschwarze Trauer, in die ich versunken war, bewog mich, ihnen zu widersprechen. Zu ihrer großen Überraschung erklärte ich laut, die derzeitige Situation sei so schlecht, daß eine grundlegende Veränderung nur Gutes bringen könne. Und darum sei der Komet ein gutes Omen... Doch als dann endlich der Komet am Himmel von Nippur erschien, da steigerten meine Deutungen die Verblüffung meiner Spitzhüte aufs höchste. Ich muß dazu sagen, daß in meinem Innern sich die Zerstörung des Balthasareums über die dazwischenliegenden fünfzig Jahre hinweg mit dem Verlust meines schönen Schmetterlings, jenes Balthasar-Ritters, verband, der das Opfer desselben sturen Fanatismus geworden war. In meinem Groll identifizierte ich das prächtige Insekt, das mein Bild trug, mit dem Museumsbau, in dessen Räumen das Beste von meinem Leben gestanden hatte. Und als nun, bebend und sprunghaft, das Gestirn über unseren Häuptern erschienen war, behauptete ich kalt, es sei ein übernatürlicher Schmetterling, ein Schmetterlingsengel; der trage auf seinem Brustschild das Bildnis eines Herrschers und tue jedem, der es hören wolle, kund: eine gewaltige Wende zum Guten stehe bevor, und sie werde sich im Westen vollziehen. Keiner von meinen Himmelsklaubern wagte mir zu widersprechen, etliche pflichteten mir aus Kriechertum sogar eifrig bei, so daß ich das, was ich zunächst nur in provozierender Absicht behauptet hatte, am Ende selbst glaubte. Und so entstand in mir der Gedanke, noch ein weiteres Mal auf die Reise zu gehen, mich von meiner düster-galligen Stimmung abzulenken und dem feurigen Schmetterling nachzueilen, wie ich ehedem, ein Schmetterlingsnetz in der Hand, Maaleks zauberisches Gehöft entdeckt hatte.
Die Narcissi, die seit der Zerstörung des Balthasareums

Trübsal geblasen hatten, frohlockten und schafften gleich die für eine weite Entdeckungsreise gen Westen nötigen Pferde und Vorräte herbei. In mir hingegen war die Erinnerung an Maalek und seine Schmetterlinge wieder lebendig geworden, und so trennte ich mich nicht mehr von dem Brocken Myrrhe, den er mir anvertraut hatte. Verworren sah ich in dieser duftenden, durchscheinenden Masse das Unterpfand für eine Lösung des Gegensatzes, der mich so schmerzhaft entzweite. Myrrhe, das war – den altägyptischen Meistern des Einbalsamierens zufolge – für das verwesliche Fleisch die Berufung zur Ewigkeit. Wenn ich in einem Alter, da man sonst eher an einen Rückzug aufs Altenteil und auf seine Erinnerungen denkt, ins Unbekannte aufbrach, suchte ich nicht, wie andere, einen neuen Weg zu den Nilquellen oder den Säulen des Herkules, sondern ein Mittelding zwischen der unpersönlich-zeitlosen Goldmaske griechischer Götter und... dem kindlich-ernsten Gesicht meiner kleinen Miranda. Von Nippur nach Hebron muß man, falls man das Tote Meer nicht zu Schiff überqueren will, mit dem dann nötigen Umweg im Süden rund hundert Tagereisen rechnen. Jede Nacht sahen wir den feurigen Schmetterling im Westen flattern, und bei Tag spürte ich, wie die Kräfte der Jugend in meinen Körper und meine Seele zurückkehrten. Unsere Reise war ein einziges Fest, das von Rast zu Rast strahlender wurde. Wir waren nur noch zwei Tage von Hebron entfernt, da brachten als Späher ausgesandte Reiter mir die Nachricht, eine von Schwarzen angeführte Kamelkarawane ziehe uns von Ägypten und wahrscheinlich von Nubien herauf entgegen, doch hege sie offenbar friedliche Absichten. Wir hatten gerade vierundzwanzig Stunden unser Lager vor den Toren von Hebron aufgeschlagen, als der Abgesandte des Königs von Meroë bei den Wachtposten vor meinem Zelt erschien.

Melchior, Prinz von Palmyrenien

Ich bin König, doch bin ich arm. Vielleicht macht die Legende einst aus mir den Weisen, der kam, den Heiland zu verehren und ihm Gold darzubringen. Das wäre, obschon es in gewisser Weise der Wahrheit entspricht, eine pikant-bittere Ironie. Die anderen haben Gefolge, Bediente, Reittiere, Zelte, Tafelgeschirr. Und das mit Recht. Ein König tut keinen Schritt ohne gebührende Begleitung. Ich bin, abgesehen von einem alten Mann, der mich nicht verläßt, allein. Mein alter Lehrer und Erzieher begleitet mich, nachdem er mir das Leben gerettet hat, aber in seinem Alter bedarf er meiner Hilfe mehr als ich seiner Dienste. Wir sind von Palmyrenien zu Fuß hierher gekommen wie Landstreicher, und unser ganzes Gepäck ist ein schwankes Bündel auf der Schulter. Wir sind durch Flüsse und Wälder, durch Wüsten und Steppen gewandert. Um uns nach Damaskus hineinzuschmuggeln, haben wir uns mit Mütze und Schnappsack als reisende Händler zurechtgemacht. Um nach Jerusalem hineinzukommen, haben wir uns Stab und Käppchen der Pilger zugelegt. Denn wir hatten ja ebenso sehr die Leute aus meiner Heimat zu fürchten, die hinter uns her waren, wie die Einheimischen in den Gegenden, durch die wir kamen, denn die sind Reisenden, deren Land und Stand unklar ist, feindlich gesinnt.
Wir kamen aus Palmyra, auf Hebräisch Tadmor genannt, die Stadt der Palmen, die rosarote Stadt, von Salomo erbaut, nachdem er Hamath-Zoba erobert hatte. Sie ist meine Heimatstadt. Sie ist meine Stadt. Ein einziges Ding nur habe ich von dort mitgebracht, das aber für mich Zeugnis meiner

Würde und zugleich Familienandenken ist: ein Goldstück, geprägt mit dem Bild meines Vaters, des Königs Theodenos, das in den Saum meines Mantels eingenäht war. Denn ich bin der Kronprinz von Palmyrenien, der rechtmäßige Herrscher, seitdem der König unter recht undurchsichtigen Umständen verstorben ist.
Der König war lange kinderlos geblieben, und sein jüngerer Bruder Atmar, der Fürst von Hamath am Orontes, der mit Frauen und Kindern reichlich eingedeckt war, betrachtete sich als seinen präsumptiven Erben. Zumindest schloß ich das aus der grimmigen Feindschaft, die er mir gegenüber stets bewies. Denn meine Geburt war für seinen Ehrgeiz ein schwerer Schlag gewesen. Tatsächlich fand er sich mit diesem Streich des Schicksals niemals ab. Mein Vater hatte bei einer seiner Erkundungsfahrten auf dem östlichen Euphratufer ein ganz einfaches Beduinenmädchen kennen und lieben gelernt. Als er erfuhr, sie werde Mutter werden, erfüllte ihn diese Nachricht mit Überraschung und Freude. Er verstieß sogleich die Königin Euphorbia und erhob die Neue auf den Thron, wo sie sich mit angeborener Würde dem jähen Übergang vom Nomadenzelt in den Palast von Palmyra anpaßte. Später erfuhr ich dann, mein Onkel habe allenthalben Zweifel an meiner Abkunft gesät – Zweifel, die für meinen Vater gleichermaßen beleidigend waren wie für meine Mutter. Darob war es zum Bruch zwischen den beiden Brüdern gekommen. Doch war Atmar auf Ablehnung gestoßen, als er dann Königin Euphorbia allerlei Vorteile angeboten hatte, um sie zu bewegen, sich in Hamath niederzulassen, wo er angeblich einen Palast zu ihrer Verfügung halte. Er hoffte wohl, in ihr eine natürliche Bundesgenossin zu finden und aus ihrem Munde vertrauliche Dinge erfahren zu können, die sich gegen seinen Bruder verwenden ließen. Die ehemalige Monarchin entzog sich ihm mit untadeliger Wür-

de und verschloß mit Entschiedenheit die Tür vor Intriganten. Denn das Hin und Her von Spionen, Verschwörern oder Opportunisten hörte zwischen Hamath und Palmyra niemals auf. Mein Vater wußte das. Nach einem reichlich suspekten Jagdunfall, der mich mit vierzehn Jahren fast das Leben gekostet hätte, begnügte er sich damit, mich scharf bewachen zu lassen. Um sein eigenes Leben war er weit weniger besorgt. Offenbar zu Unrecht. Aber wir werden nie erfahren, ob der Riblahwein, von dem ein halber Becher seiner Hand entglitt, als er wie mitten ins Herz getroffen zusammenbrach, etwas mit seinem jähen Tod zu tun hatte. Als ich am Ort des Geschehens ankam, konnte man den auf dem Boden verschütteten Trank nicht mehr auffangen, und der Tonkrug, aus dem er stammte, war seltsamerweise leer. Doch sogleich ließen bei Hofe Männer, die ich der Krone treu ergeben oder auch fern aller Affären und unempfänglich für Ehrungen geglaubt hatte, die Maske fallen und entpuppten sich als eifrige Anhänger des Fürsten Atmar, mithin als Gegner meines Anspruchs auf den Thron.

Ich hatte die zur Totenfeier für meinen Vater erforderlichen Anweisungen erteilt. Der Gram und die Maßnahmen, die ich zu treffen hatte, hatten mich meine letzte Kraft gekostet. Tags darauf sollte ich in feierlichem Aufzug den zwanzig Mitgliedern des Kronrats vorgestellt werden, um offiziell in meinem Recht auf alsbaldige Thronbesteigung als Nachfolger meines Vaters bestätigt zu werden. Ich pflegte ein wenig der Ruhe, da ließ sich beim ersten Morgenschimmer Baktiar, mein einstiger Lehrer, der für mich immer ein zweiter Vater war, zu mir führen und erklärte mir warnend, ich müsse unverzüglich aufstehen und fliehen. Was er mir kundtat, übertraf die schwärzeste Phantasie. Die Königin, meine Mutter, sei entführt worden. Mit aller Gewalt werde versucht, sie dahin zu bringen, wahrheitswidrige Geständnisse

zu unterschreiben, wonach ich das Ergebnis außerehelicher Liebesbeziehungen sei, die sie mit einem Nomaden aus ihrem Stamm gepflogen habe. Die Verschwörer drohten, mich umzubringen, wenn sie es ablehne, diese Schändlichkeiten zu bestätigen. Vermutlich werde der Kronrat, dessen Mitglieder zu zwei Dritteln gekauft seien, die Aberkennung meiner Rechte beschließen und die Krone meinem Onkel zuerkennen. Nur meine Flucht könne die Alternative, vor die man die Königin gestellt habe, zum Scheitern bringen. Die Verschwörer würden sie dann wohl freilassen müssen, und ich sei gerettet, sei allerdings zur äußersten Armut verurteilt und hätte nicht einmal mehr das Recht, meinen Namen zu tragen.
Wir flüchteten also durch die unterirdischen Gänge, die den Palast mit der Nekropole verbinden. Sozusagen wider Willen konnte ich unterwegs noch meine Ahnen grüßen und andächtig vor der Gruft stehenbleiben, die nach den Befehlen, die ich selbst einige Stunden zuvor erteilt hatte, für meinen Vater hergerichtet war. Um die mutmaßlichen Verfolger zu täuschen, schlugen wir die scheinbar widersinnigste Richtung ein. Anstatt nach Osten, in Richtung Assyrien zu flüchten, wo wir hätten Asyl finden können – allerdings hatten wir keinerlei Aussicht, den Euphrat zu erreichen, ehe die Verfolger uns einholten –, wandten wir uns gen Westen, der Stadt Hamath, dem Sitz meines ärgsten Feindes zu. So hatte ich am übernächsten Tag, in felsigem Geröll liegend, Gelegenheit, die Reitergruppe mit meinem Onkel Atmar in Richtung Palmyra vorbeisprengen zu sehen. Er hatte also, um sich auf den Weg zu machen, nicht einmal gewartet, bis er von der Entscheidung des Kronrats Kenntnis hatte, so sehr war er von vornherein sicher, wie sie ausfallen würde. Diese überstürzte Eile ließ mich das Ausmaß des Verrats ermessen, dem ich zum Opfer gefallen war.

Wir lebten vom Betteln, und wenn diese schreckliche Prüfung mich in gewisser Weise doch bereichert hat, dann wohl in erster Linie deshalb, weil ich dadurch mein eigenes Volk aus einem neuen Blickwinkel kennenlernte, völlig entgegengesetzt dem, unter dem ich es bisher flüchtig gesehen hatte. Ich hatte zuweilen den Vorsitz geführt, wenn in Palmyra Lebensmittel an Bedürftige verteilt wurden. Mit der Ahnungslosigkeit der Jugend hatte ich leichthin die anscheinend schmeichelhafte und mühelose Rolle des großzügigen Wohltäters übernommen, der sich mit vollen Händen herabneigt zum Elend der kleinen Leute. Und nun war ich zum Bettler geworden, war ich derjenige, der an die Türen klopfte und den Passanten die Mütze hinhielt. Eine wunderbare, zu meinem Besten dienende Umkehrung! Anfangs konnte ich aus meinem Kopf die Vorstellung nicht verbannen, welch furchtbarem Unrecht ich zum Opfer fiele, und daß der Reiche, den ich um etwas zu essen anflehte, von Rechts wegen mein Untertan sei, daß ich eigentlich Gewalt über ihn hätte und daß ich im Prinzip nur mit dem Finger zu schnalzen bräuchte, und er ginge in die Bergwerke oder sein Kopf rollte in den Sand. Und etwas von den schwarzen Gedanken, die ich da wälzte, muß wohl auf meinem Gesicht durchgeschimmert haben. Manche Leute waren aus lauter Geringschätzung zerstreut und gaben mir etwas oder schoben mich weg, ohne mich anzusehen. Andere fühlten sich von meiner Miene abgestoßen und wiesen mich ab – stillschweigend oder mit einem vorwurfsvollen »Ich finde, für einen Bettler schaust du aber recht stolz drein« oder »Bissigen Hunden geb' ich nichts«. Mitunter gar hörte ich einen recht zynischen Ratschlag: »Wenn du dich so stark fühlst, so nimm dir's doch, anstatt darum zu betteln!« oder »In deinem Alter und mit diesen Augen wärst du auf Karawanenwegen besser dran als an Tempeltüren!« Ich begriff,

Königtum zusammen mit Armut ergebe leichter einen Straßenräuber als einen Bettler, doch hätten König, Räuber und Bettler das eine gemeinsam, daß sie allesamt außerhalb der gewöhnlichen menschlichen Beziehungen stehen und nichts durch Güteraustausch oder Arbeit erwerben. Durch diese Überlegungen und, was hinzukam, den Staatsstreich, dem ich jüngst zum Opfer gefallen war, entdeckte ich, in welch unsicherer Lage sich alle drei befinden und daß vielleicht eines Tages eine Gesellschaftsordnung errichtet werden wird, in der weder ein König noch ein Räuber noch ein Bettler Platz hat.

Jerusalem und unser Besuch bei König Herodes dem Großen sollten dann meinem Gedankengang noch andere Nahrung und andere Richtung geben.

Seit dem Tod meines Vaters war mir, als liefe die Zeit mit abnormer Geschwindigkeit ab, mit jähen Sprüngen, blitzschnellen Wandlungen, tiefen Erschütterungen. Eine dieser Erschütterungen war von der Entdeckung geprägt, die Jerusalem hieß. Wir hatten die Hügel Samarias erklommen, und mit uns zog ein strenggläubiger Jude, den einzig die Furcht vor wilden Tieren und Räubern dazu gebracht hatte, sich mit Ausländern, mit Unreinen, mit Barbaren wie uns zusammenzutun. Die Gebete, die er unaufhörlich in seinen Bart murmelte, lieferten ihm einen trefflichen Vorwand, mit niemandem auch nur ein Wort zu wechseln.

Auf dem Scheitel einer kahlen Anhöhe bleibt er mit einemmal wie angewurzelt stehen und hüllt sich, die Arme seitlich ausgestreckt, um uns am Weitergehen zu hindern, in langanhaltendes Schweigen. Schließlich spricht er in einer Art Ekstase dreimal die Worte: »Die Heilige! Die Heilige! Die Heilige!«

So war es. Da lag Jerusalem, vor unseren Augen, am Fuß des Berges Scopus, auf dem wir standen. Zum erstenmal sah ich

eine Stadt, die ausgedehnter und mächtiger war als mein heimatliches Palmyra. Doch welch ein Unterschied zwischen dem rosig-grünen Palmenhain, aus dem ich kam, und der Hauptstadt des Königs Herodes! Was hier unter uns lag, war ein Gewirr von Terrassen, von Kuben und Mauern, alles eingezwängt in einen Befestigungsring mit gezackten Zinnen, feindselig wie die Zähne einer Falle. Und diese ganze, von düsteren Gassen und Treppen durchzogene Stadt lag da, in gleichförmig graues Licht getaucht, und es stieg davon, zusammen mit spärlichen Rauchschwaden, ein trauriges, aus Kindergeschrei und Hundegebell gemischtes Tosen auf, ein Tosen, das man ebenfalls hätte grau nennen mögen. Im Osten war dieses Dickicht von Häusern durch einen blaßgrünen Fleck, den Ölberg, begrenzt, und weiter hinten durch die öden, düsteren Gemarken des Josaphattales, im Westen durch einen kahlen Hügel, den Berg Golgatha; in der Mitte durch das Gräber- und Grottengewirr der Gehenna, einen tiefeingeschnittenen, von der Stadt bis zu sechshundert Fuß abstürzenden, kesselartigen Abgrund.
Als wir näherkamen, fielen uns vor allem drei massige, imposante Bauten ins Auge, die mit ihren groben Mauern und Türmen das Gewimmel der Häuser schier erdrückten. Das war auf der einen Seite der Palast des Herodes, eine drohende Feste aus rohen Steinen, in der Mitte dann der Hasmonäerpalast, der älter war und seinen Stolz nicht so sehr zur Schau trug, und vor allem gen Osten der dritte Tempel der Juden, noch unvollendet, ein wunderbarer, kyklopischer, babylonischer Bau, überwältigend in seiner Majestät, inmitten der weltlichen wahrhaft eine heilige Stadt, deren Kolonnaden, Portiken, Vorhöfe und Monumentaltreppen höher und höher emporstiegen bis zum Heiligtum, dem höchsten Ort in Jahwes Reich.
Wir betraten die Stadt durch das Benjaminstor und wurden

sogleich in einem Menschenstrom mitgerissen, dessen lebhaft-aufgeregte Stimmung ungewöhnlich war. Baktiar erkundigte sich nach dem Grund solchen Fiebers. Nein, weder ein Fest noch die Bekanntgabe eines Krieges noch der Auftakt zu einer Fürstenhochzeit rufe diese Unruhe hervor. Der Grund sei das Eintreffen zweier königlicher Gäste, der eine aus dem Süden, der andere aus Chaldäa kommend, die von Hebron an ihren Weg gemeinsam zurückgelegt und nun, bis sie von Herodes empfangen würden, mit ihrem Gefolge alles belegt hätten, was Jerusalem an Herbergen und freien Unterkünften zu bieten habe.

Diese Neuigkeiten verwirrten mich über die Maßen. Von frühester Kindheit an war ich in Bewunderung und Abscheu vor König Herodes erzogen worden. Man muß dazu sagen, daß der ganze Orient schon seit dreißig Jahren von seinen Untaten und Großtaten, von den Schreien seiner Opfer und vom Klang seiner Siegesfanfaren widerhallte. Von allen Seiten bedroht und ohne einen anderen Schutz als meine Unscheinbarkeit konnte ich, wenn ich nicht tollkühn war, nicht daran denken, mich in die Hand des Tyrannen zu begeben. Mein Vater hatte zu diesem schrecklichen Nachbarn stets vorsichtige Distanz gehalten. Niemand hätte ihm vorwerfen können, er habe dem Judenkönig gegenüber jemals Freundschaft oder Feindseligkeit zu erkennen gegeben. Aber wie stand es damit bei meinem Onkel Atmar? Hatte er ohne Herodes' Wissen und in der Absicht, ihn vor vollendete Tatsachen zu stellen, gehandelt? Hatte er sich wenigstens Herodes' wohlwollender Neutralität versichert, bevor er seinen Gewaltstreich beging? Ich meinerseits hatte nie daran gedacht, in meiner Eigenschaft als entrechteter Kronprinz etwa nach Jerusalem zu flüchten und bei Herodes um Hilfe und Schutz nachzusuchen. Bestenfalls hätte er mich jeden Dienst, den er mir erwiesen hätte, nur allzu teuer entgelten

lassen. Im schlimmsten Falle hätte er mich als Tauschobjekt genommen und dem Usurpator übergeben.
Und so war es, als Baktiar mich unterrichtete, zwei fremde Könige und ihr Gefolge seien in Judäas Hauptstadt, mein erster Gedanke, mich aus diesem ganzen diplomatischen Wirrwarr herauszuhalten. Nicht ohne Bedauern freilich, denn der schrecklich-großartige Ruf des Herodes und der Prunk der fremden Besucher, die beide von den äußersten Enden des Glücklichen Arabien kamen, ließen erwarten, daß die Zusammenkunft zu einem Ereignis von beispielloser Prachtentfaltung werden würde. Während ich den Weisen und Gelassenen spielte – und sogar davon sprach, die Stadt sicherheitshalber ungesäumt zu verlassen – las mein alter Lehrer auf meinem Gesicht wie in einem aufgeschlagenen Buch den bitteren Schmerz über diesen von meinem widrigen Schicksal diktierten Verzicht.
Wir verbrachten die erste Nacht in einer elenden Karawanserei, in der mehr Tiere als Menschen – die Menschen im Dienst der Tiere – ein Obdach gefunden hatten, und mein Schlaf war bleischwer, aber nicht tief genug, um nicht doch noch bewußt wahrzunehmen, daß Baktiar etliche Stunden fort war. Als sich schon der Osten rötete, erschien er wieder. Der gute Baktiar! Er hatte den Abend und die Nacht dazu benutzt und den ganzen Schatz seiner Erfindungsgabe daran gewendet, mich dem Dilemma zu entreißen, unter dem er mich seit dem Vormittag leiden sah. Ja, ich würde bei dem Treffen der Könige dabei sein! Allerdings unter einem falschen Namen verborgen, so daß Herodes gar nicht auf den Gedanken komme, er könne mich für seine Zwecke gebrauchen. Mein alter Lehrer hatte im Gefolge des Königs Balthasar, der aus dem in Ostarabien gelegenen Fürstentum Nippur kam, einen entfernten Vetter entdeckt. Auf dessen Vermittlung hin war Baktiar von dem König empfangen

worden und hatte ihm alles geschildert, was uns widerfahren war. Daß ich noch so jung sei, erlaube es dem König, mich glaubhaft als jungen Prinzen auszugeben, der ihm als Page zur Seite und unter seinem Schutz stehe. Derartiges kommt ja vor, und im Grunde hätte ich, wenn mein Vater auf die Idee gekommen wäre, solcherart mit Gewinn einige Zeit am Hof zu Nippur verbringen können. Balthasars Gefolge war zahlreich und prächtig genug, daß ich darin nicht auffiel, erst recht nicht in der Pagenkleidung, die Baktiar mir auf Befehl des Königs überbrachte. Alles in allem war es Baktiar so vorgekommen, als finde der betagte Monarch einen gewissen Spaß an dieser kleinen Mystifikation. Er stand überhaupt im Ruf, ein Mann mit Humor zu sein, ein Freund der Literatur und der Künste, und sein Gefolge umfasse – sagten böse Zungen – mehr Gaukler und Komödianten als Diplomaten und Priester.

Meiner Jugend und meines unglücklichen Schicksals wegen neigte ich einer ernsten, strengen Gemütsart zu, und so war ich wenig dazu angetan, diesen Mann zu verstehen und zu lieben. Die Jugend zeiht das reife Alter gern der Frivolität. Balthasars Güte, seine Großzügigkeit und vor allem seine in allem so unendlich bezaubernde Art trieben mir meine Vorurteile rasch aus. Von einer Stunde zur anderen sah ich mich in Purpur und Seide gekleidet und einbezogen in den Kreis einer sorglosen, goldenen Jugend, die von jener animalischen Schönheit strahlte, wie uralter Reichtum sie eben schenkt. Glück, von Generation zu Generation weitergegeben, verleiht etwas unvergleichlich Aristokratisches, in dem etwas Unverdorbenes, Zwecklos-Unabsichtliches steckt, ein spontanes Annehmen aller guten Gaben des Lebens, aber auch eine verborgene Härte, die erschreckend ist, wenn man sie entdeckt, die aber zu seinem verführerischen Zauber unendlich viel beiträgt. Balthasars junge Leute schienen so etwas wie eine geschlossene Gemeinschaft zu bilden, deren Erkennungszeichen eine weiße Narzissenblüte war. Bei Hof war es sogar üblich geworden, sie Narcissi zu nennen. Einige von ihnen genossen besonderes Ansehen, weil sie in Rom erzogen worden waren, aber das Feinste vom Feinen war es – trotz des Niedergangs des alten Hellas – wenn einer in Athen gelebt hatte, Griechisch sprach und den Olympischen Göttern opferte. Ich hatte zunächst geglaubt, die jungen Männer lebten völlig sorglos dahin. Allmählich begriff ich dann, nicht ohne Entrüstung, daß sie im Gegenteil in einer schwerlich mit Absicht provozierenden Weise ganz übermäßigen Wert auf Tätigkeiten legten, die in meinen Augen unbegreiflich belanglos waren: Musik, Gedichte, Schauspiele, ja sogar Ringkämpfe oder Schönheitswettbewerbe.

Die meisten waren so alt wie ich. Die Lebensfreude, die sichtlich aus ihnen sprach, ließ mich sie viel jünger einschätzen. Sie nahmen mich mit einer Freundlichkeit und, was meine Herkunft betraf, mit einer Diskretion auf, die bewiesen, daß sie instruiert worden waren. Man hatte uns im Ostflügel des Palastes luxuriös untergebracht. Von den drei Terrassen aus, die wie Stufen einer riesigen Treppe übereinandergestaffelt lagen, sah man über die Hügelwellen Judäas hinweg das Weiß der Häuser von Bethanien und noch weiter in der Ferne die stahlblaue Fläche des Toten Meeres, das wie in einem tiefen Abgrund dalag. Auf der untersten Terrasse verfügten wir über einen Hängenden Garten, darauf wuchsen Johannisbrotbäume mit ihren roten Blütentrauben, Tamarisken mit ihren rosenfarbenen Ähren, Lorbeersträucher mit ihren granatenen Dolden und mancherlei andere, mir unbekannte Pflanzen aus den Tiefen Afrikas oder Asiens.

Mehr als einmal hatte ich Gelegenheit, mich mit dem alten König von Nippur unter vier Augen zu unterhalten, wenn seine Narcissi ausgeschwärmt waren, zu erkunden, was die Stadt – fragwürdig genug – zu bieten habe, und uns beide miteinander alleingelassen hatten. Gütig und mit Interesse fragte er mich nach meiner Kindheit, nach meiner Jugend und nach den Sitten und Gebräuchen der Leute in Palmyra. Er verwunderte sich über die Schlichtheit, ja Rauhheit unserer Gebräuche und schien – in einer Gedankenkette, der ich nicht folgen konnte – darin den schicksalhaften Ursprung meines Unglücks zu sehen. Glaubte er wirklich, ein verfeinertes Leben hätte den Hof meines Vaters vor den Absichten meines Onkels geschützt? Allmählich begriff ich, daß nach seiner Auffassung der Sinn für schöne Sprache und schöne Dinge, wie er hohen Orts gepflegt wird, auf allen Ebenen Widerhall finden müsse in zwar weniger edlen, aber für die Bewahrung des Königtums wesentlichen Tugenden: Mut, Selbstlosigkeit, Treue, Rechtschaffenheit. Leider erzeuge ein finsterer Fanatismus bei seinen Nachbarn und in seinem eigenen Reich eine bilderstürmerische Wut, die diese Tugenden in ihr Gegenteil verkehre. Er glaube, wenn er – wie er es brennend wünsche – eine Plejade von Dichtern, Bildhauern, Malern und Theaterleuten hätte um sich scharen können, so wäre die Ausstrahlung dieser kleinen Gemeinschaft noch für den geringsten Flegel, den letzten Ochsentreiber in seinem Königreich von Nutzen gewesen. Doch all seine Versuche, als großer Mäzen zu wirken, seien auf die immer wache Feindschaft einer erbittert bilderfeindlichen Priesterkaste gestoßen. Er erwarte von seinen Narcissi, daß sie Macht und Einfluß gewännen und einen Adelsstand begründeten, stark genug, um ein Gegengewicht zu den traditionalistischen Kräften seiner Hauptstadt zu bilden. Aber das Spiel sei bei weitem noch nicht gewonnen. Der Strahlenglanz Roms und Athens verliere sich an einem fernen Horizont, den, harsch und feindlich, das Königreich Judäa versperre. Wenn ich ihn recht verstanden habe, hat ein in seiner Abwesenheit von seinem Oberpriester Cheddad geschürter Aufstand schließlich zur Zerstörung seiner Sammlungen mit all ihren Kunstschätzen geführt. Diese verbrecherische Tat, unter der er anscheinend sehr gelitten hat, muß irgendwie auch bei seiner Abreise eine Rolle gespielt haben.

Unter seinen Gefährten freundete ich mich mit einem jungen Künstler aus Babylon an, den er mehr als seine eigenen Söhne zu lieben schien. Assur besitzt wirklich Zauberhände. Da sitzen wir einmal unter einem Baum und schwatzen. Ein Klumpen Erde kommt ihm zwischen die Finger. Zerstreut knetet er, ohne auch nur hinzusehen. Und wie von selbst wird daraus plötzlich eine kleine Figur. Eine schlafende Katze, kugelrund zusammengerollt. Eine geöffnete Lotosblüte. Eine Frau in hockender Stellung, die Knie bis ans Kinn angezogen. Das geht so weit, daß ich, wenn wir beisammen sind, immer ein Auge auf seine Hände habe, um das Wunder verfolgen zu können, das da geschieht. Assur hat weder König Balthasars vielseitige Pflichten noch dessen philosophische Gedanken. Er zeichnet, malt und schafft Plastiken, wie eine Biene ihren Honig erzeugt. Dennoch ist er nicht stumm, ganz und gar nicht. Nur – wenn er von seiner Kunst spricht, tut er es immer in unmittelbarem Zusammenhang mit einem bestimmten Werk und wie unter dessen Diktat.

So sah ich ihm einmal zu, wie er letzte Hand an das Bildnis einer Frau legte. Sie war weder jung noch schön noch reich, ganz im Gegenteil. Doch lag in ihren Augen, ihrem leichten Lächeln, ihrem ganzen Gesicht etwas Strahlendes.

»Gestern«, so erzählte mir Assur, »war ich beim Brunnen des Propheten, der ja bloß von einem schwachen Schöpfwerk gespeist wird, darum nur spärlich fließt und dazwischen immer wieder aussetzt, so daß es häufig zu einem

Gedränge kommt, wenn sich der Wasserstrahl, klar und kühl, wieder entschließt, zu sprudeln. Nun stand in der letzten Reihe ein gebrechlicher Greis, der nicht die geringste Aussicht hatte, den Blechnapf füllen zu können, den er zitternd nach dem Brunnenrand ausstreckte. Und da ging diese Frau, die eben mit Müh und Not eine Amphore voll hatte erringen können, zu ihm hin und teilte das Wasser mit ihm.

Das ist noch gar nichts. Es ist eine winzige Geste der Freundschaft in einer elenden Menschenwelt, in der täglich erhabene und entsetzliche Taten geschehen. Was aber unvergeßlich ist, war der Gesichtsausdruck der Frau von da an, als sie den alten Mann sah, bis zu dem Augenblick, da sie ihn nach beendetem Tun verließ. Inbrünstig habe ich es in meinem Gedächtnis mitgenommen, dieses Gesicht, und dann, ganz gesammelt, um es so lange wie möglich in mir lebendig zu halten, habe ich dieses Bildnis gezeichnet. Schau' her! Was ist das? Ein flüchtiger Schimmer Liebe in einem Dasein der Bitternis. Ein Augenblick der Gnade in einer erbarmungslosen Welt. Der so seltene, so kostbare Moment, da das Gleichnis – nach Balthasars Wort – das Bild trägt und es rechtfertigt.«

Er verstummte, als wolle er diese dunklen Worte in mich einsickern lassen, dann setzte er, seine Zeichnung mir überlassend, hinzu:

»Siehst du, Melchior, ich habe mir die großen Werke ägyptischer Architektur und griechischer Plastik angeschaut. Die Künstler, die diese Meisterwerke geschaffen haben, müssen von den Göttern mit ihrem Geist erfüllt und wohl selber gar Halbgötter gewesen sein. Sie liegt da, diese Welt, vom Licht der Ewigkeit umflossen, und keiner kann sie betreten, ohne sich in gewisser Weise als tot zu empfinden. Ja, für unsere armseligen, fieberheißen und hungernden Leiber ist in Gizeh, ist auf der Akropolis kein Platz. Und ich gehe ganz einig mit der Ansicht, daß kein Künstler, er wäre denn verkehrten Sinnes, recht daran täte, diese Leiber zu rühmen, wenn sie nie etwas anderes gewesen wären als das, was sie sind. Nur... manchmal ist da etwas... dies hier« – er griff wieder nach seiner Zeichnung – »der Schimmer, die Gnade, das Ewige, das tief ins sterbliche Fleisch eingegangen ist, mit ihm verwoben ist und es ganz und gar durchstrahlt. Und, siehst du, bis zum heutigen Tag hat sich noch nie ein Künstler unterfangen, es mit seinen Ausdrucksmitteln nachzuschaffen. Ich gebe zu, das, was ich erwarte, ist etwas sehr Bedeutsames, etwas umwälzend Neues. Ich frage mich sogar, ob sich eine tiefergehende Wandlung als dies überhaupt denken läßt. Und darum bin ich auch voller Geduld und Verständnis gegenüber den Feindseligkeiten und Verfolgungen, denen die Künstler zum Opfer fallen. Es besteht nur eine winzige Hoffnung, sich durchzusetzen, aber von dieser Hoffnung lebe ich.«

Wir warteten zehn Tage, ehe wir König Herodes zum erstenmal zu Gesicht bekamen, doch seine bedrückende Gegenwart umgab uns schon seit unserer Ankunft. Mag dieser Palast auch riesengroß und die Zahl derer, die darin Dienst tun, ungeheuer sein – wir konnten keinen Augenblick vergessen, daß wir in der Höhle des großen Raubtiers waren, daß es da war, ganz nah, daß es mit uns dieselbe Luft atmete, daß wir Tag und Nacht seinen heißen Atem einsogen. Manchmal sah man Menschen eilig umherlaufen, Signale erschollen, Tore drehten sich in ihren Angeln, beim Klang eines Krummhorns sammelten sich Soldaten: das unsichtbare Untier hatte sich geregt, und seine Bewegung breitete sich in mächtigen Wellen aus, die selbst die äußersten Grenzen des Reiches erreichen mußten. Der Aufenthalt, so komfortabel er war, wäre unerträglich gewesen, hätte uns nicht etwas den Rücken gestärkt: eine brennende Neugierde, die durch alles, was uns über Herodes' Vergangenheit und Gegenwart berichtet wurde, am Glühen erhalten und noch geschürt wurde.

Herodes der Große war damals im vierundsiebzigsten Lebensjahr und im siebenunddreißigsten Jahr seiner Herrschaft – einer Herrschaft, die von der ersten Stunde an im Zeichen von Gewalt und Mord gestanden hatte. Ein angeborener Fluch, der, neben anderen, auf ihm lastete, war die Tatsache, daß dieser Judenkönig – der größte, den die Juden bis heute besaßen – kein Jude und immer von einem Teil seines eigenen Volkes, dem einflußreichsten, härtesten, unduldsamsten, abgelehnt worden war. Seine Familie stammte aus Idumäa, einer gebirgigen Gegend im Süden, die erst jüngst erobert und von Hyrkanus I. dem Königreich Judäa einverleibt worden war. Die Idumäer, diese gewaltsam zum Judentum bekehrten Söhne Esaus, blieben für die Juden in Jerusalem ziemlich ungeschliffene, nicht recht beschnittene, immer des Heidentums verdächtige Barbaren. Daß von ihnen einer bis auf den Thron von Jerusalem aufstieg, war eine unbegreifliche, gotteslästerliche Herausforderung. Nachfolger Davids und Salomos hatte Herodes nur durch viel Kriecherei vor den Römern, deren Kreatur er war, und durch seine Heirat mit Mariamme, der Enkelin Hyrkans II., der Letzten vom Stamm der Makkabäer, werden können. Diese Verbindung, die zunächst unerwartet und für den Idumäer ein Geschenk des Himmels gewesen war, sollte bald schwer auf ihm lasten, denn er war und blieb in den Augen seiner Schwiegereltern, seiner Frau und sogar seiner eigenen Kinder, die alle edlerer Abkunft waren als er, immer ein abenteuerlicher Emporkömmling. Bei Herodes endet

stets alles mit einem Blutbad. Diese unauslöschliche Minderwertigkeit – die ihm vorzuhalten Mariamme nie versäumte – die hat er in einer langen Reihe von Morden und Hinrichtungen erstickt, denen niemand entging und nach denen er schließlich allein Herr in seinem Reiche ist, freilich entgegen dem Haß seines eigenen Volkes, das der Dynastie der Makkabäer treu geblieben ist.
Dabei tut Herodes nichts, um die Empfindlichkeiten der orthodoxen Juden zu schonen. Er reist im ganzen Mittelmeerraum umher und erwirbt sich dabei einen kosmopolitischen, universalen Blick für alles mögliche. Er schickt seine Söhne zum Studium nach Rom. Er liebt Kunst, Spiele und Feste. Er möchte Jerusalem zu einer modernen Großstadt machen. Er baut ihm ein Theater und widmet es Augustus. Er schmückt es mit Parkanlagen, mit Brunnen, Taubenhäusern, Wasserflächen und mit einer Pferderennbahn. Die Juden spucken auf diese gotteslästerlichen Neuerungen. Sie beschuldigen ihren König, er wolle in Jerusalem wieder Sitten einführen, wie Antiochos Epiphanes – fluchwürdigen Angedenkens – sie dort hatte einreißen lassen, Sitten, zu deren Ausrottung es dann eines ganzen Jahrhunderts pedantischer Sittenstrenge bedurft hatte. Herodes kümmert sich nicht darum. Er subventioniert unterschiedslos Tempel, Thermen, Triumphstraßen in Askalon, Rhodos, Athen, Sparta, Damaskus, Antiochia, Berytos, Nikopolis, Ptolemais, Sidon, Tyros und Byblos. Überall läßt er Caesars Namen einmeißeln. Er bringt die Olympischen Spiele wieder in Gang. Er stößt die Juden vor den Kopf, indem er Samaria, das von den Makkabäern zerstört worden war, und Caesarea, den künftigen Sitz der römischen Statthalter über Palästina, von wo aus Jerusalem erobert worden war, prachtvoll wieder aufbaut. Und – der Gipfel des Hohns! – er bezahlt die Schauspieler, Gladiatoren und Athleten mit jüdischem

Geld, mit diesen Münzen ohne Bildnis, die auf der einen Seite die Worte *Herodes rex* und auf der Kehrseite ein Füllhorn tragen.
Das Füllhornsymbol ist freilich berechtigt: so sehr die am Althergebrachten festhaltenden Kreise Jerusalems Herodes auf den Schindanger wünschen, so beliebt ist er andererseits bei einem reichgewordenen Bürgertum, dessen Söhne, in griechisch-römischem Geist erzogen, die Zeichen der Beschneidung beseitigen[5] und sich in den vom König finanzierten Sportstätten nackt den Blicken darbieten. Vor allem die Juden vom flachen Land und die Auslandsjuden sind über Herodes' Aufgeschlossenheit hocherfreut. Für die israelitischen Gemeinden in Rom sind die ausgezeichneten Beziehungen, die der König zum Kaiser unterhält, von großem Vorteil. Und Palästinas Gaue erleben eine Periode des Friedens und Wohlstands wie nie zuvor. Auf den Höhen und in den Tälern Judäas weiden riesige Schafherden; sie machen sich im Winter eine von den Römern übernommene Neuerung zunutze: die Luzernefütterung. Im Überfluß gedeihen Gerste, Weizen und Reben auf der roten Erde Palästinas. Olive, Feige und Granatapfel fallen einem fast ohne Aufwand an Arbeit in den Schoß. Kriege und Unruhen hatten ein ganzes Volk von entwurzelten Bauern auf die Straßen getrieben. Herodes verpachtete ihnen seine eigenen Güter. Künstlich bewässert, wurden die Niederungen Jerichos auf diese Weise zu landwirtschaftlichen Musterbetrieben. Salomo hatte sich speziell auf die Ausfuhr von Waffen und Kampfwagen verlegt. Herodes, recht geschäftstüchtig, zieht Gewinn aus dem Salz von Sodom, dem Asphalt vom Toten Meer, den Kupferminen auf Zypern, den kostbaren Hölzern vom Libanon, den Töpferwaren von Bethel und aus der Benzoe der Balsamwälder, die er von der Königin Kleopatra gepachtet, dann, nach ihrem Tod, von Augustus zum Ge-

schenk erhalten hat. Durch seine uneingeschränkte Ergebenheit gegenüber dem Kaiser erreicht Herodes, daß in Judäa nicht ein einziger römischer Soldat zu sehen ist. Obgleich er das Verbot, Krieg – selbst einen Verteidigungskrieg – zu führen, gewissenhaft beachtet, besitzt er ein aus gallischen, germanischen und thrakischen Söldnern bestehendes Heer und eine prachtvolle, traditionsgemäß in Galatien angeworbene Leibwache. Und wenn er schon diese Soldaten nicht außerhalb seiner Grenzen einsetzen darf, so kann man doch leider sagen, daß er im Innern seines Reiches immerfort Arbeit für sie hat – und selbst im Schoß seiner eigenen Familie!

Doch das Großprojekt unter Herodes' Herrschaft und zugleich die Hauptsache im Verhältnis zwischen dem jüdischen Volk und ihm war der Wiederaufbau des Tempels.

Es hatte in Jerusalem zwei Tempel gegeben. Der erste, von Salomo erbaut, war von Nebukadnezar geplündert, einige Jahre später dann völlig zerstört worden. Der zweite, bescheidenere, war trotz seiner Ärmlichkeit und Baufälligkeit dem Andenken der Juden teuer, denn er erinnerte an die Heimkehr aus der Verbannung und verkörperte Israels Wiedergeburt. Diesen Tempel fand Herodes vor, als er an die Macht kam. Ihn beschloß er abzureißen und wieder neu aufzubauen. Natürlich widersetzten sich die Juden anfänglich diesem Vorhaben. Sie hatten keinen Zweifel daran, daß Herodes, wenn er erst den alten Tempel zerstört habe, fähig sei, sich dem Versprechen, ihn neu aufzubauen, zu entzie hen. Doch gelang es ihm, sie zu beruhigen, und am Ende schienen sie überzeugt, daß der Idumäer sich so in dieses Riesenprojekt stürze, um seine Übeltaten zu sühnen – eine fromme Selbsttäuschung, die zu zerstreuen der König sich wohl hütete.

Ein Riesenprojekt war es wirklich, denn es wurden acht-

zehntausend Arbeiter aufgeboten, und obwohl die Einweihung schon weniger als zehn Jahre nach Baubeginn stattgefunden hat, sind die Arbeiten noch längst nicht beendet, und da Tempel und Palast aneinanderstoßen, erleben wir das Hin und Her der Baukolonnen und den Lärm ihrer mühsamen Arbeit mit. Die Existenz dieser zyklopenhaften Baustelle paßt übrigens – das ist zuzugeben – ganz und gar zu der Atmosphäre des Terrors und der Grausamkeit, die den Palast erfüllt. Hammerschläge mischen sich mit Peitschenhieben, die Flüche der Arbeiter vereinigen sich mit dem Ächzen der Gefolterten, und wenn ein Leichnam fortgekarrt wird, weiß man nie, ob es der eines Hingerichteten oder der eines Steinmetzen ist, der von einem Granitblock erschlagen wurde. Selten, denke ich, waren Größe und Grausamkeit enger verschwistert.
Für Herodes scheint es Ehrensache gewesen zu sein, die mißtrauischen Juden eines Besseren zu belehren. Um die Arbeiten am Allerheiligsten des Tempels zu einem guten Ende zu bringen, ließ er Priester zu Steinmetzen und Maurern ausbilden, die dann, ohne den Ornat abzulegen, diese Arbeit taten. Und der Gottesdienst wurde nicht einen einzigen Tag unterbrochen, denn es wurde nie etwas abgerissen, ohne daß das Neue schon weit genug gediehen war. Dabei ist der Neubau grandios in seinen Ausmaßen, und wollte ich seine Pracht im einzelnen schildern, so fände ich kein Ende. Ich möchte nur auf den »Vorhof der Heiden« eingehen, einen großen, rechteckigen, fünfhundert Ellen[6] breiten Platz zum Spazierengehen, zum Schwatzen, zum Einkaufen bei den Händlern, die dort ihre Stände aufgeschlagen haben – also etwas Ähnliches wie die Agora in Athen oder das Forum Romanum. Vor Regen und vor der Sonne Schutz suchen kann jedermann in den zedernholzgedeckten Säulenhallen, die den Vorhof säumen, vorausgesetzt, daß er saube-

re Schuhe hat, nicht bewaffnet ist – nicht einmal mit einem Stock – und nicht auf den Boden spuckt. In der Mitte ragt der eigentliche Tempel empor, ein Gebilde aus mehreren stufenförmig übereinanderliegenden Baukörpern, zuoberst dem des Allerheiligsten, dessen Betreten bei Todesstrafe verboten ist. Sein Portal aus massivem Erz ist mit goldenen Reben umrankt, deren Trauben allesamt mannshoch sind. Geschützt ist es durch einen Schleier aus babylonischem Stoff, der mit Hyazinthen, mit Motiven in feinem Linnen, mit Scharlach und Purpur, den Symbolen für Feuer, Erde, Luft und Meer, bestickt ist und eine Karte des Himmels darstellt. Schließlich möchte ich noch das Dach erwähnen, das mit einer Balustrade aus durchbrochenem weißem Marmor abschließt und aus spitzenstarrenden, funkelnden Goldplatten besteht, die den Zweck haben, die Vögel fernzuhalten.

Ja, er ist ein herrliches Wunder, dieser neue Tempel, der Herodes den Großen zum ebenbürtigen und vielleicht gar zum überlegenen Nachfolger Salomos werden läßt. Man versteht wohl, welchen Aufruhr es im Kopf eines entthronten Prinzen, welchen Sturm es im Herzen eines verwaisten Königssohns hervorrief, so viel Glanz und Herrlichkeit, so viel Macht und auch so viel Großartig-Grausiges zu sehen!

Etwas ganz anderes war es freilich dann doch, als wir am zehnten Tag die Nachricht erhielten, der Großkämmerer lade uns auf Befehl des Königs zu einem Diner im großen Thronsaal ein. Wir zweifelten nicht, daß Herodes dazu erscheinen werde, obgleich im Wortlaut der Einladung nichts darauf hindeutete – als hätte sich der Tyrann bis zum letzten Augenblick in Geheimnis hüllen wollen.

Und doch – soll ich's gestehen? Als ich in den Saal kam, habe ich Herodes zunächst weder gesehen noch erkannt! Ich hatte mir vorgestellt, er käme spät, erst als Letzter, um seinen Auftritt auszukosten. Dann erfuhr ich jedoch, das verstieße gegen die Regeln jüdischer Gastfreundschaft, die verlangen, daß der Hausherr zugegen ist und seine Gäste empfängt. Zwar befand sich der König, auf einem übervoll mit Kissen bedeckten Diwan aus Ebenholz liegend, in offenbar vertrautem Gespräch mit einem alten, ganz weißhaarigen Mann, der neben ihm lag und dessen edles, reines Antlitz zu der maskenhaften, verwüsteten Fratze des Königs einen auffallenden Kontrast bildete. Später erfuhr ich, das sei der berühmte Manahel, der essenische Seher, Traumdeuter und Geisterbeschwörer, den Herodes jeden Augenblick zu Rate ziehe, seitdem Manahel ihm einst als Fünfzehnjährigem einen Stoß in den Rücken versetzt und ihn König der Juden genannt hatte. Aber wie gesagt, ich ahnte nichts von Herodes' Anwesenheit und sah zunächst nichts als einen Wald lodernder Fackeln, der sich in den silbernen Tabletts, den kristallenen Karaffen, den goldenen Tellern, den Pokalen aus Sardonyx tausend- und abertausendfach widerspiegelte.

Quer durch die Menge der geschäftig um die niedrigen Tische und Liegesofas bemühten Diener stürzte der Haushofmeister dem Zug der Gäste entgegen. An dessen Spitze schritten Balthasar und Kaspar, und dahinter mischte sich ihr Gefolge, das weiße mit dem schwarzen, und beide blieben trotz allen Durcheinanders doch so gut erkennbar wie zwei verschiedenfarbige, eng verflochtene Kordeln. Die beiden Könige erhielten Ehrenplätze beiderseits der großen Liege, auf der Herodes und Manahel sich besprachen, und ich plazierte mich so gut es ging zwischen meinem Lehrer Baktiar und dem jungen Assur, etwas weiter zurück, vor dem hufeisenförmigen freien Raum zwischen den Tischen und dem großen Fenster, das den Blick freigab auf einen Teil des nachtdunklen, geheimnisvollen Jerusalem. Man brachte uns aromatisch gewürzten Wein, und dazu in Salz geröstete Goldskarabäen. Drei Mädchen spielten Harfe und sorgten unterm Stimmengewirr der Gespräche und dem Geräusch von Platten und Tellern für einen wohlklingend-eintönigen musikalischen Hintergrund. Ein großer gelber Hund, der von irgendwoher in den Saal gelaufen kam, rief Tumult und Gelächter hervor, bis er, von einem Sklaven hinausgeführt, wieder verschwunden war. Ein kleiner, kraushaariger Mann mit rosig-runden Wangen, in seiner blütenbesetzten weißen Tunika nicht mehr ganz jung anzusehen, verneigte sich, eine Laute unterm Arm, vor Herodes' Liegestatt. Der unterbrach sich, schenkte ihm für einen Augenblick Beachtung und sagte dann: »Ja, aber später!« Es war Sangali, der orientalische Märchenerzähler, der Meister des Mâshâl von der Malabarküste. Ja, wahrhaftig, die Zeit für das Wort, die konnte erst später kommen, denn im Augenblick ging es ans Essen! Türen öffneten sich sperrangelweit, und herein fuhren Wagen, auf denen Schüsseln und Kochtöpfe dampften. Hierzulande wollte es der Brauch, daß den Tischgästen alles zur selben Zeit vorgesetzt wurde. Es gab Goldbuttleber, gemischt mit Lampretenmilch, Pfauen- und Fasanenhirn, Muflonaugen und Zungen von Jungkamelen, mit Ingwer gefüllte Ibisse und vor allem ein gewaltiges Ragout, in dessen noch brodelnder brauner Soße Stutenscheiden und Stierziemer schwammen. Nackte Arme mit krummen Fingern griffen nach den Schüsseln. Kiefer schnappten zu, Reißzähne hieben mächtig ein, Adamsäpfel zuckten beim angestrengten Hinunterschlingen. Indessen ließen die drei Harfenistinnen weiter ihre ätherischen Akkorde erklingen. Auf einen Wink des Haushofmeisters waren sie dann plötzlich still, als die Diener einen großen stählernen Rahmen hereintrugen; durch ihn lief ein Dutzend Bratspieße, an denen sich, triefend von Fett, Vögel mit schwerem, weißem Fleisch drehten. Herodes hatte im Gespräch innegehalten und lächelte schweigend in seinen schütteren Bart hinein. Die Köche am Grill nahmen ab, was an den Spießen stak, legten es in Schüsseln und teilten mittels dünner, scharfer Messer jeden der Vögel in zwei Teile. Sie waren mit kegelförmigen schwarzen Pilzen gefüllt.

»Meine Freunde!« rief Herodes. »Ich lade euch ein, diesem köstlichen, historisch-symbolischen Gericht Ehre anzutun, das ich nicht anstünde, im Reich Herodes' des Großen zur Würde eines Nationalgerichts zu erheben. Es wurde vor etwa dreißig Jahren, der Not gehorchend, erfunden. Es war kurz nach dem Krieg, den ich auf Betreiben der Königin Kleopatra gegen Malchus, den König von Arabien führte. Ein Erdbeben verwandelte in ein paar Minuten ganz Judäa in einen Trümmerhaufen, tötete dreißigtausend Menschen und eine ungeheure Menge Vieh. Vorteile von der Katastrophe hatten einzig die Geier und die Araber. Mein Heer, das auf dem flachen Land biwakiert hatte, war vor dem Erdbeben verschont geblieben. Gleichwohl schickte ich sofort Friedensunterhändler zu Malchus mit der Begründung, in solcher Situation gebe es Besseres zu tun als einander zu bekämpfen. Malchus hingegen wollte die Lage ausnutzen, ließ meine Abgesandten ermorden und griff mich gleich darauf an. Er benahm sich abscheulich. Denn niemand anderes als ich hatte ihn ja vor dem Sklavendasein gerettet, das ihm durch Kleopatra gedroht hatte. Um Frieden zu bekommen, hatte ich damals zweihundert Talente bezahlt und nochmals für die gleiche Summe die Bürgschaft übernommen, ohne daß es Malchus auch nur einen Denar gekostet hatte. Und nun handelte er so! In der Meinung, ich sei durch das Erdbeben zur Ohnmacht verdammt, ließ er seine Truppen gegen mich marschieren. Ich habe nicht auf ihn gewartet. Ich habe den Jordan überschritten und wie der Blitz zugeschlagen. In drei Schlachten habe ich sein Heer zertrümmert. Und natürlich ließ ich mich auf keinerlei Verhandlungen, auf keinen Vorschlag für den Freikauf der Gefangenen ein. Ich wollte eine bedingungslose Kapitulation, und ich habe sie bekommen.

In dieser ruhmreichen, dramatischen Situation setzten mir meine Köche, die mit ihren Vorräten am Ende waren, eines Tages ein Stück Geflügel, am Spieß gebraten und mit Pilzen gefüllt, vor. Es war ein Geier, und die Pilze waren Totentrompeten. Ich mußte mächtig lachen. Dann hab' ich davon gekostet. Es schmeckte herrlich! Ich ließ meinen Küchenchefs versichern, das nächstemal könnten sie mir dann Malchus selber servieren, trotz des von uns ja sonst eingehaltenen Gebots, kein Schweinefleisch zu essen!«

Die Tischgäste brüllten vor Lachen über diesen Witz. Auch Herodes lachte und griff mit beiden Händen nach dem Rumpf des Geiers, den ein Sklave ihm reichte. Alle taten es ihm nach. Der Wein floß in die Mischkrüge. Eine Zeitlang war nur das Knacken von Knochen zu hören. Später machten dann Platten mit Honigkuchen, mit Bergen von Granatäpfeln und Trauben, von Feigen und Mangofrüchten die Runde. Da erscholl, den Lärm übertönend, aufs neue die Stimme des Königs. Er verlangte nach jenem orientalischen Märchenerzähler, der sich zu Beginn des Mahles bei ihm gemeldet hatte. Man holte ihn herbei. Der kindliche, feine Ausdruck seines Gesichts stand in jähem Gegensatz zu den übersättigten, fahrigen Mienen ringsum. Es war, als ob seine sichtliche Naivität Herodes' Grausamkeit reize.

»Sangali, denn das ist ja wohl dein Name, du erzählst uns jetzt ein Märchen«, befahl er. »Aber gib acht auf deine Worte, und laß dir's ja nicht einfallen, unfreiwillig Anspielungen auf irgendein Staatsgeheimnis zu machen! Wisse, daß du bei dem Unternehmen deine beiden Ohren aufs Spiel setzt! Ich befehle dir also, wenn dir dein rechtes Ohr lieb ist...«

Er schien lange nach etwas zu suchen, das er ihm befehlen könnte. So entfesselte er stürmisches Gelächter, als er den Satz beendete:

»... mich zum Lachen zu bringen! Und wenn dir dein linkes Ohr lieb ist, das befehle ich dir, so erzähl' eine Geschichte, in der es um einen König geht, ja, um einen sehr weisen und guten König, dem seine Nachfolge schwere Sorge macht. Also: ein König, der alt geworden ist, sorgt sich um seine Nachfolge. Wenn du mir von etwas anderem redest und wenn du mich nicht zum Lachen bringst, so gehst du hier nur mit gestutzten Ohren hinaus, wie einst Hyrkan II. sie hatte, den sein Neffe Antigonos mit den eigenen Zähnen verstümmelte, um ihn daran zu hindern, Hohepriester zu werden.«

Es wurde ganz still.

»Der König, dessen Geschichte du hören willst«, sprach Sangali mit unerschrockener Stimme, »der hieß Goldbart.«

»Meinetwegen denn Goldbart!« stimmte Herodes zu. »Hören wir also die Geschichte von Goldbart und wie es mit seiner Thronfolge steht, denn wisset, Freunde, nichts interessiert mich zur Zeit so wie Thronfolgeaffären!«

Goldbart
oder die Thronfolge

Es war einmal im Glücklichen Arabien, in der Stadt Schamur ein König, der hieß Nabunassar III. und war berühmt ob seines in schönen Kringeln herabwallenden goldenen Bartes, dem er seinen Beinamen Goldbart verdankte. Er ließ ihm größte Sorgfalt angedeihen; das ging so weit, daß er ihn zur Nacht in eine kleine seidene Hülle tat, daraus durfte er erst am Morgen wieder heraus, um den kundigen Händen einer Barbière anvertraut zu werden. Während nämlich – das muß man wissen – männliche Barbiere Rasiermesserhelden und Bartspalter sind, spielen weibliche Barbiere nur mit Kamm, Brenneisen und Sprühflakon herum und sind nicht imstande, ihrem Kunden auch nur ein einziges Härchen zu schneiden.

Nabunassar Goldbart, der in seiner Jugend seinen Bart eben hatte wachsen lassen und ihm, mehr aus Nachlässigkeit als mit Vorbedacht, keine Beachtung geschenkt hatte, begann mit den Jahren diesem Kinnanhang eine wachsende, beinah magische Bedeutung beizumessen. Er war nicht weit davon entfernt, ihn für das Symbol seiner Königswürde, ja für den Hort seiner Macht zu halten.

Und er ward nicht müde, seinen goldenen Bart im Spiegel zu betrachten, und ließ ihn wohlgefällig durch seine mit Ringen überladenen Finger gleiten.

Das Volk von Schamur liebte seinen König. Doch dessen Regierungszeit währte schon länger als ein halbes Jahrhundert. Dringende Reformen wurden von einer Regierung, die sich nach dem Vorbild ihres Monarchen in zufriedener Untätigkeit wiegte, immer von neuem vertagt. Der Mini-

sterrat trat nur einmal im Monat zusammen, und die Türhüter hörten von drinnen, mit langem Stillschweigen dazwischen, immer wieder dieselben Redensarten:
»Man müßte etwas tun.«
»Ja, aber man darf nichts übereilen!«
»Dafür sind die Dinge noch nicht reif.«
»Mit der Zeit kommt das von selbst.«
»Es ist dringend geboten, zuzuwarten.«
Und dann trennte man sich wieder und beglückwünschte sich, aber ohne etwas beschlossen zu haben.
Eine der Hauptbeschäftigungen des Königs bestand darin, nach dem Mittagessen – das nach altem Brauch langsam, von langer Dauer und lähmender Schwere war – einen gründlichen Mittagsschlaf zu halten, und der zog sich dann bis spät in den Nachmittag hinein. Er fand, genau gesagt, im Freien statt, auf einer Terrasse im Schatten kreuz und quer verschlungener Klematisranken.
Seit einigen Monaten jedoch empfand Goldbart nicht mehr die frühere Seelenruhe. Nicht daß das Wenn und Aber seiner Ratgeber oder das Murren seines Volkes ihn zu erschüttern vermocht hätte, nein, seine Unruhe war höheren, tieferen, mit einem Wort erhabeneren Ursprungs: zum erstenmal hatte König Nabunassar III., als er sich nach der Morgentoilette in dem Spiegel bewunderte, den ihm seine Barbière vorhielt, im Goldgewell seines Bartes ein weißes Haar entdeckt.
Dieses weiße Haar stürzte ihn in abgrundtiefes Nachdenken. Ja, so ist's, dachte er, ich werde alt. Das war freilich zu erwarten, aber jetzt ist es eine Tatsache, so unbestreitbar wie dieses Haar. Was soll ich tun? Denn hab' ich auch ein weißes Haar, so hab' ich dafür keinen Erben. Zweimal war ich verheiratet, und von beiden Königinnen, die einander in meinem Bett folgten, war keine imstande, dem Reich einen

Kronprinzen zu schenken. Ich muß auf Abhilfe sinnen. Ja, doch man darf nichts übereilen. Ich sollte einen Erben haben, ja, also vielleicht ein Kind adoptieren. Aber eines, das mir ähnlich sieht, ungeheuer ähnlich sieht. Ich selbst, nur jünger, viel jünger. Dafür sind die Dinge noch nicht reif. Mit der Zeit kommt das von selbst. Es ist dringend geboten, zuzuwarten.

Nachdem er damit, ohne es zu merken, auf die üblichen Redensarten seiner Minister zurückgegriffen hatte, schlief er ein und träumte von einem kleinen Nabunassar IV., der ihm ähnlich sähe wie ein kleiner Zwillingsbruder.

Eines Tages jedoch wurde er durch einen heftigen, stechenden Schmerz jäh aus dem Mittagsschlaf gerissen. Unwillkürlich griff er sich ans Kinn, denn dort hatte er den Schmerz gespürt. Nichts. Er blutete nicht. Er schlug auf einen Gong. Ließ seine Barbière kommen. Befahl ihr, den großen Spiegel zu holen. Musterte sich genau. Seine dunkle Ahnung hatte ihn nicht getäuscht: das weiße Haar war verschwunden. Eine frevelnde Hand hatte seinen Schlaf ausgenutzt und es gewagt, sich am Haaranhang seines Kinns zu vergreifen.

War das Haar wirklich ausgerissen worden oder verbarg es sich nur im Dickicht des Bartes? Das war wirklich die Frage, denn am nächsten Morgen, als die Barbière ihres Amtes gewaltet hatte und dem König den Spiegel vorhielt, war es da, das Haar, unleugbar in seinem schimmernden Weiß, das sich abhob wie eine Silberader in einem Kupferbergwerk.

Nabunassar gab sich an diesem Tag dem üblichen Mittagsschlaf mit einer Unruhe hin, in der das Problem seiner Nachfolge und das Geheimnis seines Bartes wirr durcheinandergingen. Er ahnte nicht im entferntesten, daß diese beiden Fragezeichen in Wahrheit nur eines waren und beide miteinander ihre Lösung finden sollten...

So war denn König Nabunassar III. kaum eingeschlafen, als

er durch einen heftigen Schmerz am Kinn aus seinem Schlummer gerissen wurde. Er fuhr auf, rief um Hilfe, ließ den Spiegel bringen: Das weiße Haar war abermals verschwunden!
Am nächsten Morgen war es wieder da. Doch diesmal ließ sich der König vom ersten Anschein nicht täuschen. Ja, man kann sagen, er sei der Wahrheit einen großen Schritt nähergekommen. Es entging ihm nämlich nicht, daß das Haar, das sich am Abend zuvor links unten an seinem Kinn befunden hatte, jetzt rechts oben – fast in Höhe der Nase – zu sehen war, so daß man, weil es ja ein Wanderhaar nicht gibt, daraus schließen mußte, es handle sich um ein *anderes* weißes Haar, das im Laufe der Nacht dazugekommen sei – denn es ist nun einmal so, daß Haare die Dunkelheit benutzen, um weiß zu werden.
Als der König sich an diesem Tag zum Mittagsschlaf rüstete, wußte er schon, was geschehen würde: Er hatte kaum die Augen geschlossen, da riß er sie schon wieder auf, denn er hatte in der Wangengegend, wo er das letzte weiße Haar gesichtet hatte, schon wieder ein schmerzhaftes Pieken gespürt. Er ließ sich den Spiegel gar nicht erst bringen, denn er war überzeugt, daß ihm erneut ein Haar ausgerissen worden war.
Aber von wem? Von wem?
Dasselbe ereignete sich nun jeden Tag. Der König gelobte sich, unter den Klematisranken nicht mehr einzuschlafen. Er stellte sich schlafend, schloß halb die Augen, ein scheeler Blick drang zwischen seinen Lidern hervor. Aber man stellt sich nicht schlafend, ohne daß man Gefahr läuft, wirklich einzuschlafen. Und witsch! Als der Schmerz kam, war er schon tief eingeschlafen, und ehe er die Augen auftat, war schon alles vorbei.
Kein Bart ist jedoch unerschöpflich. Jede Nacht verwandelte

sich eines der goldenen Haare in ein weißes, und das wurde ihm dann am frühen Nachmittag des folgenden Tages ausgerissen. Die Barbière getraute sich nicht, etwas zu sagen. Doch der König sah, wie ihr Gesicht immer mehr Runzeln bekam, je schütterer sein Bart wurde. Er betrachtete sich selbst im Spiegel, streichelte, was ihm von seinem Goldbart noch geblieben war, und betrachtete forschend die Linien seines Kinns, die durch ein spärliches Vlies immer deutlicher hindurchschimmerten. Das Seltsamste war, daß ihm die Verwandlung nicht einmal mißfiel. Durch die schwindende Maske des majestätischen Alten wurden für ihn wieder – freilich ausgeprägter und schärfer gezeichnet – die Züge des bartlosen jungen Mannes sichtbar, der er einst gewesen war. Und gleichzeitig erschien ihm die Frage seiner Nachfolge schon nicht mehr so brennend.

Als er nur noch ein Dutzend Haare am Kinn hatte, dachte er allen Ernstes daran, seine weißhaarigen Minister zu entlassen und die Zügel der Regierung selbst in die Hand zu nehmen. Da nahmen die Ereignisse eine neue Wendung.

Kam es daher, daß er an den Wangen und dem Kinn, die nun kahl waren, jeden Luftzug besser spürte? Jedenfalls geschah es, daß ihn aus dem Mittagsschlaf ein leichter, kühler Wind weckte, der um einen Sekundenbruchteil vor dem Verschwinden des am Morgen entdeckten weißen Haares aufgekommen war. Und eines Tages sah er... Was sah er? Einen schönen weißen Vogel – so weiß wie der weiße Bart, den er nie mehr besitzen würde – und der Vogel flog pfeilschnell davon und trug im Schnabel das just zuvor ausgerissene Barthaar. Damit erklärte sich alles: der Vogel wollte ein Nest von gleicher Farbe wie sein Gefieder und hatte nichts Weißeres gefunden als eben die Haare in des Königs Bart.

Nabunassar freute sich seiner Entdeckung, doch er brannte darauf, mehr zu wissen. Und das war höchste Zeit, denn

ihm blieb am Kinn nur noch ein einziges Haar, und dieses Haar würde für den schönen Vogel der letzte Anlaß sein, sich zu zeigen. Wie groß war darum die Erregung des Königs, als er sich dieses Mal unter den Klematisranken zum Mittagsschlaf niederlegte! Abermals mußte er sich schlafend stellen, durfte aber dem Schlaf nicht nachgeben. Doch das Mittagsmahl war an diesem Tag besonders köstlich und reichlich gewesen und reizte dazu, hinterher Mittagsschlaf zu halten... wie ein König! Nabunasssar III. kämpfte heldenhaft gegen die Benommenheit, die in wohligen Wellen über ihn kam, und schielte, um sich wachzuhalten, nach dem langen weißen Haar, das sich, von seinem Kinn ausgehend, im warmen Licht wellte. Er war, auf mein Wort! nur einen Augenblick geistesabwesend, einen ganz kurzen Moment, und kam sofort wieder zu sich, als ein Flügelschlag ihm kräftig-liebkosend über die Wange strich und er einen stechenden Schmerz am Kinn spürte. Rasch griff er zu, berührte etwas Weiches, Pulsierendes, doch seine Finger griffen ins Leere, und als er die Augen öffnete, sah er nur den schwarzen Schatten des weißen Vogels im Gegenlicht vor der roten Sonne, des Vogels, der davonflog – auf Nimmerwiedersehen davonflog, denn er trug in seinem Schnabel das letzte Haar vom Barte des Königs!
Wütend stand der König auf und war drauf und dran, seine Bogenschützen rufen zu lassen mit dem Befehl, den Vogel dingfest zu machen und ihn, tot oder lebendig, herbeizuschaffen. Ganz die brutale, unvernünftige Reaktion eines verärgerten Monarchen. Da sah er etwas Weißes, das sich in der Luft wiegte und langsam zu Boden schwebte: eine Feder, eine schneeweiße Feder, die der Vogel, als er ihn berührte, wohl verloren haben mußte. Die Feder landete sacht auf den Fliesen, und der König konnte einen Vorgang beobachten, der ihn ungeheuer fesselte: die Feder blieb

einen Augenblick regungslos liegen, dann drehte sie sich um ihre Achse und zeigte mit ihrer Spitze in Richtung auf... Ja, diese kleine Feder auf dem Boden drehte sich wie die Magnetnadel im Kompaß, aber anstatt nach Norden zu zeigen, stellte sie sich auf die Richtung ein, die der fliehende Vogel eingeschlagen hatte.

Der König bückte sich, hob die Feder auf und legte sie waagrecht auf die flache Hand. Und die Feder drehte sich und blieb in südsüdwestlicher Richtung stehen – in der Richtung, in welche der Vogel verschwunden war.

Das war ein Zeichen, eine stumme Aufforderung. Nabunassar, noch immer die Feder waagrecht auf der flachen Hand, stürzte ins Treppenhaus des Palastes, ohne den ehrerbietigen Gruß der Höflinge und Bedienten zu erwidern, denen er begegnete.

Dafür schien ihn, als er sich dann unten auf der Straße befand, kein Mensch zu erkennen. Die Leute konnten sich nicht vorstellen, daß dieser bartlose Mann, der in eine einfache Pluderhose und eine kurze Jacke gekleidet herumlief und eine kleine weiße Feder waagrecht in der Hand hielt, ihr majestätischer Herrscher Nabunassar III. sei. Kam es daher, daß dieses ungewöhnliche Gebaren sie mit der Würde eines Königs unvereinbar dünkte? Oder hatte es andere Gründe, etwa ein neues, jugendliches Aussehen, das ihn unkenntlich machte? Nabunassar stellte sich die Frage – immerhin eine Frage von allergrößter Bedeutung – nicht, denn er war zu sehr damit beschäftigt, die Feder auf der Handfläche nicht zu verlieren und ihren Hinweisen zu folgen.

So eilte er lange dahin, der König Nabunassar III. – oder muß man schon sagen: der ehemalige König Nabunassar III.? Er ließ Schamur hinter sich, lief über bestellte Felder, fand sich in einem Wald, überwand ein Gebirge, überquerte

auf einer Brücke einen Fluß, über eine Furt einen Bach, durcheilte eine Wüste und nochmals ein Gebirge. Er lief, lief, lief ohne große Ermüdung, was bei einem bejahrten, korpulenten, durch ein träges Leben verwöhnten Mann recht überraschend war.
Schließlich blieb er in einem Wäldchen unter einer großen Eiche stehen, zu deren Wipfel die weiße Feder senkrecht emporwies. Ganz oben, auf der höchsten Astgabel, war ein Knäuel aus Gräsern zu sehen, und auf diesem Nest – denn es war ein Nest – saß der schöne weiße Vogel und schlug ängstlich mit den Flügeln.
Nabunassar machte einen Satz, bekam den untersten Ast zu fassen, mit einem Klimmzug saß er und gleich darauf stand er oben, dann fing er beim zweiten Ast von vorne an, und so kletterte er hinauf, flink und leicht wie ein Eichhörnchen.
Es dauerte nicht lange, und er war droben an der Astgabel. Der weiße Vogel flog erschrocken davon. Droben fand er einen Kranz aus lauter kleinen Zweigen mit einem weißen Nest in der Mitte, in dem er, sorgsam ineinander verwoben, alle Haare seines Bartes erkannte. Und mitten in diesem weißen Nest ruhte ein Ei, ein schönes goldenes Ei, so golden wie einst der Bart König Goldbarts gewesen war.
Nabu löste das Nest aus der Astgabel, nahm es an sich und machte sich an den Abstieg. Aber das war kein leichtes Unterfangen mit der zerbrechlichen Last, durch die er nur eine Hand frei hatte! Mehr als einmal dachte er daran, alles fallen zu lassen, und sogar als er nur noch ein Dutzend Meter überm Boden war, hätte er beinahe das Gleichgewicht verloren und wäre hinuntergefallen. Schließlich sprang er vollends hinab auf die bemooste Erde. Er war schon einige Minuten in die Richtung gewandert, in der er die Stadt vermutete, als er eine ungewöhnliche Begegnung hatte: ein Paar Stiefel und darüber ein dicker Bauch, und darüber ein

Waldschützenhut – kurz, ein richtiger Riese aus den Wäldern. Und der Riese rief mit Donnerstimme:
»Na, kleiner Schlingel? Stibitzt man so im Wald des Königs die Eier aus dem Nest?«
Kleiner Schlingel? Wie konnte ihn einer so nennen? Und Nabu merkte plötzlich, daß er tatsächlich sehr, sehr klein, schmal und flink geworden war – was übrigens auch erklärte, daß er stundenlang laufen und auf Bäume klettern konnte. Und er hatte auch keine Mühe, ins Dickicht zu schlüpfen und dem Waldschützen, der durch seine Größe und Dicke behindert war, zu entwischen.
Wenn man sich Schamur nähert, kommt man unweit des Friedhofs vorbei. Und der kleine Nabu sah sich an dieser Stelle durch eine große, glänzende Menge aufgehalten. Sie drängte sich um einen prunkvollen Leichenwagen, den sechs schwarze Pferde zogen, wundervolle Tiere, mit dunklen Federbüschen geziert und mit Silberklunkern prächtig aufgeputzt.
Er fragte einige Male, wer denn da beerdigt werde, doch die Leute zuckten immer die Achseln und blieben ihm die Antwort schuldig, als wäre seine Frage schlechthin zu blöde. Er bemerkte freilich, daß der Leichenwagen Wappenschilde mit einem N und einer Krone darüber trage. Zu guter Letzt flüchtete er sich in eine Gruftkapelle am anderen Ende des Friedhofs, legte das Nest neben sich und schlief, ganz und gar am Ende seiner Kraft, auf einem steinernen Grabmal ein.
Die Sonne schien schon warm, als er sich tags darauf wieder auf den Weg nach Schamur machte. Zu seiner Überraschung fand er das große Stadttor geschlossen, was um diese Tageszeit verwunderlich war. Die Einwohner mußten wohl auf ein wichtiges Ereignis oder auf einen bedeutenden Gast warten, denn bei solch außergewöhnlichen Anlässen wurde

das große Stadttor geschlossen und danach feierlich geöffnet. Und so blieb er, unentschlossen und neugierig, vor dem hohen Portal stehen und hielt dabei immer noch das weiße Nest in der Hand, als plötzlich das goldene Ei in Stücke zersprang und ein kleiner weißer Vogel zum Vorschein kam. Und der kleine weiße Vogel zwitscherte mit klarer, deutlicher Stimme: »Hoch lebe der König! Hoch lebe unser neuer König Nabunassar IV.!«
Da drehte sich das schwere Tor in den Angeln, und die beiden Torflügel taten sich weit auf. Von der Schwelle bis zu den Stufen des Palastes war ein roter Teppich gelegt. Zur Rechten und zur Linken drängte sich eine jubelnde Menge, und wie nun der Knabe mit dem Nest voranschritt, nahm alles den hellen Gruß des kleinen Vogels auf und rief: »Hoch lebe der König! Hoch lebe unser neuer König Nabunassar IV.!«
Nabunassar IV. regierte lange in Frieden und Wohlfahrt. Zwei Königinnen lösten einander an seiner Seite ab, aber keine von ihnen schenkte dem Reich einen Kronprinzen. Doch der König dachte daran zurück, wie er einmal hinter einem Bartdieb, hinter einem weißen Vogel her in den Wald gelaufen war, und machte sich keinerlei Sorgen um seine Nachfolge. Bis sich mit den Jahren diese Erinnerung in seinem Gedächtnis zu verwischen begann. Und um diese Zeit bedeckte dann allmählich ein schöner goldener Bart ihm Kinn und Wangen.

Herodes der Große

Herodes hatte, während er dem Märchen zuhörte, wiederholt gelacht, und all seine Minister und Hofleute hatten folgsam mitgelacht, so daß eine recht gelöste Atmosphäre herrschte und Sangali wegen seiner Ohren beruhigt war. Grüßend verneigte er sich bis zur Erde und schlug jedesmal, wenn ihm ein Beutel Gold vor die Füße fiel, anstatt einer Dankesbezeigung einen Akkord auf seiner Laute an. Als er sich entfernte, erhellte ein breites Lächeln sein pausbackiges Gesicht.

Aber Lachen paßt schlecht zu Herodes. Sein von Alpträumen und Krankheiten gequälter Körper verträgt einen Spasmus solcher Art nicht. Ans Triklinium geklammert, krümmt er sich in schmerzhafter Verkrampfung zum Boden hin. Vergebens müht sich alles um ihn. Unwiderstehlich keimen in den Köpfen die Spekulationen: Wie, wenn der Despot nun sterben würde? Welch chaotisches Erbe hinterließe er mit seinen zehn Frauen und seinen an allen Enden der Welt verstreuten Kindern! Die Thronfolge... Das war das Thema, das der König selber Sangali gestellt hatte. Ein Beweis, daß er daran unaufhörlich denkt. Und da liegt er nun, mit offenem Mund und geschlossenen Augen und röchelt. Ein Würgen befällt ihn; er bäumt sich auf. Er erbricht einen Mischmasch auf die Fliesen, der an die Hauptbestandteile des Festmahls gemahnt. Man hütet sich, ihm ein Becken unterzuhalten – das hieße die Majestät dieses königlichen Auswurfs beleidigen, von dem niemand sich abzuwenden berechtigt ist. Herodes hebt das Gesicht: leichenblaß, grün geädert und schweißgebadet. Er will sprechen. Mit einer

Handbewegung gebietet er, sich im Halbkreis um seine Liegestatt zu sammeln. Er stößt einen unartikulierten Laut aus. Setzt von neuem an. Aus dem Brei unverständlicher Töne, der sich seinen Lippen entringt, lösen sich schließlich Worte:
»Ich bin König«, sagt er, »aber ein Sterbender, einsam und hoffnungslos. Ihr habt ja gesehen: Ich kann kein Essen bei mir behalten. Mein zerrütteter Magen gibt alles, was der Mund ihm sendet, wieder von sich. Und darum habe ich Hunger. Ich sterbe vor Hunger! Von dem Ragout muß doch noch etwas da sein, eine Geierhälfte vielleicht, ein Rest Zedratgurken oder auch einer von den schweineschmalzgemästeten Siebenschläfern, mit denen die Juden das mosaische Gesetz umgehen? Bringt was zu essen her, bei Gott!«
Aufgeschreckt rennen Bediente herzu, rennen mit Kuchenkörben, mit vollen Tellern, mit soßetriefenden Schüsseln.
»Und wenn's nur der Magen wäre!« begann Herodes von neuem. »Aber all meine Eingeweide brennen wie die Hölle! Hocke ich mich nieder, mein Gekröse zu leeren, so mach' ich unter mich eine Jauche aus Eiter und Blut, die von Würmern wimmelt! Ja, brüllender Schmerz ist alles, was mir noch vom Leben bleibt. Aber ich klammere mich wie rasend an dieses Leben, denn ich habe niemanden, der mein Erbe übernähme. Dieses Königreich Judäa, das ich geschaffen habe und bald schon vierzig Jahre mit all meiner Kraft über Wasser halte, dessen Wohlfahrt ich durch eine Ära des Friedens gesichert habe, die in der Menschheitsgeschichte ohne Beispiel ist – dieses jüdische Volk, das überreich begabt, anderen Völkern jedoch ob seines Dünkels, seiner Unduldsamkeit, seiner Hoffart und der Grausamkeit seiner Gesetze ein Greuel ist, diese Erde, die ich mit Palästen, Tempeln, Burgen, Villen bebaut habe – ach, ich sehe es wohl: all diese Menschen, diese Dinge sind jämmerlich zum

Scheitern verurteilt ohne einen Herrscher, der meine Kraft und meinen Geist besitzt. Gott schenkt den Juden so bald keinen zweiten Herodes!«

Er schweigt lange, das Haupt tief zu Boden geneigt, so daß lediglich seine Tiara mit der dreifachen goldenen Krone zu sehen ist, und als er wieder aufblickt, werden die Tischgenossen mit Schrecken gewahr, daß sein Gesicht tränenüberströmt ist.

»Kaspar von Meroë und du, Balthasar von Nippur, und auch du, kleiner Melchior, der du dich da hinter König Balthasar in einer Pagenlivree versteckst – an euch wende ich mich, denn ihr allein seid es wert, mir zuzuhören an diesem Hof, wo ich nichts anderes zu sehen bekomme als eidbrüchige Generale, pflichtvergessene Minister, gekaufte Berater und Höflinge, die Komplotte schmieden. Weshalb ist so viel Verderbnis um mich? All dies vergoldete Gesocks war von Haus aus vielleicht ehrlich und anständig, jedenfalls nicht besser und nicht schlechter als die übrige Menschheit. Nur verdirbt eben, seht ihr, die Macht den Charakter. Ich, der allmächtige Herodes, habe all diese Leute gegen meinen, gegen ihren Willen zu Verrätern gemacht! Denn meine Macht ist ungeheuer. Schon vierzig Jahre arbeite ich jetzt unentwegt und verbissen daran, sie zu stärken und auszubauen. Meine Polizei ist überall, und ich lasse es mir nicht nehmen, nachts mitunter selbst, unter einer Verkleidung getarnt, die Spielhöllen und Lupanare in der Stadt heimzusuchen, um zu hören, was dort so geredet wird. Euch alle, so viel ihr auch seid, durchschaue ich, als wäret ihr aus Glas. Balthasar, ich weiß alles über die Zerstörung deines Balthasareums, und wenn du die Liste mit den Tätern haben willst, steht sie dir zur Verfügung. Denn du hast dich in diesem Fall bedauerlicherweise viel zu weich verhalten. Zuschlagen hättest du müssen, bei Gott, hättest doppelt hart zurückschla-

gen müssen, anstatt dir, wie du es getan hast, graue Haare wachsen zu lassen.
Du liebst Bilder, liebst die Werke des Bildhauers, Malers und Zeichners. Ich auch. Du bist versessen auf griechische Kunst. Ich auch. Du stößt dich an dem stupiden Fanatismus einer bilderfeindlichen Priesterschaft. Ich auch. Aber hör' dir mal die Geschichte mit dem Tempeladler an.
Dieser dritte, bei weitem größte und schönste Tempel Israels ist die Krönung meines Lebens. Um den Preis ungeheurer Opfer habe ich in ihm ein Werk geschaffen, das keiner meiner hasmonäischen Vorgänger hätte schaffen können. Dafür durfte ich mit Recht von meinem Volk und insbesondere von den Pharisäern und der Priesterschaft unauslöschliche Dankbarkeit erwarten. Auf der Stirnwand über dem großen Portal des Tempels habe ich einen Adler aus Gold anbringen lassen, im Flug, mit ausgebreiteten Flügeln von sechs Ellen Spannweite. Weshalb dieses Symbol? Weil es in der Schrift an zwanzig Stellen als Sinnbild der Macht, der Großmut, der Treue erscheint. Und auch weil es das Zeichen Roms ist. Biblische Tradition und römische Größe, diese beiden Pfeiler der Kultur wurden damit verherrlicht, und die Nachwelt wird nicht leugnen können, daß die Versöhnung beider das Ziel meiner ganzen Politik war. Ich muß sagen, die Umstände dieser Affäre sind unverzeihlich. Ich war hochgradig leidend und krank. Meine Ärzte hatten mich nach Jericho geschickt; ich sollte mich einer Kur mit Dampf- und Schwefelbädern unterziehen. Eines Tages, kein Mensch weiß weshalb, verbreitet sich in Jerusalem die Nachricht, ich sei gestorben. Zwei pharisäische Gelehrte, Judas und Mattathias, rufen ihre Schüler zusammen und erklären ihnen, man müsse das Adleremblem zerschlagen: weil es als Bild das zweite Gebot des Dekalogs verletze, weil es der Inbegriff des griechischen Zeus und weil es das Symbol der

römischen Herrschaft sei. Am hellen Mittag – der Vorhof der Heiden wimmelt von Menschen – klettern junge Leute aufs Dach des Tempels, seilen sich zur Stirnwand über dem Portal ab und schlagen den Goldadler mit Axthieben in Trümmer. Wehe ihnen! denn Herodes der Große war keineswegs tot, weit gefehlt! Tempelwächter und Soldaten greifen ein. Die Tempelschänder und ihre Anstifter werden festgenommen. Insgesamt etwa vierzig Leute. Ich lasse sie nach Jericho bringen und verhöre sie. Der Prozeß spielt sich im Großen Theater der Stadt ab. Ich bin, auf einem Sofa liegend, dabei zugegen. Die Richter fällen ihren Spruch: die beiden Gelehrten werden bei lebendigem Leibe öffentlich verbrannt, die Tempelschänder enthauptet.
Siehst du, Balthasar, so muß ein König, dessen Verehrung der Kunst gilt, Meisterwerke beschirmen!
Was dich, Kaspar betrifft, so weiß ich länger als du Bescheid über deine Biltine und den Kerl, der sie begleitet. Jedesmal, wenn du deine blonde Schöne in die Arme nahmst, hielt sich einer meiner Agenten hinterm Wandbehang deines Zimmers, unterm königlichen Bett versteckt und sandte mir gleich am nächsten Morgen einen Bericht. Und deine Lässigkeit ist womöglich noch unverantwortlicher als die Balthasars. Wie? Diese Sklavin betrügt dich, verunglimpft dich, macht dich in den Augen aller lächerlich, und du läßt sie am Leben! Du liebtest ihre weiße Haut, sagst du? Na schön, dann mußt du ihr eben diese Haut abziehen! Ich schicke dir Fachleute, die die Haut auf Haselnußstäbchen wickeln und Gefangenen damit wunderbar das Fell abziehen!
Dich, Melchior, finde ich maßlos naiv, daß du dir eingebildet hast, du könntest dich unter falschem Namen in meine Hauptstadt, in meinen Palast, ja bis in meine Tafelrunde einschleichen! In welcher Karawanserei wähnst du dich denn? Wisse, nicht die kleinste Einzelheit deiner Flucht aus

Palmyra mit deinem Lehrer ist meinen Spionen entgangen. Nicht eine einzige Etappe eurer Reise, nicht einmal das, was ihr mit anderen Reisenden gesprochen habt – denn die waren in meinem Sold. Es lag ganz bei mir, ob ich dich vor dem Anschlag warnen wollte, den dein Onkel Atmar für den Tag nach dem Tod des Königs, deines Vaters, geplant hatte. Ich habe es nicht getan. Weshalb nicht? Weil die Gesetze dessen, was moralisch und gerecht ist, auf den Bereich der Macht nicht anwendbar sind. Wer weiß, ob dein Onkel – der, zugegeben, in gewöhnlichen Augen ein Verräter und Mörder ist – nicht ein besserer, für sein Volk nützlicherer Herrscher und vor allem dem König Herodes ein besserer Verbündeter sein wird als du selbst es gewesen wärst? Er trachtete dir nach dem Leben? Er hatte recht. Er kann es nicht dulden, daß der rechtmäßige Erbe des Throns, den er besetzt hält, im Ausland weilt. Um dir alles zu sagen: Er hat mich enttäuscht, denn er beging schon den ersten Fehler, als er dich entkommen ließ. Gleichviel! Ich habe die Entscheidung getroffen, mich in diese Geschichte nicht einzumischen, und ich werde mich nicht einmischen. Du kannst in Judäa kommen und gehen, wohin du willst; ich bin entschlossen, offiziell nur deine Verkleidung als ein Narziß des Königs Balthasars zur Kenntnis zu nehmen. Im übrigen halte, da du einen Thron verloren hast und davon träumst, ihn wiederzugewinnen, deine Augen und Ohren offen! Halte dir mein Beispiel vor Augen und lerne daraus das furchtbare Gesetz der Macht. Was für ein Gesetz? Wie soll ich es formulieren? Betrachten wir einmal den vorgestellten Fall, den ich gerade erwähnt habe: Ich warne euch beide, deinen Vater Theodenos und dich selbst, daß Fürst Atmar alles veranlaßt hat, um dich sofort nach dem Tod des Königs ermorden zu lassen. Die Kunde ist vielleicht wahr, vielleicht falsch. Es ist unmöglich, verstehst du mich, *unmöglich*, sie nachzuprüfen.

Das ist ein Luxus, den ihr, dein Vater und du, euch nicht leisten könnt. Ihr müßt handeln, und zwar rasch. Wie? Indem ihr als erste zuschlagt. Und Atmar ermorden laßt. Denn das ist das Gesetz der Macht: beim geringsten Zweifel als erster zuschlagen. Daran habe ich mich immer strikt gehalten. Ein furchtbares Gesetz, das rings um mich her makabre Leere geschaffen hat. Das Ergebnis, nun, das ist, wenn du es in bezug auf mein Leben betrachten willst, zwiespältig: ich bin derjenige König im Orient, der schon am längsten regiert, der am reichsten ist und der für sein Volk am meisten getan hat. Und gleichzeitig bin ich der unglücklichste Mensch auf der Welt, der am meisten verratene Freund, der am ärgsten beleidigte Gatte, der am frechsten herausgeforderte Vater, der am tiefsten gehaßte Despot der Geschichte.«

Er schweigt für einen Augenblick, und als er wieder das Wort nimmt, tut er es mit kaum hörbarer Stimme, so daß die Gäste am Tisch die Ohren spitzen müssen.

»Der Mensch auf der Welt, den ich am meisten geliebt habe, hieß Mariamme. Ich rede nicht von der Tochter des Hohepriesters Simon, die ich in dritter Ehe deshalb geheiratet habe, weil sie ebenfalls Mariamme hieß. Nein, ich meine die erste, die alleinige, die einzige Frau in meinem Leben. Ich war jung, war ein Feuergeist. Ich eilte von Erfolg zu Erfolg. Als das Drama losbrach, hatte ich gerade die verteufeltste, verworrenste Situation, die ich jemals erlebt habe, zu meinen Gunsten gelöst.

Dreizehn Jahre nach der Ermordung Caesars war die Rivalität zwischen Octavian und Antonius um die Frage, wem die Welt gehöre, todernst geworden. Aus Vernunft neigte ich zu Octavian, der Rom beherrschte. Meine geographische Lage, durch die ich Nachbar und Verbündeter Kleopatras, der Königin von Ägypten, war, trieb mich Antonius in die

Arme. Ich hatte ein Heer aufgestellt und eilte ihm gegen Octavian zu Hilfe, als Kleopatra, beunruhigt, ich könnte dadurch in den Augen des Antonius steigen, dessen Gunst sie auf meine Kosten gründlich auszubeuten gedachte, mich hinderte, in den Kampf einzugreifen. Sie veranlaßte mich, mit meinen Truppen umzukehren und diese zum wiederholten Male gegen ihren alten Feind, den Araberkönig Malchus, einzusetzen. Mit diesem gegen mich gerichteten Manöver rettete sie mich. Am zweiten September[7] wurde nämlich Antonius bei Aktium an der griechischen Küste von Octavian vernichtend geschlagen. Für Antonius, Kleopatra und deren Verbündete war alles verloren. Und auch für mich wäre alles verloren gewesen, hätte ich mich, wie ich das gewollt hatte, sofort auf Antonius' Seite stellen können. So blieb mir nur die immer noch recht heikle Aufgabe, die Seite zu wechseln. Ich begann damit, daß ich dem römischen Statthalter in Syrien Militärhilfe leistete im Kampf gegen ein Heer antoniustreuer Gladiatoren, die sich zu Antonius nach Ägypten durchschlagen wollten, wohin dieser geflohen war. Die Gladiatoren streckten die Waffen. Dann begab ich mich auf die Insel Rhodos, wo Octavian damals weilte. Ich versuchte nicht, ihm etwas vorzumachen. Ich gab mich als treuer Freund des Antonius zu erkennen, der sein Bestes gegeben hatte, um ihm zu helfen: Geld, Lebensmittel, Truppen, aber vor allem Ratschläge, gute Ratschläge: Kleopatra aufzugeben, die ihn zugrunde richte, und sie sogar ermorden zu lassen. Antonius, von seiner Leidenschaft verblendet, habe ja leider nicht auf mich hören wollen! Dann legte ich Octavian meine Königskrone zu Füßen und sagte zu ihm, er könne mich ja nun als Feind behandeln, mich absetzen, mich umbringen lassen, ich nähme alles, was er beschließe, ohne Murren hin. Aber er könne auch das Gegenteil tun: meine Freundschaft annehmen, die ebenso

treu, ebenso lauter und tatkräftig sein werde wie die zu Antonius es gewesen sei.
Nie habe ich ein so hohes Spiel gespielt. Ich stand vor dem künftigen Augustus, der von meiner Kühnheit verblüfft und noch unentschlossen war, und einen Herzschlag lang schwankte mein Schicksal zwischen Triumph und schimpflichem Tod. Octavian nahm meine Krone, setzte sie mir auf und sprach: »Bleibe König, und da du der Freundschaft einen so hohen Wert beimißt, so werde mein Freund. Und um unseren Bund zu besiegeln, schenke ich dir die vierhundert Gallier, die Kleopatras Leibwache waren.« Kurz darauf erfuhren wir, daß Antonius und Ägyptens Königin Selbstmord verübt hatten, um nicht in Octavians Triumphzug erscheinen zu müssen.
Nach einer so glanzvollen Schicksalswende konnte ich die Zukunft gesichert glauben. Leider mußte ich bald mit den ärgsten Kümmernissen im eigenen Haus dafür bezahlen!
Als den Ursprung dieser Kümmernisse muß man wohl in erster Linie meine Liebe zu Mariamme betrachten. Diese Liebe ist die düstere Sonne, die Licht auf diese ganze Tragödie wirft und sie allein verständlich zu machen vermag. Als ich mich zu Octavian begab, wußte ich, daß es für mich um Freiheit und Leben ging – mit sehr geringen Chancen, davonzukommen. Zu Hause ließ ich vier Frauen zurück. Meine Mutter Kypros und meine Schwester Salome, die Königin Mariamme und ihre Mutter Alexandra. Dabei handelte es sich in Wirklichkeit um zwei gegensätzliche Familienklüngel, die einander nicht ausstehen konnten: die Idumäersippe, aus der ich stamme, und die Überlebenden der Hasmonäerdynastie. Es galt, die vier Frauen zu hindern, sich gegenseitig zu zerfleischen, solange ich nicht da war. Bevor ich das Schiff nach Rhodos bestieg, ließ ich darum Mariamme mit ihrer Mutter kurzerhand auf die Feste Alex-

andreion schaffen, während ich meine Mutter, Salome, meine drei Söhne und meine zwei Töchter in die Festung Massada sperrte. Dann gab ich dem Militärbefehlshaber von Alexandreion, Soemus, den geheimen Befehl, Mariamme zu töten, falls es dahin komme, daß er Nachricht von meinem Ableben erhalte. Herz und Vernunft hatten mir übereinstimmend diese Maßnahme diktiert. Denn wahrlich, die Vorstellung, meine geliebte Mariamme könnte mich überleben und womöglich einen anderen Mann ehelichen – diese Vorstellung konnte ich nicht ertragen. Nichts würde andererseits im Falle meines Ablebens den Hasmonäerklüngel mit Mariamme an der Spitze hindern, wieder die Macht an sich zu reißen und sie, koste es was es wolle, zu behalten.
Nach Rückkehr aus Rhodos, im strahlenden Glanz meines Erfolges, versammelte ich all diese reizenden Leute in Jerusalem, fest überzeugt, mein Glück als Politiker werde nun eine allgemeine Versöhnung herbeiführen. Eine saubere Versöhnung war das! Vom ersten Augenblick an stieß ich auf haßverzerrte Gesichter. Meine Schwester Salome trug ein düsteres Ungewitter von Anspielungen und verheerenden Enthüllungen mit sich herum, das nach ihrer festen Absicht im rechten Augenblick über Mariamme hereinbrechen sollte. Die wiederum behandelte mich von oben herab und verweigerte sich jeglicher Annäherung meinerseits, während unsere Trennung und die Gefahren, denen ich entgangen war, meine Liebe zu ihr noch gesteigert hatten. Sie machte sogar fortwährend engherzige Anspielungen auf eine alte Geschichte, auf den Tod ihres Großvaters Hyrkan, den ich früher einmal hatte veranlassen müssen. Nach und nach löste sich das Geheimnis, und ich begriff, was in meiner Abwesenheit geschehen war. Die Wahrheit ist, daß all diese Frauen für den von ihnen als wahrscheinlich angesehenen Fall, daß ich nicht zurückkäme, Kombinationen an-

gestellt hatten. Sie waren damit nicht allein. Um sich die Huld Mariammes, der künftigen Herrscherin des Königreichs Judäa, zu sichern, hatte Soemus, der Kommandant von Alexandreion, ihr den Befehl verraten, den er erhalten hatte: den Befehl, sie hinzurichten, wenn mir etwas zustoße. Es galt, wieder Ordnung zu schaffen. Soemus' Kopf rollte als erster. Aber das war nur ein kleiner Auftakt. Mein Obermundschenk bat um eine Geheimaudienz. Er erschien mit einem Fläschchen gewürztem Wein. Mariamme habe es ihm anvertraut, habe ihm dabei versichert, es sei ein Liebestrank, und ihm bei hoher Belohnung aufgetragen, es mir ohne mein Wissen zu trinken zu geben. Er habe nicht gewußt, wie er sich verhalten solle, und so habe er sich meiner Schwester Salome anvertraut, die ihm geraten habe, mir alles zu offenbaren. Man ließ einen gallischen Sklaven kommen und gab ihm das Getränk zu schlucken. Er fiel, wie vom Blitz getroffen, tot um. Sofort wurde Mariamme herbeizitiert; sie schwor, sie habe niemals etwas von diesem Liebestrank gehört; es handle sich um eine Intrige, die Salome erfunden habe, um sie zu vernichten. Das war nicht unwahrscheinlich, und sehr bestrebt, wie ich es war, Mariamme zu schonen, war ich im Zweifel, gegen welche der beiden Frauen ich vorgehen sollte. Übrigens konnte ich mir ja noch damit helfen, den Mundschenk ordentlich foltern zu lassen, damit er endlich die volle Wahrheit ausspucke. Da platzte ein Theatercoup dazwischen, der die Lage völlig veränderte. Meine Schwiegermutter Alexandra gab urplötzlich ihre Zurückhaltung auf und erging sich öffentlich in Anklagen gegen ihre Tochter. Sie bestätigte nicht nur den Giftmordversuch gegen mich, sondern brachte eine zweite Affäre auf: Sie behauptete, Mariamme sei Soemus' Geliebte gewesen und habe sich vorgenommen gehabt, ihn nach meinem Tode eine politische Rolle ersten Ranges spielen zu

lassen. Vielleicht hätte ich mich, um Mariamme zu retten, dazu entschlossen, diese Furie für immer zum Schweigen zu bringen. Aber leider war der Skandal schon weithin ruchbar geworden. In ganz Jerusalem sprach man von nichts anderem. Der Prozeß war nicht mehr zu vermeiden. Aus zwölf klugen, besonnenen Männern bildete ich ein Kollegialgericht; vor ihm mußte Mariamme sich verantworten. Ihre Haltung, voll Mut und Würde, war bewundernswert. Sie lehnte es bis zum Schluß ab, sich zu verteidigen. Dann fiel das Urteil. Es lautete einstimmig auf Tod. Mariamme war darauf gefaßt gewesen. Sie starb wortlos.
Ich ließ ihren Leichnam in einen offenen, mit hellem Honig gefüllten Sarkophag legen, so daß sie ganz von Honig bedeckt war. Ich habe sie sieben Jahre lang in meinen Gemächern bei mir gehabt und beobachtet, Tag um Tag, wie sich ihr so sehr geliebter Leib in dem lichten Gold auflöste. Mein Gram überstieg jedes Maß. Nie hatte ich sie so geliebt, und ich kann sagen, daß ich sie immer noch ebenso liebe, heute, nach dreißig Jahren, nach weiteren Ehen, Scheidungen und unsagbaren Schicksalsschlägen. Für dich, Kaspar, schildere ich diese Tragödie, die mein Leben zerstört hat. Horch auf die Jammerschreie, deren Echo unter den Gewölben dieses Palastes noch immer weiterhallt bis zu dir: das bin ich, Herodes der Große, der Mariammes Namen im Schlafgemach gegen die Wände schreit. Mein Schmerz war so wild, daß meine Diener, meine Minister, meine Hofleute entsetzt geflohen waren. Gelang es mir, eines von ihnen habhaft zu werden, so zwang ich ihn, mit mir nach Mariamme zu rufen, als hätten zwei Stimmen die doppelte Aussicht, sie zur Rückkehr zu bewegen. Ich war beinahe erleichtert, als um die gleiche Zeit eine Choleraepidemie im Volk und in der Bürgerschaft Jerusalems ausbrach. Es war mir, als zwinge diese Heimsuchung die Juden, mein Leid zu teilen. Als

schließlich die Menschen um mich her starben wie die Fliegen, mußte ich mich entschließen, Jerusalem zu verlassen. Anstatt mich auf eines meiner Schlösser in Idumäa oder Samaria zurückzuziehen, ließ ich lieber ein Lager aufschlagen, und zwar mitten in der Wüste, in der großen Senke von Ghor, einem tiefgelegenen, rauhen, unfruchtbaren Land, stinkend von Schwefel und Asphalt, so recht nach meinem verwüsteten Herzen geschaffen. Dort durchlebte ich Wochen einer völligen Erschöpfung, der ich nur manchmal durch quälende Kopfschmerzen entrissen wurde. Doch mein Instinkt hatte mich richtig geleitet: Schmerz hilft gegen Schmerz. Die Hölle von Ghor wirkte gegen meinen Gram und gegen die Cholera wie ein rotglühendes Eisen auf eine eitrige Wunde. Ich stieg wieder empor an die Oberwelt. Es war an der Zeit. Denn nun erfuhr ich, meine Schwiegermutter Alexandra, die ich unvorsichtigerweise in Jerusalem gelassen hatte, schmiede ein Komplott, um sich die Kontrolle über die beiden stadtbeherrschenden Festungen zu sichern: die Burg Antonia unweit des Tempels, und den inmitten von Wohnvierteln stehenden Ostturm. Ich ließ diese Furie, die eine erhebliche Schuld an Mariammes Tod trug, sich in ihren Plänen verrennen, dann war ich unversehens da und überführte sie ihrer Tat. Und ihre Leiche folgte den anderen Leichen aus ihrer Dynastie.
Leider war ich damit noch nicht zu Ende mit dem Hasmonäergeschlecht. Aus meiner Verbindung mit Mariamme waren noch zwei Söhne, Alexander und Aristobulos, vorhanden. Nach dem Tod ihrer Mutter hatte ich sie zur Ausbildung an den kaiserlichen Hof geschickt, um sie vor den Miasmen Jerusalems zu schützen. Sie waren siebzehn und achtzehn Jahre alt, da erreichten mich alarmierende Berichte über ihr Verhalten in Rom. Warnend wurde mir mitgeteilt, sie gedächten den unverdienten Tod ihrer Mutter – für den

sie mich allein verantwortlich glaubten – zu rächen, und intrigierten in diesem Sinn bei Augustus. Und so verfolgte mich, auch nach Jahren noch, das Unglück weiterhin. Ich war beinahe sechzig, und hinter mir lag eine Reihe schwerer Prüfungen – freilich auch glanzvoller politischer Erfolge, doch hatte ich dafür mit furchtbaren Rückschlägen meines Schicksals bezahlen müssen. Ich dachte ernstlich daran, abzudanken und mich für immer in meine Heimat, nach Idumäa, zurückzuziehen. Später gewann der Sinn für die Krone noch einmal die Oberhand. Ich reise nach Rom, meine Söhne zu holen. Ich nehme sie mit hierher nach Jerusalem, ich bringe sie in meiner Nähe unter und bemühe mich, sie zu verheiraten. Alexander erhält Glaphyra, die Tochter des Königs Archelaos von Kappadokien. Und Aristobulos erhält Berenike, die Tochter meiner Schwester Salome. Sofort bemächtigt sich meiner nächsten Angehörigen eine wahre Intrigenwut. Glaphyra und Berenike erklären einander den Krieg. Glaphyra wirkt auf ihren Vater, den König Archelaos, ein, sich in Rom über mich zu beschweren. Berenike schließt sich an ihre Mutter Salome an, die sich eifrigst bemüht, Alexander in meinen Augen schlecht zu machen. Aristobulos hingegen will in treuer Erinnerung an seine Mutter fest zu seinem Bruder halten. Um die Verwirrung auf die Spitze zu treiben, verfalle ich darauf, meine erste Frau, Doris, und ihren Sohn Antipatros, die seit meiner Eheschließung mit Mariamme in der Verbannung gelebt hatten, nach Jerusalem kommen zu lassen. Sie stürzen sich sofort mitten hinein in das Handgemenge und ruhen nicht eher, als bis Doris ihren einstigen Platz in meinem Bett wieder errungen hat.

In dem maßlosen Ekel, der mich überkommt, weiß ich nicht mehr, wozu ich mich entschließen soll. Ein einziges Mal wenigstens möchte ich einem solchen Blutbad entgehen, wie

sie bisher noch immer meine häuslichen Probleme haben lösen müssen. Meine Ratlosigkeit veranlaßt mich, nach einer Schlichtungsinstanz zu suchen, der ich dann meine familieninternen Verwicklungen, vor allem aber den Streit mit meinen Söhnen unterbreiten könnte. Weshalb soll ich mich, da offenbar all das auch in Rom angezettelt wird, nicht an Augustus wenden, dessen strahlender Glanz unaufhörlich wächst?
Ich chartere eine Galeere und fahre zusammen mit Alexander und Aristobulos nach Rom. Dort sollten wir Antipatros treffen, der in Rom studierte. Dafür war der Kaiser nicht da, und wir erhielten nur sehr vage Auskünfte über seinen derzeitigen Aufenthalt. Es begann nun, zusammen mit meinen drei Söhnen, ein wildes Suchen von Insel zu Insel, von Hafen zu Hafen. Schließlich landeten wir in Aquileia am Nordrand der Adria. Ich müßte lügen, wenn ich behaupten wollte, Augustus habe sich darüber gefreut, in dieser Traumresidenz durch die massive Landung einer Familie gestört zu werden, über die er nur zu viel reden hörte. Im Zuge eines stürmisch bewegten Tages, in höchst erregter, konfuser Atmosphäre entspann sich dann die Auseinandersetzung. Mehr als einmal begannen wir alle gleichzeitig und so heftig aufeinander einzureden, daß zu fürchten stand, es käme zu Handgreiflichkeiten zwischen uns. Augustus verstand es wunderbar, seine Gleichgültigkeit und seinen Verdruß unter einer statuenhaften Regungslosigkeit zu verbergen, die man für aufmerksames Zuhören halten konnte. Trotzdem erweckten die unglaublichen Interna, die da vor ihm ausgepackt wurden, wider Willen sein Erstaunen und sogar sein Interesse – ähnlich wie ein Kampf zwischen Schlangen oder ein Streit unter Asseln. Nach mehreren Stunden, als unsere Stimmen heiser zu werden begannen, trat er aus seinem Schweigen heraus, gebot uns Ruhe und

teilte uns mit, er werde nun, nachdem er unsere Argumente sorgsam abgewogen habe, seinen Spruch fällen.
»Ich, Augustus, der Kaiser«, so sprach er, «ich gebe euch den Befehl, euch zu versöhnen und von nun an in gutem Einvernehmen zu leben.«
Das war also die Entscheidung des Imperators, mit der wir uns zu begnügen hatten. Etwas dürftig angesichts der weiten, umständlichen Reise, die wir auf uns genommem hatten! Welche Idee aber auch von mir, mich auf einen Schiedsrichter zu verlassen, um unsere Familienkonflikte zu schlichten! Trotzdem konnte ich mich nicht entschließen, mit einem so mageren Ergebnis wieder abzureisen. Ich tat, als wollte ich noch dableiben. Augustus, am Ende seiner Geduld, suchte verzweifelt einen Weg, uns loszuwerden. Aufmerksam beobachtete ich seine wachsende Verärgerung. Im geeigneten Moment wechselte ich plötzlich das Gesprächsthema und spielte auf die Kupferminen an, die er auf der Insel Zypern besitze. War nicht früher einmal die Rede davon gewesen, mir deren Nutzung zu überlassen? Eine pure Erfindung meinerseits – Augustus jedoch ergriff gierig die ihm damit gebotene Gelegenheit, zu erreichen, daß wir endlich verschwanden. Ja, einverstanden, ich dürfe die Kupferminen ausbeuten, doch die Audienz sei beendet. Immerhin würde ich nun nicht mit leeren Händen abreisen müssen...
Wenn man regiert, muß man verstehen, aus allem etwas zu machen. Mit dem Strohhalm, den mir Augustus gegeben hatte, entfachte ich in Jerusalem ein großes Freudenfeuer. Vor dem ganzen in Jubel versammelten Volk gab ich bekannt, meine Nachfolge sei nunmehr geregelt. Meine drei Söhne Alexander, Aristobulos und Antipatros – die ich der Menge vorstellte – würden sich darein teilen; der älteste, Antipatros, solle in dieser Art von Triumvirat eine Vor-

rangstellung haben. Ich fügte hinzu, ich für meinen Teil fühlte in mir die Kraft, mit Gottes Hilfe die volle tatsächliche Macht noch lange zu behalten, nicht ohne freilich meinen Söhnen das Recht auf königliche Prachtentfaltung und auf einen eigenen Hofstaat zuzubilligen.

Die Macht vielleicht schon... aber den Geschmack daran? Nie war in mir die Sehnsucht, aus alledem auszubrechen, stärker gewesen. Nun, da ich meinem Familiengezücht einen Purpurmantel übergeworfen hatte, ging ich hin und erquickte und reinigte mich wieder in all der Herrlichkeit meines so heiß geliebten Hellas. Die Olympischen Spiele, schon in vollem Verfall begriffen, drohten zu erlöschen. Ich bemühte mich um die Neuordnung der Spiele und schuf Stiftungen und Stipendien, um ihr Fortbestehen zu sichern. Und für das laufende Spieljahr übernahm ich den Vorsitz im Schiedsrichtergremium. Ich berauschte mich am Anblick dieser blühenden Jugend im hellen Sonnenschein. Sechzehn Jahre alt sein, mit straffem Leib und schmalen Schenkeln und keine andere Sorge haben als Diskuswerfen oder Langstreckenlauf... Ich habe keinen Zweifel: Wenn es ein Paradies gibt, so ist es griechisch und hat das Oval des olympischen Stadions.

Dann war dieses strahlende Intervall wieder zu Ende, und mein Königsamt mit all dem Großen und Schmutzigen daran ergriff wieder Besitz von mir. In dieser Zeit fand mit unvergeßlicher Prachtentfaltung die Weihe des neuen Tempels statt. Dann war ich in Caesarea, um die laufenden Bauarbeiten am neuen Hafen zu Ende zu bringen und diesen dann feierlich zu eröffnen. Ursprünglich war dort nur ein unbedeutender Ankerplatz gewesen, der freilich, weil auf halbem Wege zwischen Dora und Joppe gelegen, trotzdem unentbehrlich war. Jedes Schiff, das die phönizische Küste entlangfuhr, hatte, wenn der Südwestwind es bedrängte, in freiem Wasser ankern müssen. Ich habe an dieser Stelle einen künstlichen Hafen angelegt, indem ich fünfzig Fuß lange, neun Fuß hohe und zehn Fuß breite Steinblöcke versenken ließ. Als dieser Steinriegel die Wasseroberfläche erreichte, ließ ich auf dieses Fundament einen zweihundert Fuß breiten Damm aufschütten, der von zwei Türmen unterbrochen wurde; der schönere von beiden hieß nach Caesars Schwiegersohn Drusium. Der Hafeneingang wies nach Norden, denn hierzulande ist der Nordwind der Schönwetterwind. Beiderseits der Hafeneinfahrt ragten, wie Schutzgötter, Kolossalstatuen empor, und auf dem beherrschenden Hügel oberhalb der Stadt barg ein Tempel, der Caesar geweiht war, eine dem Zeus von Olympia nachempfundene Statue des Kaisers. Was war es doch schön, mein Caesarea, ganz aus weißem Stein, mit seinen Treppen, seinen Plätzen, seinen Brunnen! Ich ging gerade daran, noch die Lagerhäuser am Hafen vollends fertigstellen zu lassen, da drang aus Jerusalem zu mir Alexanders und Aristobulos' entrüstetes Gezeter darüber, daß die Kleider ihrer Mutter Mariamme von meiner letzten Favoritin getragen worden seien, ferner das Geschimpfe meiner Schwester Salome, die sich mit Alexanders Frau Glaphyra stritt. Salome machte mir auch insofern Sorgen, als sie sich mit unserem Bruder Pheroras verbündete, einem labilen, kranken Mann, dem ich das ferne Transjordanien geschenkt hatte, der sich aber keine Gelegenheit entgehen ließ, mir Widerpart zu bieten, beispielsweise indem er sich herausnahm, anstatt der Prinzessin von Geblüt, die ich für ihn bestimmt hatte, eine Sklavin nach eigener Wahl zu heiraten.

In der trockensten Zeit des Sommers war Jerusalems Wasserversorgung jedes Jahr kritisch gewesen. Ich ließ die Leitung entlang der Straße Hebron–Bethlehem, durch die das Wasser von den Teichen Salomos zur Stadt fließt, um eine zweite erweitern. In der Stadt selbst sorgte ich durch ein System von Auffangbecken und Zisternen für eine verbesserte Speicherung von Regenwasser. Der beispiellose wirtschaftliche Aufschwung indessen drückte sich in unserem Silbergeld aus, dessen Bleianteil von siebenundzwanzig auf dreizehn Prozent sank – ganz sicher die beste Münzlegierung im ganzen Mittelmeerraum.

Nein, es fehlte mir nicht an Gründen, zufrieden zu sein, aber sie wogen schwerlich die Gründe auf, die mich zum Zorn reizten, denn diese Gründe lieferte mir die Polizei täglich mit ihren Berichten darüber, was sich bei Hof zusammenbraute. So verbreitete sich einmal das Gerücht, ich hätte Glaphyra, die junge Frau meines Sohnes Alexander, zu meiner Geliebten gemacht. Dann behauptete eben dieser Alexander, seine Tante Salome, die über sechzig war, habe sich des Nachts zu ihm ins Bett gestohlen und ihn zum blutschänderischen Verkehr gezwungen. Dann kam die Geschichte mit den Eunuchen. Ich hatte deren drei; jeweils einer hatte bei mir für Speisen, für Getränke und für mein Äußeres zu sorgen, und sie nächtigten gemeinsam in meinem Vorzimmer. Daß ich diese Orientalen bei mir hatte, war den Pharisäern schon immer ein Ärgernis gewesen, und sie hatten gemunkelt, diese Eunuchen hätten noch einiges mehr zu tun als nur bei Tisch und beim Ankleiden aufzuwarten. Und nun wurde mir hinterbracht, Alexander habe sie gekauft; er habe ihnen eingeredet, ich würde nicht mehr lange regieren, und entgegen meinen Anordnungen werde allein er, Alexander, mir auf dem Thron folgen. Die Bedeutung der Sache lag darin, daß diese Kammerdiener zu meiner engsten persönlichen Sphäre Zugang hatten, und daß ich darauf angewiesen war, ihnen Vertrauen schenken zu können. Wer immer sie zu bestechen versuchte – er konnte nur die finstersten Absichten hegen. Meine Polizei schlug zu, und das gehört eben zu den zwangsläufigen Begleiterscheinungen von Gewaltherrschern, daß sie häufig außerstande sind, den Übereifer der Leute zu zügeln, die sie zu ihrem Schutz bestellt haben. Wochenlang wurde Alexander in Absonderung gehalten, und der Palast hallte wider vom Stöhnen seiner Freunde und Verwandten, die von meinen Schergen gefoltert wurden. Dennoch gelang es mir noch einmal, den Frieden in meinem Hause wiederherzustellen, einen Frieden, der freilich auf schwachen Füßen stand. Ich wurde dabei vom König von Kappadokien, Archelaos, unterstützt, der aus Sorge um das seiner Tochter und seinem Schwiegersohn drohende Schicksal herbeigeeilt war. Mit viel Geschick begann er, die beiden mit Schmähungen zu überhäufen und forderte eine exemplarische Bestrafung. Froh, daß er die unentbehrliche Rolle des Gerichtsherrn übernahm, ließ ich ihn reden und beschränkte mich auf die für mich so ungewöhnliche Rolle des Verteidigers, der für Milde eintrat. Alexanders Geständnisse kamen uns zu Hilfe: der junge Mann machte für die ganze Sache seine Tante Salome und vor allem seinen Onkel Pheroras verantwortlich. Pheroras zog es vor, sich schuldig zu bekennen, und das tat er dann hemmungslos mit der ganzen Überspanntheit, die seine Natur kennzeichnete: in schwarze Fetzen gehüllt, das Haupt mit Asche bedeckt, warf er sich uns unter Tränen zu Füßen und bezichtigte sich aller Sünden, die es auf der Welt gibt. Damit war Alexander weitgehend entlastet. Es blieb mir nur, Archelaos von seiner Absicht abzubringen, seine Tochter nach Kappadokien mitzunehmen, angeblich weil seine Tochter nicht mehr wert sei, meine Schwiegertochter zu sein, in Wirklichkeit aber, um sie aus einem Wespennest herauszuholen, das sich als wahrhaft furchtbar erwiesen hatte. Ich gab ihm bis Antiochia das Geleit und ließ ihn dann allein weiterziehen, nicht ohne reiche Geschenke: eine Börse mit siebzig Talenten, ein mit Edelsteinen eingelegter goldener Thron, eine Konkubine namens Panychis, und die drei Eunuchen, mit denen alles angefangen hatte und die ich, obwohl ich es eigentlich gern gewollt hätte, als Kammerdiener schwerlich mehr behalten konnte.

Wenn es darum geht, das Verhalten von Fürsten zu rechtfertigen, so pflegt man sich recht häufig auf so etwas wie eine höhere Logik zu berufen, die mit der Logik gewöhnlicher Sterblicher nichts zu tun hat oder ihr ganz offenkundig zuwiderläuft und die man *Staatsräson* nennt. Staatsräson – meinetwegen, aber ich bin wohl selbst noch nicht voll und ganz Staatsmann genug, denn ich kann nie an das Wort denken, ohne in meinen schütteren Bart hineinzulachen. *Staatsräson! Ratio regni!* Die Erinnyen oder Furien – Töchter der Erde, die statt Haaren ein Geschlinge von Nattern auf dem Haupte tragen und die, einen Dolch in der einen, eine brennende Fackel in der anderen Hand, die Übeltaten verfolgen – heißen ja bekanntlich auch die *Eumeniden*, also die *Wohlwollenden*. Eine solche Stilfigur nennt man *Antiphrase*, und so ist es wohl auch eine Antiphrase, wenn man von ratio regni, von Staatsräson spricht, wo es sich doch nicht minder offensichtlich um *insania regni*, um *Staatswahnsinn* handelt. Der blutige Irrwitz, der meine unselige Familie nun schon ein halbes Jahrhundert lang umtreibt, zeigt recht deutlich diese Art Unvernunft, die von oben kommt.

Ich hatte nun eine Atempause. Ich nutzte sie, indem ich versuchte, die ärgerliche Trachonitis- und Batanäafrage zu lösen. Die Provinzen Trachonitis und Batanäa im Nordosten des Königreichs zwischen Libanon und Antilibanon, waren Zufluchtsort von Schmugglern und bewaffneten Banden, über die sich die Bewohner von Damaskus unausgesetzt beklagten. Ich war zu dem Schluß gelangt, militärische

Strafexpeditionen würden solange ohne nachhaltigen Erfolg bleiben als diese Gegend nicht von einer seßhaften, arbeitsamen Bevölkerung besiedelt sei. Ich holte Juden aus Babylon nach Batanäa. In der Trachonitis siedelte ich dreitausend Idumäer an. Zum Schutz dieser Siedler errichtete ich eine Reihe von Kastellen und Wehrdörfern. Eine Steuerbefreiung für die neuen Siedler führte zu einem stetigen Einwandererstrom. Bald verwandelten sich die Brachflächen in grünendes Land. Auf den Verbindungswegen zwischen Arabien und Damaskus, Babylon und Palästina wurde der Verkehr immer reger, und damit stiegen auch die Einkünfte aus Mautgebühren und Zöllen, die der Krone zuflossen.
Da kam ein unerwarteter und unerwünschter Gast und ließ bei Hofe die alten Dämonen allesamt wieder aufleben. Eurykles, der Tyrann von Sparta, verdankte, ebenso wie sein Vater, sein Glück der entscheidenden Hilfe, die er Octavian in der Schlacht bei Aktium geleistet hatte. Zum Dank dafür hatte der Kaiser ihm das römische Bürgerrecht verliehen und ihn als Herrscher über Sparta bestätigt. Eines Abends kam er, freundlich lächelnd, die Hände übervoll von prächtigen Geschenken, in Jerusalem an, sichtlich entschlossen, in allen Familienklüngeln Freund und Vertrauter zu sein. Und sogleich flackerte der kaum erloschene Brand unserer Streitigkeiten von neuem auf, denn Eurykles verlegte sich darauf, den einen zuzutragen, was er bei den anderen gehört hatte, nicht ohne es überdies aufzubauschen und zu entstellen. Bei Alexander erzählte er, er sei von jeher mit König Archelaos befreundet und deshalb wie ein zweiter Vater zu ihm, und er wundere sich, daß er, Alexander, eines Königs Schwiegersohn und von seiner Mutter her Hasmonäer, es sich gefallen lasse, von seinem Stiefbruder Antipatros entmündigt zu sein, der doch von einer nichtadligen Mutter stamme. Anschließend warnte er dann Antipatros, er solle vor dem

unauslöschlichen Haß auf der Hut sein, den seine beiden Stiefbrüder gegen ihn hegten. Schließlich hinterbrachte er mir einen Plan, den, wie er sagte, Alexander ausgeheckt habe: den Plan, mich ermorden zu lassen, daraufhin zunächst zu seinem Schwiegervater nach Kappadokien zu fliehen und sodann nach Rom zu gehen, um Augustus dazu zu bringen, sich für ihn zu entscheiden. Als der Tyrann aus Sparta schließlich, mit Freundlichkeiten und Geschenken überhäuft, wieder das Schiff nach Lakedämon bestieg, brodelte bei mir das ganze Haus wie ein Hexenkessel. Ich mußte mich entschließen, Alexander und seine Umgebung verhören zu lassen. Die Ergebnisse der Ermittlungen waren – leider! – vernichtend. Zwei Offiziere aus meiner Reiterei gestanden, im Besitz einer erheblichen Geldsumme zu sein, die ihnen Alexander gegeben habe, damit sie mich umbrächten. Überdies fand man beim Kommandanten der Festung Alexandreion einen von Alexander stammenden Brief, aus dem hervorging, daß er vorgehabt hatte, sich nach seiner Schandtat dort mit seinem Bruder zu verbergen. Es stimmt auch, daß beide Brüder in getrennten Vernehmungen ihren Plan einräumten, über Kappadokien nach Rom zu fliehen; sie bestritten jedoch standhaft, die Absicht gehabt zu haben, mich vorher zu töten. Vermutlich hatten sie diese Version vor dem Verhör miteinander abgesprochen. Meine Schwester Salome vernichtete ihre Neffen vollends, indem sie mir einen Brief übergab, den sie von Aristobulos erhalten hatte. Darin hatte er sie gewarnt, sie habe von mir das Schlimmste zu befürchten, sie werde von mir beschuldigt, sie verrate Hofgeheimnisse an meinen ureigensten Feind, den arabischen Minister Syllaios, den sie brennend gern heiraten wolle.

Ein Hochverratsprozeß war nicht mehr zu vermeiden. Ich schickte zunächst zwei Gesandte nach Rom. Sie machten unterwegs in Kappadokien Halt und holten Archelaos' Zeugenaussage ein. Er gab zu, sein Schwiegersohn und Aristobulos hätten kommen wollen; er habe sie demnächst erwartet, doch habe er nichts von einer Weiterreise nach Rom, erst recht nichts von einem Anschlag gegen mich gewußt. Augustus seinerseits ließ mich brieflich wissen, er sei grundsätzlich gegen ein Todesurteil, doch gebe er mir jegliche Freiheit, die Schuldigen vor Gericht zu stellen und aburteilen zu lassen. Allerdings empfehle er mir, den Prozeß nach einem Ort außerhalb meines Reiches, nach Berytos beispielsweise, einer Stadt mit einer bedeutenden römischen Kolonie, zu verlegen und dort auch Archelaos als Zeugen zu hören. Berytos? Warum nicht? Der Gedanke, die Sache von Jerusalem anderswohin zu verlagern, schien mir vernünftig, schon wegen der Sympathien, die dort den Nachkommen der Hasmonäer immer noch entgegengebracht wurden. Allerdings konnte ich dann den König von Kappadokien, der einer Beteiligung an dem Komplott dringend verdächtig war, nicht als Zeugen vorladen lassen.

Das Gericht stand unter dem Vorsitz des Statthalters Saturninus und des Legaten Pedanius, denen Augustus, wie ich wußte, bestimmte Weisungen übermittelt hatte. Es folgten der Prokurator Volumnius, mein Bruder Pheroras, meine Schwester Salome, schließlich, für Archelaos und an seiner Stelle, eine Anzahl syrischer Adliger. Um einen Skandal zu vermeiden, hatte ich die beiden Angeklagten von der Verhandlung ausgeschlossen; ich ließ sie in Platanä, einem Marktflecken im Gebiet von Sidon, in Verwahrung halten.

Ich nahm als erster das Wort, schilderte mein Unglück als König, der verraten, als Vater, der verhöhnt worden sei, schilderte meine unablässigen Bemühungen, eine teuflische Familie zur Vernunft zu bringen, die Gunstbeweise, mit denen ich die Hasmonäer überhäuft, die Kränkungen, die ich dafür von ihnen beständig hatte schlucken müssen. Das ganze Unheil kam davon, daß sie sich, nicht ohne einen Schein von Berechtigung, von edlerer Geburt wähnten als mich. Mußte ich darum all ihre Beleidigungen hinnehmen? Mußte ich sie darum Verschwörungen gegen die Sicherheit des Reiches und gegen mein Leben planen lassen? Ich schloß mit dem Satz, nach meiner Meinung und nach meinem besten Wissen und Gewissen verdienten Alexander und Aristobulos den Tod; ich zweifelte nicht daran, daß das Gericht ebenso urteilen werde, doch sei dieses Urteil für mich ein sehr bitterer Sieg, er treffe in meinen Nachkommen mich selbst.

Anschließend äußerte sich Saturninus. Er verurteile die jungen Leute, aber nicht zum Tode, denn er sei selbst Vater von drei Söhnen, die anwesend seien, und er könne sich nicht entschließen, die Söhne eines anderen in den Tod zu schikken. Eine ungeschicktere Verteidigungsrede kann man sich nicht vorstellen! Gleichviel – mit ihm sprachen sich, vom Kaiser entsprechend vergattert, auch die anderen Römer gegen die Todesstrafe aus. Sie waren die einzigen. Wie am Schluß eines Gladiatorenkampfes sah ich anschließend alle Daumen nach unten zeigen. Der Prokurator Volumnius, die syrischen Prinzen, die Höflinge aus Jerusalem und natürlich Pheroras und Salome, sie alle stimmten aus Dummheit, Haß oder Berechnung – das eine schließt das andere nicht aus – für Tod.

Das Herz von Abscheu und Trauer zerrissen, ließ ich meine Söhne nach Tyros bringen, bestieg dort ein Schiff und fuhr mit ihnen nach Caesarea. Sie waren verurteilt. Ich konnte sie begnadigen. In mir waren wirklich zwei Menschen, und auch jetzt, da ich zu euch spreche, sind sie beide noch in mir: ein unerbittlicher Herrscher, der einzig dem Gesetz der

Macht gehorcht... Macht erringen, sie behalten, sie ausüben, das ist ein und dasselbe, und das geht nicht, ohne schuldig zu werden. Und andererseits auch der schwache, leichtgläubige, gefühlvolle, furchtsame Mensch; der hoffte noch, hoffte wider alle Vernunft, seine Söhne würden gerettet. Er tat, als wüßte er nichts vom Vorhandensein seines furchtbaren Doppelgängers, von dessen grimmigem Willen zur Macht, dessen unerbittlicher Strenge. Wir waren weit draußen in Höhe des Golfs, der die Grenze zwischen Syrien und Judäa bildet und den der grüne Hügel des Karmel beherrscht. Das Schiff trennte uns von der Welt und ihrem wechselnden Glück. Ich ließ die beiden auf die Brücke führen. Der Vater in mir verlangte nach ihnen. Gleich als ich sie erscheinen sah, begriff ich, daß der König in mir sie empfangen werde. Und wirklich, ich erkannte sie kaum in der schwarzen Chlamys der Verurteilten, mit kahlgeschorenem Schädel und den blutigen Spuren der Verhöre, die sie durchgemacht hatten. Das Räderwerk der Justiz hatte sein Werk getan. Die Verwandlung ließ sich nicht rückgängig machen: zwei junge Edelleute, strahlend und unbekümmert, waren für immer verschwunden und hatten zwei Verschwörern Platz gemacht, die auf Vatermord ausgegangen und dabei gescheitert waren. Der Reiz der Jugend und des Glücks war verschwunden vor der Galgenvogelmaske des Verbrechens. Ich konnte ihnen nichts sagen, kein einziges Wort. Wir schauten einander an, indes eine Mauer immer dichteren Schweigens zwischen uns emporwuchs. Schließlich befahl ich dem verantwortlichen Centurio: »Führ' sie ab!« Er brachte sie wieder nach unten in den Laderaum, und ich habe sie nicht wiedergesehen.

Von Cäsarea ließ ich sie nach Sebaste bringen, wo der Henker sie erwartete. Sie wurden erwürgt, und ihr Leib ruht auf Burg Alexandreion neben der Leiche Alexanders, ihres

Großvaters mütterlicherseits. Der Nachruf auf sie war ein grausamer Hohn wie ihr Leben und ihr Tod, und dabei war es Augustus, der ihn von sich gab; er sagte nämlich, als er von ihrer Hinrichtung erfuhr: »An Herodes' Hof ist es besser, ein Schwein zu sein als ein Kronprinz, denn das Verbot, Schweinefleisch zu essen, wird immerhin beachtet.«

Das Ableben seiner beiden Halbbrüder hatte für Antipatros die Bahn freigemacht. Ich erwartete, er werde sich verändern, werde friedfertiger werden und sich freier entfalten. Er konnte ja nun nicht mehr daran zweifeln, daß er späterhin König sein werde. Teilweise war er es schon, an meiner Seite. Er war nächst mir der mächtigste Mann im Reiche. Ob die Nähe der Macht sich da wiederum verderblich auswirkte? Mit Grauen mußte ich mitansehen, wie ein Mensch mehr und mehr verrottete, in den ich meine ganzen Hoffnungen gesetzt hatte.

Das erste Alarmzeichen betraf meine Enkelkinder. All die Härte, die ich gegen Alexander und Aristobulos hatte beweisen müssen, hatte sich in meinem Herzen in Zuneigung zu ihren vaterlosen Kindern verwandelt. Alexander hatte von Glaphyra zwei Söhne gehabt: Tigranes und Alexander. Aristobulos hatte von Berenike drei Söhne: Herodes, Agrippa und Aristobulos, und zwei Töchter: Herodias und Mariamme. Das ergab insgesamt sieben Enkelkinder, fünf davon Jungen, natürlich alle hasmonäischen Geblüts. Aber wie groß war mein Entsetzen, als meine Polizei mich vor den Angst- und Haßgefühlen warnte, die Antipatros gegenüber Mariammes Nachkommen hege! Er spreche von ihnen als von einer »Schlangenbrut« und versicherte jedem, der es hören wollte, im Schatten dieser Drohung könne er nicht regieren. So würde denn der grausige Fluch, der nun schon ein halbes Jahrhundert auf der Verbindung zwischen Idumä-

ern und Hasmonäern liegt, auch nach mir fortdauern!
Das ist noch nicht alles. Wenn Antipatros vom »Großreinemachen im Hause« sprach, so dachte er selbstverständlich zuerst an mich selbst. Mir wurde auch hinterbracht, er sei vor Zeugen in die Klage ausgebrochen: »Ich komme nie dazu, König zu werden! Schaut her, ich habe schon graue Haare, und er läßt sich die seinen färben!« Selbst meine Krankheiten trugen dazu bei, ihn zu reizen, denn er war vor Wut außer sich, wenn er sah, daß ich jedesmal, wenn sie mich aufs Krankenlager geworfen hatten, wieder aufstand. In Wahrheit gab er sich seit dem Tod seiner Brüder eben weniger Mühe, zu heucheln, er ließ sich zu ganz unvorsichtiger Offenheit hinreißen, und ich entlarvte ihn Tag für Tag in seiner ganzen finsteren Gesinnung. Als sich der Sturm über den Häuptern von Alexander und Aristobulos zusammengezogen hatte, war Antipatros stets auf Distanz geblieben und hatte den Anschein einer gegenüber seinen Halbbrüdern wohlwollend gefärbten Neutralität gewahrt. Das war nichts als Diplomatie gewesen. Doch jetzt entdeckte ich auch, daß er unterm Deckmantel dieser Zurückhaltung nichts unversucht gelassen hatte, um sie zu vernichten. Vom ersten Tag an hatte er die Fäden in der Hand gehabt und die Fallen gestellt, in denen sie umkommen sollten. Schon bald kannte mein Groll gegen ihn keine Grenzen mehr.
Es wurde mir berichtet, er habe mit meinem Bruder Pheroras und einer Anzahl Frauen – seiner Mutter Doris, seiner Frau und Pheroras' Frau – so etwas wie einen Zirkel gebildet, der sich insgeheim zu nächtlichen Gelagen zusammenfinde. All das brachte mir meine Schwester Salome zur Kenntnis. Ich ging daran, diese ganze reizende Gesellschaft in alle Winde zu zerstreuen. Pheroras wies ich an, seinen Wohnsitz in Peräa, der Hauptstadt seiner Tetrarchie, zu nehmen. In seiner Wut beging er die Dummheit, vor der

Abreise zu schwören, er werde, solange ich lebe, nie mehr einen Fuß nach Jerusalem setzen. Antipatros hingegen schickte ich in meinem Auftrag nach Rom, mich dort in dem Prozeß zu vertreten, den der Caesar gegen den arabischen Minister Syllaios – eben der, den Salome hatte heiraten wollen – führte, und in dem dieser angeklagt war, bei der Ermordung seines Königs Aretas IV. die Hand im Spiel gehabt zu haben. Die Delegation, die Antipatros begleitete, war mit Leuten durchsetzt, die in meinem Sold standen und den Auftrag hatten, mir zu melden, was Antipatros redete und tat. Kurze Zeit nach seiner Ankunft in Peräa geschah es, daß Pheroras erkrankte, und zwar so schwer, daß ich mich überzeugen ließ, ich müsse zu ihm ans Krankenbett eilen, wenn ich ihn noch lebend sehen wolle. Ich ging hin, wie man sich wohl denken kann weniger aus Bruderliebe als um eine Lage zu klären, die mir dunkel erschien. Tatsache ist, daß Pheroras in meinen Armen starb; er schwor, er sei vergiftet worden. Das erscheint wenig wahrscheinlich. Wer hätte ein Interesse daran gehabt, ihn aus dem Weg zu räumen? Seine Frau sicher nicht, denn als ehemalige Sklavin verlor sie alles, wenn sie ihn verlor. Übrigens war sie es, die schließlich auspackte. Im Zuge der von Antipatros und Pheroras ohne mein Wissen abgehaltenen nächtlichen Geheimtreffen war beschlossen worden, aus Arabien eine Giftmischerin kommen zu lassen, versehen mit allem, was nötig war, um sich meiner und der Kinder von Alexander und Aristobulos zu entledigen. Als Antipatros und Pheroras sich getrennt hatten, hatte Pheroras die Phiole mit dem Gift behalten in der Absicht, davon Gebrauch zu machen, während Antipatros in Rom und damit außer jedem Verdacht sei. Ich befahl Pheroras' Frau, das Gift zu holen. Sie tat so, als gehorche sie, stürzte sich dann aber von einer Terrasse, um sich das Leben zu nehmen. Sie blieb jedoch am Leben und wurde schwerverletzt zu mir gebracht. Auch die Giftphiole wurde gefunden. Sie war nahezu leer. Das unglückliche Weib erklärte mir, sie selbst habe die Phiole ins Feuer geleert, und zwar auf Geheiß ihres Mannes Pheroras, der über meinen Besuch gerührt gewesen sei und darum die Absicht, mich umzubringen, aufgegeben habe. Einem Herodes kann man ein solch erbauliches Märchen nicht einreden. Nur das eine ging aus dem Wust von Geschwätz mit großer Deutlichkeit hervor: Antipatros trug an dem Ganzen eine erhebliche Schuld. Endgültig festgestellt wurde diese Schuld, als ich einen Brief abfing, den er aus Rom an Pheroras geschrieben hatte. Darin fragte er ihn, ob die Geschichte »abgeschlossen« sei und fügte »für den Bedarfsfall« eine Dosis Gift bei. Ich sorgte dafür, daß nichts von Pheroras' Tod und von meinem Aufenthalt in Peräa zu ihm drang. Antipatros kam ohne Mißtrauen nach Jerusalem zurück, wo ich inzwischen wieder weilte, überhäufte mich mit Freundlichkeiten und erzählte mir sogleich vom glücklichen Ausgang des Prozesses gegen Syllaios, der gedemütigt und verurteilt worden sei. Da stieß ich ihn von mir, schleuderte ihm ins Gesicht, sein Onkel sei tot und die ganze Verschwörung sei aufgeflogen. Er fiel mir zu Füßen und schwor, er sei an alledem schuldlos. Ich ließ ihn ins Gefängnis abführen. Dann streckte mich, wie immer wenn mich die Bitterkeit über den Verrat meiner nächsten Umgebung überwältigt, eine Krankheit zu Boden. Wie lange ich so darniederlag, vermag ich nicht zu sagen. Ich war außerstande, dem Ergebnis der Ermittlungen, die der römische Statthalter von Syrien, Quintilius Varus, auf meine Bitte weiterführte, auch nur die geringste Aufmerksamkeit zu schenken. Eines Tages wurde mir ein Körbchen Obst gebracht. Ich sah nichts als das zum Schneiden der Mangofrüchte und zum Schälen der Ananas bestimmte silberne Messer. Ich wog und drehte es ein Weilchen in der Hand, und freute mich an der feinen, schmalen Klinge, an dem Heft, das so vollendet formgerecht in der Hand lag, an dem so glücklich ausgewogenen Verhältnis zwischen Heft und Klinge. Wirklich, ein schönes Stück, rassig, elegant, ganz und gar seinem Zweck angepaßt. Welchem Zweck? Äpfel zu schälen? Pah! Kaum! Eher doch dem Zweck, verzweifelten Königen den Tod zu bringen! Mit einem Ruck stieß ich die Klinge in meine linke Brustseite. Blut schoß hervor. Ein Schleier senkte sich über meine Augen.

Als ich das Bewußtsein wiedererlangte, sah ich zuerst das Gesicht meines Vetters Achiab über mich gebeugt. Ich begriff, ich hatte das Herz verfehlt. Aber daß ich kurze Zeit nicht auf dem Posten gewesen war, hatte genügt, um Verheerendes anzurichten. Aus seinem Gefängnis heraus hatte Antipatros begonnen, die Wärter mit seinem Erbe zu ködern. Doch ich sollte nicht sterben, ohne zuvor noch etliche Köpfe rollen zu lassen. Der erste, der rollte, war der des Antipatros, meines ältesten Sohnes, dem ich meine Krone zugedacht hatte.

Das war am Tag bevor ihr kamt. Hatte ich nun auch keinen Erben mehr, so wurde mir wenigstens ein seltsam-feierlicher Zug von Gästen gemeldet. Das allein hätte noch nicht viel besagt, hätte nicht mein Nekromant Manahel meine Aufmerksamkeit auf einen neuen, höchst eigenwilligen Stern gelenkt, der über unseren Himmel zog, eben den Stern, der dich, Kaspar, und dich, Balthasar, hierhergeführt hat. Kaspar hat in ihm den Blondschopf seiner phönizischen Sklavin wiedererkannt, Balthasar den Schmetterling aus seiner Jugend, der sein Bild trug. Laßt auch mich diesem Stern die Gestalt geben, die mir ähnlich ist. Das Märchen, das Sangali uns erzählt hat, ist ja lehrreich genug. In meinen Augen kann der wandernde Stern nichts anderes sein als der weiße

Vogel mit den goldenen Eiern, dem der alte König Nabunassar auf der Suche nach einem Thronerben nacheilt. Der alte König der Juden stirbt. Der König ist tot. Der kleine König der Juden ist geboren. Hoch lebe unser kleiner König!
Kaspar, Melchior, Balthasar, höret! Ich ernenne euch zu Bevollmächtigten des Königreichs Judäa. Ich bin zu schwach, zu hinfällig, um mich aufzumachen und ihm nachzueilen, dem Feuervogel, in dem das Geheimnis meiner Nachfolge beschlossen ist. Selbst nur auf der Tragbahre liegend würde ich solch ein Abenteuer nicht überleben. Manahel hat mich auf eine Weissagung des Michäas aufmerksam gemacht, wonach der Retter des jüdischen Volkes zu Bethlehem, dem Heimatort Davids, zur Welt kommen soll.
Auf denn! Forschet nach dem Erben! Verschafft euch Gewißheit über seine Person und seinen genauen Geburtsort. Fallet in meinem Namen demütig vor ihm nieder. Und dann kommt zurück und erstattet mir Bericht. Vor allem versäumt ja nicht, euch wieder hier einzufinden...«
Der alte König hielt inne und barg sein Gesicht in den Händen. Als er wieder aufblickte, war es zu einer gräßlichen Fratze entstellt.
»Laßt euch ja nicht einfallen, mich zu hintergehen, verstanden! Ich bin, glaube ich, heute abend ja ziemlich deutlich geworden, als ich einige Episoden aus meinem Leben schilderte. Ja, es stimmt, ich pflege verraten zu werden, ich bin immer verraten worden. Aber ihr wißt jetzt: Wenn der Hieb mich verfehlt, schlage ich zu, und zwar kräftig, schnell, erbarmungslos. Ich befehle euch... Nein, ich beschwöre euch, ich flehe euch an: Tuet alles, daß man einmal, ein einziges Mal an der Schwelle des Todes mich nicht hintergeht. Schenket ihn mir als letztes Scherflein: einen Akt der Treue und Verläßlichkeit, dank dessen ich dann nicht mit völlig verzweifeltem Herzen ins Jenseits hinübergehe.

Sie sind weitergezogen. Sie steigen hinab in das tiefe Tal von Gihon und erklimmen die jähen Abhänge am Berg des Schlechten Rates. Sie grüßen im Vorüberziehen Rachels Grab. Sie wandern dem Stern nach, der in der eisigen Luft wie mit lichten Nadeln gespickt ist. Sie schreiten mit Sternenschritt voran, und jeder von ihnen hat sein Geheimnis und seine besondere Art zu gehen. Da ist der eine, der läßt sich vom friedlichen Paßgang seines Kamels wiegen und sieht am schwarzen Himmel nichts anderes als das Gesicht und das Haar der Frau, die er liebt. Da ist der andere, der beschreibt im Sand die schräge Spur seiner trabenden Stute und sieht in der Ferne nur das Flattern eines großen, schimmernden Schmetterlings. Und da ist der dritte, der geht zu Fuß, weil er alles verloren hat, und erträumt ein himmlisches Reich, das unmöglich ist. Und allen dreien klingen noch die Ohren von einer Geschichte voll Grauen und gräßlicher Schreie, einer Geschichte, die ihnen der große König Herodes erzählt hat und die seine eigene Geschichte ist, die Geschichte einer glücklichen, blühenden Regierungszeit, gepriesen vom kleinen Volk der Bauern und Handwerker.
Ist das nun die Macht? fragt Melchior sich. Dieses ekelhaftzähe Gemenge aus Folter und Inzest – ist das der Preis, den einer zahlen muß, um ein großer Herrscher zu sein, der für immer in die Geschichte eingeht?
Ist das nun die Liebe? denkt Kaspar. Herodes hat immer nur eine einzige Frau, Mariamme, geliebt, mit völliger, unbedingter, unzerstörbarer Hingabe, die nur leider nicht erwidert wurde. Weil Mariamme, die Hasmonäerin, nicht gleichen Stammes war wie Herodes, der Idumäer, kam immerfort neues Unheil über das verfluchte Paar, und dieses Unheil wiederholt sich mit gleichbleibendem Ingrimm in jeder Generation, die daraus hervorgegangen ist. Und schaudernd ahnt Kaspar, der Neger, wie tief, wie voll von

Bedrohlichem der Abgrund ist, der ihn von Biltine, der blonden Phönizierin, trennt.
Ist das nun der Sinn für Kunst? so fragt sich Balthasar kritisch, unverwandt auf den himmlischen Schildträger blikkend, der mit seinen feurigen Flügeln schlägt. In seinen Gedanken vermengen sich zwei Revolten, die in Nippur, die sein Balthasareum zerstörte, und die in Jerusalem, die den goldenen Adler am Tempel zerschlug. Doch während Herodes den Aufrührern auf seine Weise, mit einem Blutbad, antwortete, hat er, Balthasar, nachgegeben. Das Balthasareum war weder gerächt noch wiederaufgebaut worden. Denn an dem alten König von Nippur nagt der Zweifel. Die Schönheit griechischer Plastiken, römischer Gemälde, punischer Mosaiken oder etruskischer Miniaturen – wenn diese Schönheit von einer ganzen religiösen Tradition verworfen wird, kommt es dann nicht daher, daß in ihr wirklich etwas Verfluchtes liegt? Er muß an seinen jungen Freund Assur, den Babylonier denken, dessen Sinnen und Trachten den Lobpreis des einfachen menschlichen Daseins im Auge hat. Aber wie kann man ins Erhabene rücken, was von Natur aus bestimmt ist, ein Gespött, ein vergänglicher Windhauch zu sein?
Und, jeder auf seine Art, versuchen alle drei sich den kleinen König der Juden vorzustellen, zu dem Herodes sie hinter seinem weißen Vogel her entsandt hat. Aber da geht in ihren Köpfen alles durcheinander, denn dieser Erbe des Reiches verbindet in sich unvereinbare Eigenschaften: Kleinheit und Größe, Unschuld und Macht, Armut und Fülle.
Sie müssen weiter. Müssen schauen. Augen und Herz auftun für unbekannte Wahrheiten, mit wachem Ohr horchen auf nie gehörte Worte. Sie ziehen dahin und ahnen schon mit leisem Jubel, daß vielleicht eine neue Zeit anbreche unter ihren Schritten.

Ochs und Esel

Der Ochs

Der Esel ist ein Dichter, ein Belletrist, ein Schwatzmaul. Der Ochs, der sagt nichts. Er ist ein Wiederkäuer, ein Grübler, ein Schweiger. Er sagt nichts, doch denkt er darum nicht weniger. Er denkt nach und denkt zurück. Uraltvorzeitliche Bilder wogen in seinem Kopf, der schwer und massig ist wie ein Fels. Das ehrwürdigste Bild kommt aus dem alten Ägypten: vom Stier Apis. Geboren wurde er von einer jungfräulichen Färse, die ein Donnerschlag befruchtet hatte. Er trägt eine Mondsichel auf der Stirn und einen Geier auf dem Rücken. Unter seiner Zunge ist ein Skarabäus verborgen. Aufgezogen wird er in einem Tempel. Ein Gott, der als Kind einer Magd und des Heiligen Geistes in einem Stall geboren wird – das hat ja hiernach für einen Ochsen nichts Überraschendes!

Er denkt zurück. Er sieht sich wieder als jungen Stier. Mitten in dem Festzug am Erntefest zu Ehren der Göttin Kybele schreitet er dahin, mit Weintrauben bekränzt, geleitet von jungen Weinleserinnen und von dickwanstigen, rotgesichtigen alten Silenen.

Er denkt zurück. Das Pflügen der herbstschwarzen Felder. Das langsame Brechen der vom Pflug gespaltenen Erde. Sein Ackerbruder, der im selben Joch geht wie er. Der warme, dampfende Stall. Er träumt und denkt an die Kuh. Das Muttertier schlechthin. An ihren Bauch, der sanft und weich ist. An die zarten Kopfstöße des Kälbchens in diesem lebendigen, üppig schenkenden Füllhorn. An die Trauben rosiger Zitzen, aus denen die Milch schießt.

Er weiß, all das ist er, der Ochs, und er weiß, seine behütende, unerschütterliche, massige Gestalt habe zu wachen über Müh und Wehe der Jungfrau und über des Kindes Geburt.

Des Esels Erzählung

Ihr dürft euch, sagt der Esel, von meinem weißen Fell nicht täuschen lassen. Ich war einst kohlrabenschwarz, bloß mit einem hellen Stern auf der Nase, einem Stern, dem sichtbaren Zeichen dessen, wozu ich bestimmt war. Er ist auch heute noch da, mein Stern, aber man sieht ihn nicht mehr, weil mein ganzes Fellkleid weiß geworden ist. Es ist wie bei den Sternen am Nachthimmel, die in der Blässe des Morgens verschwinden. So hat denn mein hohes Alter mir die Farbe des Sterns von meiner Stirn gegeben, und auch darin möchte ich ein Zeichen sehen, das sichtbare Merkmal für so etwas wie einen Segen, der auf mir ruht.
Denn ich bin alt, sehr alt, ich muß beinah vierzig Jahre alt sein, was für einen Esel unglaublich alt ist. Womöglich bin ich der Senior unter den Eseln? Das wäre dann wiederum ein Zeichen.
Man nennt mich Kadi Schuja. Und das verdient eine Erklärung. Von meinem frühesten Alter an konnten meine Herren für den Ausdruck von Weisheit, der mich von anderen Eseln unterschied, nicht unempfänglich bleiben. In meinem Blick lag etwas Ernsthaftes, Feines, das Eindruck machte. Daher auch der Name Kadi, den sie mir gaben, und jeder weiß ja, daß ein Kadi bei uns ein Richter und zugleich ein Mönch ist, das heißt ein Mann, der sich durch seine Weisheit gleich doppelt empfiehlt. Aber natürlich war ich trotzdem nichts als ein Esel, das armseligste und am schmählichsten behandelte unter den Tieren, und man konnte mir nicht den ehrwürdigen Namen Kadi geben, ohne ihm durch einen anderen, lächerlichen, Abbruch zu tun. Dieser Name war

Schuja, das heißt klein, verächtlich. Kadischuja, der Drei-Heller-Weise, von seinen Herren manchmal Kadi, häufiger aber Schuja genannt, je nachdem wie sie gerade aufgelegt waren* …

Ich bin ein Armenesel. Ich habe lange so getan, als priese ich mich darob glücklich. Denn ich hatte damals zum Freund und Vertrauten einen Esel aus reichem Hause. Mein Herr war ein einfacher Bauer. An sein Feld grenzte ein schönes Besitztum. Ein Handelsmann aus Jerusalem brachte die heißesten Sommerwochen dort mit den Seinen im Kühlen zu. Yaul hieß sein Esel, ein herrliches Tier, fast zweimal so dick wie ich, das Fellkleid makellos gleichmäßig grau, sehr hell, und fein wie Seide. Man mußte ihn einmal sehen, wenn er ausgeführt wurde, mit seinem Geschirr aus rotem Leder und grünem Samt, seinem teppichbehangenen Sattel, seinen breiten, kupfernen Steigbügeln, und das alles mit baumelnden Quasten und mit bimmelnden Schellen daran. Ich tat so, als fände ich diesen Karnevalsaufzug lächerlich. Vor allem dachte ich an die Schmerzen zurück, die man ihm in seiner Kindheit zugefügt hatte, um ihn zu einem Luxusreittier zu machen. Ich hatte ihn gesehen, blutüberströmt, denn man hatte ihm gerade mit dem Rasiermesser die Initialen und den Wahlspruch seines Herrn tief ins Fleisch hineingeschnitten. Ich habe seine Ohren gesehen, die an der Spitze grausam zusammengenäht waren, damit sie dann schön aufrecht standen wie Hörner, während die meinen jammervoll links und rechts vom Kopf herunterhängen. Und ich habe auch seine Beine gesehen, die mit festen Bändchen umschnürt waren, damit sie feiner und gerader sein sollten als bei gewöhnlichen Eseln. Die Menschen sind so beschaffen, daß sie Mittel und

* Einer seiner entfernten Nachkommen publiziert später unter dem ins Französische gewendeten Namen *Cadichon* seine Memoiren, gesammelt von der Comtesse de Ségur, geborene Rostoptschin.

Wege finden, um die, die sie lieben und auf die sie stolz sind, noch mehr leiden zu lassen als andere, die sie verabscheuen oder verachten.
An einigen Dingen freilich fand Yaul hierfür einen ernstlichen Ausgleich, und in dem Mitleid, das ich ihm glaubte erweisen zu können, lag heimlicher Neid. Zum einen fraß er jeden Tag aus einer blitzsauberen Krippe Hafer und Gerste. Und vor allem waren da die Stuten. Um das recht zu verstehen, muß man zunächst den unerträglichen Dünkel der Pferde gegenüber Eseln richtig einschätzen. Daß sie auf uns herunterschauen, wäre zu wenig gesagt. In Wirklichkeit schauen die uns gar nicht an, in ihren Augen sind wir ebensowenig da wie Mäuse und Kellerasseln. Und die Stute, ja, die ist für den Esel wahrlich das Allerfeinste, die große Dame, hoheitsvoll und unnahbar. Ja, die Stute, die ist die großartige, herrliche Revanche des Esels an dem Blödian von Pferd! Aber wie könnte denn ein Esel mit einem Pferd auf dessen eigenem Feld so konkurrieren, daß er ihm sogar die Gefährtin wegschnappt? Nun, das Schicksal hat eben so manch einen Dreh auf Lager, und es hat sich für das Volk der Esel das erstaunlichste und ulkigste Privileg ausgedacht, und der Schlüssel zu diesem Privileg heißt Maultier. Was ist ein Maultier? Ein Reittier, sparsam, sicher, solide (und da ich schon mal so hingerissen bin von Eigenschaftswörtern mit s, könnte ich auch noch sagen: stillvergnügt, sorgfältig, strebsam, aber ich weiß, daß ich mich vor meiner übertriebenen Vorliebe für Worte in acht nehmen muß). Das Maultier, das ist der König der sandigen Saumpfade, der steilabfallenden, steinigen Wege, der Furten durch die Flüsse. Gelassen, unerschütterlich, unermüdlich läuft es, und läuft und läuft...
Was ist nun das Geheimnis von so viel Tugenden? Daß es die Wirrnisse der Liebe und die Tumulte der Fortpflanzung

nicht kennt. Das Maultier bekommt nie ein Junges. Ein kleines Maultier, das gibt's nur mit einem Esel als Papa und einer Stute als Mama. Und darum werden manche Esel – und Yaul war einer davon – zu Maultiervätern (der rühmlichste Titel in unserer Zunft) erkoren und bekommen Stuten zur Frau.

Ich bin nicht übermäßig auf Sex aus, und wenn ich Ehrgeiz entwickle, dann liegt der auf anderem Gebiet. Aber ich muß gestehen, wenn ich morgens manchmal sah, wie Yaul, erschöpft und trunken vor Lust, von seinen equestrischen Heldentaten zurückkam, da zweifelte ich, ob es im Leben gerecht zugehe. Es verwöhnt mich nicht, das Leben, wahrhaftig nicht! Immer geprügelt, beschimpft, immer von Lasten, schwerer als ich selber, schier erdrückt, immer mit Disteln gefüttert – ach und die Menschen meinen gar, Esel mögen gern Disteln! Sie sollen uns doch einmal, ein einziges Mal Klee und Getreide zu fressen geben, damit wir den Unterschied merken! – und dann das Grauen vor den Raben, wenn das Ende kommt, wenn wir erschöpft umfallen und an einer Grabenböschung darauf warten, daß ein barmherziger Tod unseren Leiden ein Ende macht! Das Grauen vor den Raben, ja, denn wir sehen, wenn unser letztes Stündlein gekommen ist, einen großen Unterschied zwischen Geiern und Raben. Die Geier, muß man wissen, wagen sich nämlich nur an Leichen heran. Solang einem noch ein Hauch von Leben bleibt, ist von ihnen nichts zu befürchten: sie spüren es auf geheimnisvolle Weise, halten sich in respektvollem Abstand und warten ab. Die Raben hingegen, diese Dämonen, stürzen sich auf einen Sterbenden und zerfleischen ihn, mit den Augen beginnend, bei lebendigem Leibe...

Das alles muß man wissen, um zu verstehen, in welcher Gemütsverfassung ich mich zu Anfang des Winters mit meinem Herrn in Bethlehem, einem Dorf in Judäa, aufhielt. Die ganze Provinz war durcheinander, weil vom Kaiser eine Volkszählung angeordnet worden war, und jeder sich mit den Seinen an dem Ort, aus dem er stammte, eintragen lassen mußte. Bethlehem ist nur ein kleines Nest auf dem Rücken eines Hügels, an dessen Hängen Terrassen und kleine Gärten, von Trockenmäuerchen gestützt, ein hübsches Bild abgeben. Im Frühjahr und zu gewöhnlichen Zeiten muß es sich dort wohl gut leben lassen, aber zu Beginn des Winters und im Gedränge der Volkszählung sehnte ich mich bitterlich nach meinem Stall in Dschela, dem Dorf, aus dem wir gekommen waren. Mein Herr war sehr froh gewesen, mit meiner Herrin und den beiden Kindern noch Platz in einer behäbigen Herberge zu finden, in der ein Summen und Brausen war wie in einem Bienenkorb. Seitlich des Hauptgebäudes stand eine Art Scheune, in der offenbar die Vorräte verwahrt wurden. Zwischen den beiden Gebäuden war ein schmaler Durchlaß, der nirgends hinführte; er war mit Balken überdacht, darauf hatte man ganze Arme voll Binsen zu einer Art Strohdach aufgeschüttet. In diesem wenig soliden Unterschlupf hatte man für die Tiere der Herbergsgäste einen Futtertrog aufgestellt und eine Streu zurechtgemacht. Dort wurde ich angebunden, Seite an Seite mit einem Ochsen, der gerade von einem zweirädrigen Karren losgeschirrt worden war. Dazu muß ich euch sagen, daß mir Ochsen schon immer ein Greuel waren. Sie sind zwar ohne Falsch, die Ochsen, aber das Unglück will es, daß der Schwager meines Herrn einen besitzt, und kommt dann die Zeit, die Felder zu bestellen, so helfen die beiden Männer einander und spannen uns beide, obgleich das Gesetz es ausdrücklich verbietet[8], miteinander vor den Pflug. Und dabei ist diese Bestimmung des Gesetzes höchst vernünftig, denn nichts – glaubt mir! – nichts ist scheußlicher als in solchem Gespann arbeiten zu müssen. Der Ochs hat seinen Gang – der gemächlich ist – und seinen Rhythmus – der stetig ist. Er zieht mit dem starken Hals. Der Esel zieht, wie das Pferd, mit der Kruppe; er stürzt sich in die Arbeit und setzt seine Kraft stoßweise ein. Ihn mit einem Ochsen zusammenspannen heißt ihm einen Klotz ans Bein hängen und all seine Tatkraft lähmen, an der er doch ohnedies so reich nicht ist!

Aber an jenem Abend ging es ja nicht ums Pflügen. Die Fremden, die der Wirt abgewiesen hatte, waren in die Scheune eingedrungen und hatten sie besetzt. Mir schwante gleich, man werde uns wohl nicht lange in Ruhe lassen. Tatsächlich kamen bald ein Mann und eine Frau in unseren improvisierten Stall geschlüpft. Der Mann war so etwas wie ein Handwerker und schon ziemlich bejahrt. Er hatte viel Aufsehen erregt, denn er hatte jedem, der ihm in den Weg kam, erzählt, er müsse sich nur darum in Bethlehem einschreiben lassen, weil er über siebenundzwanzig Generationen hinweg zu den Nachkommen des aus Bethlehem stammenden Königs David gehöre. Man hatte ihm ins Gesicht gelacht. Er hätte, um ein Nachtquartier zu finden, besser daran getan, sich auf den Zustand seiner blutjungen Frau zu berufen, die völlig erschöpft und obendrein schwanger zu sein schien. Er raffte Stroh von der Streu und Heu aus den Raufen zusammen, machte daraus zwischen dem Ochsen und mir ein notdürftiges Lager und bettete die junge Frau darauf.

Mit der Zeit hatte dann jeder seinen Platz gefunden, und Lärm und Geräusche verstummten. Manchmal stöhnte die junge Frau leise, und so wußten wir bald, daß ihr Mann Joseph hieß. Er tröstete sie so gut er konnte, und so wußten wir bald, daß sie Maria heiße. Ich weiß nicht, wieviel Stunden verstrichen, denn ich muß wohl geschlafen haben.

Als ich erwachte, spürte ich, daß eine große Veränderung vor sich gegangen war, nicht nur in unserem finsteren Loch, sondern überall, ja, so mochte man meinen, sogar am Himmel, von dem durch unser elendes Dach da und dort ein funkelndes Stück zu sehen war. Die große Stille der längsten Nacht des Jahres hatte sich über die Erde gesenkt, und es war, als habe sie alle ihre Quellen, und als habe der Himmel jedes Lüftchen angehalten, um diese Stille nicht zu stören. Kein Vogel regte sich in den Bäumen. Kein Fuchs auf den Feldern. Kein Mäuslein im Gras. Adler und Wölfe, alles, was Schnabel und Zahn besitzt, schloß Frieden und hielt, Hunger im Bauch und ins Dunkel starrend, Wacht. Selbst die Leuchtkäfer und die Glühwürmchen verhängten ihr Lichtlein. Die Zeit war versunken in geheiligte Ewigkeit.

Und plötzlich, in einem Augenblick, ereignete sich etwas Wunderbares. Ein Schauer unbezähmbarer Freude überlief Himmel und Erde. Ein Rauschen unzähliger Flügel bezeugte, daß Scharen von Engelsboten sich allerwärts in die Lüfte schwangen. Das Strohdach über uns war hell erleuchtet vom gleißenden Feuerstrom eines Kometen. Das kristallene Lachen der Bäche und das majestätische der Flüsse war zu hören. In der Wüste von Juda kitzelte ein Sandgekräusel die Dünenhänge. Ein Lobpreis stieg aus den Terebinthenwäldern empor und mischte sich mit dem gedämpften Applaus der Eulen. Die ganze Natur war ein einziges Frohlocken.

Was war geschehen? Fast nichts. Aus dem warmen Dunkel des Strohs war ein leichter Schrei zu hören gewesen, und dieser Schrei war ganz bestimmt weder von dem Mann noch von der Frau gekommen. Es war das leise Wimmern eines ganz kleinen Kindes. Und schon stand auch eine Säule von Licht mitten im Stall: der Erzengel Gabriel, der Schutzengel Jesu, war von jetzt an da und übernahm sozusagen die Leitung des Ganzen. Übrigens ging gleich danach die Tür auf, und eine der Serviermägde von der Herberge nebenan kam herein und brachte, in die Hüfte gestemmt, ein Wännchen lauwarmes Wasser. Ohne Zögern ließ sie sich auf die Knie nieder und badete das Kindlein. Dann rieb sie es mit Salz ein, damit seine Haut fester werde, und reichte es, nachdem sie es gewickelt, Joseph hinüber, der es auf die Knie nahm zum Zeichen, daß er sich als seinen Vater bekenne.

Gabriels Wirken konnte man nur anerkennend begrüßen. Unbeschadet der Ehrfurcht, die man einem Erzengel schuldet, kann man sagen, daß er sich im letzten Jahr keineswegs auf die faule Haut gelegt hat, der Gabriel! Er hat ja Maria verkündet, sie werde empfangen und die Mutter des Messias werden. Er hat den Argwohn des wackeren Joseph besänftigt. Später bringt er dann die drei Könige davon ab, zu Herodes zu gehen und ihm Bescheid zu geben und verhilft der kleinen Familie zur Flucht nach Ägypten. Aber wir wollen nicht vorgreifen. Zur Stunde spielt er die Rolle des Haushofmeisters, des Festordners bei dem frohen Gepränge an diesem schmutzigen Ort, den er verklärt, wie die Sonne den Regen zum farbigen Himmelsbogen wandelt. Er ging in persona hin und weckte ringsum die Hirten auf dem Feld, denen er, zugegeben, zunächst keinen schlechten Schreck einjagte. Doch dann verkündete er ihnen lachend, um sie zu beruhigen, die schöne, die große Neuigkeit, und berief sie in den Stall. In einen Stall? Ja – das war nicht überraschend, das war nur ermutigend und tröstlich für diese einfachen Leute!

Als sie dann hereinzuströmen begannen, stellte Gabriel sie im Halbkreis auf, und er war ihnen behilflich, daß einer nach dem anderen kommen und mit gebeugtem Knie seine Huldigung und seinen Glückwunsch in Worte fassen konnte. Und daß sie diese paar Sätze herausbrachten, war nichts

Geringes für sie, diese Schweiger, die normalerweise nur mit ihrem Hund oder mit dem Mond reden. Sie legten an der Krippe mancherlei Früchte ihrer Mühe nieder: Dickmilch, Ziegenkäschen, Schafsbutter, ferner Oliven aus Galgala, Sykomorenbeeren, Datteln aus Jericho, aber weder Fisch noch Fleisch. Sie sprachen von ihren armseligen Nöten und Kümmernissen, von Seuchen, Ungeziefer, Raubzeug, und Gabriel segnete sie im Namen des Jesuskindes und verhieß ihnen Hilfe und Schutz.

Weder Fisch noch Fleisch, habe ich gesagt. Doch, einer der letzten Hirten erschien mit einem jungen, viermonatigen Widder, den er quer über den Nacken trug. Er kniete nieder und legte seine Last ins Stroh, und dann erhob er sich wieder zu seiner ganzen mächtigen Größe. Die Leute aus der Gegend erkannten Silas, den Samariter, der zwar auch ein Hirt war, zugleich aber eine Art Anachoret, und beim einfachen Volk im Ruf stand, ein Weiser zu sein. Er lebte mit seinen Hunden und Herden völlig allein am Berge Hebron. Daß er nicht umsonst von seinen öden Gebirgshöhen herabgekommen sei, konnte sich jeder denken, und als der Erzengel ihm durch einen Wink zu verstehen gab, jetzt solle er sprechen, merkten alle auf.

»Herr«, begann er, »einige sagen von mir, ich lebte aus Menschenhaß so fernab im Gebirge. Das ist nicht wahr. Nein, nicht Haß gegen die Menschen, sondern Liebe zu den Tieren hat mich zum Einsiedler werden lassen. Doch wer seine Tiere liebt, muß sie vor der Bosheit und der Habgier der Menschen schützen. Ich bin ja kein gewöhnlicher Viehzüchter, der sein Vieh auf dem Markt verkauft. Ich verkaufe weder meine Tiere noch bringe ich sie um. Sie geben mir ihre Milch. Ich mache daraus Rahm, Butter und Käse. Ich verkaufe nichts. Ich nutze diese Gaben, soweit ich ihrer bedarf. Das übrige – den größeren Teil – schenke ich den Armen.

Wenn ich heute abend dem Engel gefolgt bin, der mich geweckt und mir den Stern gezeigt hat, so deshalb, weil mich im Herzen arge Empörung quält, nicht nur gegen die Bräuche der Gesellschaft hierzulande, sondern – was schwerer wiegt – gegen die Riten meines Glaubens. Ach, all das reicht sehr weit zurück, fast bis zum Ursprung der Zeiten, und damit das alles anders würde, bedürfte es einer sehr, sehr tiefen Wende. Ist sie mit dieser Nacht gekommen? Das wollte ich dich fragen, dazu bin ich hier.«

»Ja, mit dieser Nacht ist sie gekommen«, bestätigte ihm Gabriel.

»Gehen wir also erstens zurück auf Abrahams Opfer. Um Abraham zu prüfen, gebietet ihm Gott, seinen einzigen Sohn Isaak ihm als Brandopfer darzubringen. Abraham gehorcht. Er geht mit dem Knaben auf einen der Berge im Lande Moria. Der Bub wundert sich: sie haben Holz für den Scheiterhaufen, Feuer und Messer bei sich, aber wo ist denn das Tier, das geopfert werden soll? Holz, Feuer, Messer... Da haben wir sie, Herr, die verfluchten Attribute des menschlichen Schicksals!«

»Es gibt noch andere«, sagte Gabriel düster und dachte an Hammer, Nägel und Dornenkrone.

»Dann errichtete Abraham einen Scheiterhaufen, band Isaak und legte ihn auf einen flachen Stein, der als Altar diente. Und zückte das Messer nach dem weißen Hals des Knaben.«

»Doch da«, unterbrach ihn Gabriel, »kam plötzlich ein Engel und hielt seinen Arm fest. Das war ich!«

»Gewiß, guter Engel«, fuhr Silas fort, »aber Isaak hat sich nie von dem Schrecken erholt, der ihn befiel, als er seinen eigenen Vater das Messer nach ihm zücken sah. Und der bläuliche Glanz der Klinge versehrte ihm die Augen, so daß er sein Lebtag schlecht sah und am Ende sogar blind wurde, wodurch ihn sein Sohn Jakob auch täuschen und sich als dessen Bruder ausgeben konnte. Aber das stört mich nicht. Weshalb konntet ihr's nicht bei diesem verhinderten Kindesmord bewenden lassen? Mußte unbedingt Blut fließen? Du, Gabriel, hast dann Abraham einen jungen Widder besorgt, der als Sühneopfer dargebracht und verbrannt wurde. Konnte Gott denn an jenem Morgen nicht ganz auf etwas Totes verzichten?«

»Abrahams Opfer, zugegeben, war eine umwälzende Wende, die aber mißlang. Wir müssen sie erneuern.«

»Übrigens kann man«, fuhr Silas fort, »in der Biblischen Geschichte noch weiter zurückgehen und Jehovas heimliche Leidenschaft sozusagen schon an der Quelle erwischen. Denk doch einmal an Kain und Abel. Die beiden Brüder verrichteten ihre Andacht, und jeder brachte Erträgnisse seiner Arbeit zum Opfer dar. Kain, der Bauer war, opferte Früchte und Getreide, während Abel, der Hirt, Lämmer und ihr Fett darbrachte. Und da wandte sich Jehova von Kains Opfergaben ab und nahm die Abels huldvoll auf. Weshalb? Aus welchem Grund? Ich sehe nur einen einzigen Grund: weil Jehova Gemüse verabscheut und entsetzlich gern Fleisch mag! Ja, der Gott, den wir anbeten, ist entschieden ein Fleischfresser!

Und als solchen verehren wir ihn auch. Der Tempel zu Jerusalem in seinem Glanz und seiner erhabenen Würde, dieser hehre Ort strahlender göttlicher Macht... weißt du, daß er an manchen Tagen von frischem Blut trieft und dampft wie ein Schlachthaus? Der Opferaltar ist ein riesenhafter Klotz aus ungeglätteten Steinen mit hörnerartig erhöhten Ecken und mit vertieften Rinnen, damit das Blut der Opfertiere abfließen kann. Bei gewissen Zeremonien verwandeln sich die Priester in wahre Schinder und metzeln die Tiere in ganzen Herden. Ochsen, Widder, Böcke und sogar ganze Schwärme Tauben liegen da und zucken in krampfhafter Todesqual. Auf marmornen Tischen werden sie in Stücke zerlegt, während die Eingeweide in die Glut eines Feuers geworfen werden, dessen Rauchschwaden die ganze Stadt verpesten. Muß ich dir sagen, daß dieser Gestank an manchen Tagen, wenn der Wind von Norden kommt, bis zu mir hinauf in die Berge dringt und in meiner Herde Panik verbreitet?«

»Du hast gut daran getan, diese Nacht zu kommen und das Jesuskind anzubeten, Silas aus Samaria«, sprach Gabriel zu ihm. »Die Klagen deines tierfreundlichen Herzens werden erhört werden. Ich habe dir gesagt, Abrahamas Opfer sei eine umwälzende Wende gewesen, die aber mißglückt sei. Schon bald wird in Gott wiederum der Sohn vom Vater selber zum Sühneopfer dargebracht. Und ich schwöre dir: diesmal wird kein Engel ihm die Hand festhalten. Fortan wird dann überall, auf dem kleinsten Fleckchen trockenen Landes und zu jeder Stunde des Tages bis ans Ende der Zeiten das Blut des Sohnes auf den Altären fließen zum Heile der Menschen. Und das Kindlein, das du da im Stroh schlafen siehst, das können Ochs und Esel gut mit ihrem Atem wärmen, denn es ist in Wahrheit ein Lamm, es wird fortan das einzige Opferlamm sein, das Lamm Gottes, das allein noch geopfert werden wird von Ewigkeit zu Ewigkeit.

Geh also hin in Frieden, Silas, nimm ihn wieder mit als Zeichen des Lebens, den jungen Widder, den du hier ins Stroh gelegt hast. Er hat es besser als der Abrahams, er mag nun in deiner Herde bekunden, daß der Tiere Blut fortan nicht mehr vergossen werden wird auf Gottes Altären.«

Nach dieser Rede des Engels war eine Zeitlang andächtige Stille; es war, als schaffe sie Raum vor der umstürzenden, schrecklichen, herrlichen Wende, die er verkündet hatte.

Jeder suchte sich auf seine Weise und nach seinen Kräften vorzustellen, wie sie sein würde, die neue Zeit. Da brach ein fürchterliches Kreischen los, ein Quietschen wie von verrosteten Ketten und Seilrollen, ein schluchzendes Gelächter, tolpatschig und grotesk: das war ich, war das schallende Jaaah des Krippenesels. Ja, so war's, denn was glaubt ihr denn, meine Geduld war zu Ende, so konnte es nicht weitergehen. Wieder einmal war es ganz deutlich: uns hatte man vergessen, denn ich hatte bei allem, was gesagt worden war, gut zugehört und hatte nichts vernommen, was die Esel betraf.

Alles lachte, Joseph, Maria, Gabriel, die Hirten und der weise Silas, auch der Ochse, der nicht begriffen hatte, ja auch das Kind, das in seiner Strohwiege fröhlich mit Ärmchen und Beinchen strampelte.

»Ja, natürlich«, sprach Gabriel, »die Esel sollen auch nicht vergessen werden. Von den heiligen Opfern sind sie zwar nicht betroffen. Seit Priestergedenken hat man nie einen Esel gesehen, der auf einem Altar geopfert worden wäre. Das wär' auch zu viel Ehre für euch, ihr demütigen Graukittel! Und doch, hungernd, verletzt und von Lasten schier erdrückt, habt ihr nicht geringe Verdienste! Glaubt nur nicht, eure Not entgehe dem Blick eines Erzengels. Bei dir, Kadi Schuja, seh' ich zum Beispiel ganz deutlich die tiefe, offen schwärende kleine Wunde hinter dem linken Ohr und leide mit dir, armer Dulder, wenn dein Herr Tag für Tag mit seinem Eisenstachel darin herumwühlt, damit der Schmerz deine sinkenden Kräfte wieder erweckt...«

Und damit wies der Erzengel mit seinem lichten Finger auf mein linkes Ohr, und sogleich schloß sich die tiefe, schwärende Wunde, die ihm nicht entgangen war, und bedeckte sich sogar mit einer dicken, harten Schwiele, die kein Stachel jemals auch nur würde ritzen können. Ganz außer mir vor

Freude, schüttelte ich meine Mähne und stieß ein sieghaftes *Jiiaah* aus.

»Ja, ihr lieben, bescheidenen Arbeitsgefährten des Menschen«, fuhr Gabriel fort, »auch euch wird in der großen Historie, die heute nacht beginnt, euer Lohn werden, und dieser Lohn wird herrlich sein.

Eines Sonntags – man wird ihn den Palmsonntag nennen – wird der Herr in dem Dorf Bethanien, unweit des Ölbergs, eine Eselin mit einem Eselsfüllen losbinden heißen. Die Apostel werden über den Rücken des Füllens, das noch von niemand geritten wurde, einen Mantel breiten, und Jesus wird sich auf den Rücken des jungen Tieres setzen. Und der Herr wird durch das goldene Tor, das schönste Tor Jerusalems, feierlich Einzug halten in die Stadt. Jubelnd wird das Volk den Propheten aus Nazareth mit dem Ruf begrüßen: *Hosanna dem Sohne Davids!* und das Eselchen wird auf einem Teppich aus Palmzweigen und Blumen dahinschreiten, den die Leute auf das Pflaster gebreitet haben. Das Muttertier wird hinter dem festlichen Zug hertrotten und *Jiiah, Jiiah* rufen, um allen zu sagen: ›Das ist mein Junges! Das ist mein Junges!‹ Denn niemals wird eine Eselin ähnlichen Stolz erleben.« So hatte denn zum erstenmal jemand an uns, die Esel gedacht; jemand hatte sich unserer Leiden von heute und unserer Freuden von morgen angenommen. Doch daß es so weit gekommen war, dazu hatte es keines Geringeren als eines Erzengels bedurft, der geradewegs vom Himmel herabgestiegen war. Und so fühlte ich mich nunmehr von der großen Weihnachtsfamilie umgeben und aufgenommen. Ich war nicht mehr der unverstandene Einzelgänger. Welch schöne Nacht hätten wir so alle miteinander in der Wärme unserer gemeinsamen, heiligen Armut verbringen können! Und welch ein gutes Frühstück hätten wir nach langem Ausschlafen dann zu uns genommen!

Ach, immer müssen sich die Reichen in alles einmischen! Die Reichen sind wahrhaft unersättlich, sie wollen alles besitzen, sogar die Armut! Wer hätte auch gedacht, diese armselige Familie, die hier zwischen Ochs und Esel hauste, könnte einen König hierher locken? Einen König! Was sag' ich: drei Könige, wirkliche, echte Monarchen, obendrein aus dem Orient, mit einem spektakulären Gepränge von Dienern, Reittieren und Baldachinen!
Die Hirten hatten sich verzogen, und Stille fiel wieder über diese unvergleichliche Nacht. Und auf einmal erfüllte dann lärmendes, buntes Gedränge die Gassen des Dorfes. Klirren von Zaumzeug, von Steigbügeln,von Waffen überall, Purpur und Gold, schimmernd im Schein der Fackeln, Befehle und Rufe in wildfremden Sprachen, und vor allem die Gestalten ganz ungewohnter Tiere vom Ende der Welt: Falken vom Nil, Windhunde für die Jagd, grüne Papageien, herrliche Pferde, Kamele aus dem weiten Süden. Und warum nicht auch Elefanten, wenn sich's gerade so schön macht?
Zunächst läuft vor Neugierde alles zusammen. Ein derart großartiges Aufgebot – das hat noch nie ein Dorf in Palästina gesehen. Die Reichen, das kann man schon sagen, haben sich's was kosten lassen, uns unser Weihnachten zu stehlen! Und am Ende wird's einem einfach zu viel. Man verzieht sich, verschanzt sich hinter seiner Tür oder sucht über Felder und Hügel das Weite. Denn, wißt ihr, die Kleinen wie wir es sind, haben von den Großen nichts Gutes zu erwarten. Es ist besser für sie, wenn sie sich nicht an ihnen reiben. Wie viele Reitpeitschenhiebe muß ein Bauernlümmel oder ein Esel, der am Weg eines Fürsten steht, nicht einstekken für ein Almosen, das da und dort abfällt!
So dachte wohl auch mein Herr darüber. Von dem Spektakel aus dem Schlaf geweckt, raffte er seine Klamotten zusam-

men, und dann sah ich, wie er sich einen Weg durch unsern notdürftig zurechtgezimmerten Stall bahnte. Mein Herr weiß, was er will, macht aber nicht viele Worte darüber. Ohne den Mund aufzutun, band er mich los, und wir verließen das nun entschieden recht quirlige Dorf, ehe die Könige Einzug hielten.

Taor, Prinz von Mangalore

Die Zeit des Zuckers

Siri Akbar lächelte sein vieldeutiges Lächeln – in dem etwas Betörendes und zugleich Ironisches lag – und reichte Prinz Taor ein mit Elfenbein eingelegtes Sandelholzkästchen.
»Dies, Herr, ist des Abendlandes jüngstes Geschenk an dich. Es ist drei Monate unterwegs gewesen, um bis zu dir zu kommen.«
Taor nahm das Kästchen, wog es in der Hand, betrachtete es und hielt es sich unter die Nase.
»Es ist leicht, aber es riecht gut«, meinte er.
Dann drehte er es in den Händen um und um und stellte fest, daß ein Wachssiegel den Deckel verschlossen hielt.
»Öffne es«, sagte er und reichte Siri das Kästchen. Der junge Mann schlug mit dem Knauf seines Schwertes mehrmals leicht auf das Siegel, bis es zerbrach und zu Staub zerbröckelte. Der Deckel ging mühelos auf. Das Kästchen kehrte in die Hand des Prinzen zurück. Es enthielt fast nichts: in einem kleinen, quadratischen Fach lag ein Würfel aus einer weichen, meergrünen, mit weißem Pulver bestäubten Substanz. Taor nahm sie mit Daumen und Zeigefinger behutsam heraus und hielt sie zuerst gegen das Licht, dann dicht unter die Nase.
»Der Geruch ist unverkennbar der des Kästchens, der Geruch von Sandelholz; das weiße Pulver ist Staubzucker; die grüne Färbung erinnert an Pistazien. Ob ich mal davon koste?«
»Das ist unvorsichtig«, wandte Siri ein. »Du solltest es von einem Sklaven probieren lassen.«
Taor zuckte die Achseln.

»Dann bliebe nichts davon übrig.«
Und schon tat er den Mund auf und schob den kleinen Leckerbissen hinein. Verharrte mit geschlossenen Augen. Schließlich begann sein Kiefer sachte zu kauen. Sprechen konnte er nicht, doch mit den Händen gestikulierte er lebhaft, um seine Überraschung und seine Freude auszudrücken.
»Es schmeckt wirklich nach Pistazien«, brachte er schließlich heraus.
»Sie nennen das ein *Rahat Lukum*«, meinte Siri erläuternd. »Das bedeutet in ihrer Sprache ›Glückseligkeit des Gaumens‹. Dies hier wäre also ein Rahat Lukum mit Pistazien.«
Nun ging aber dem Prinzen Taor Malek nichts über die Kunst des Konditors, und von allen Ingredienzien, die von den ihm dienstbaren Geistern dieser Kunst verwendet wurden, galt seine ganze Vorliebe den Pistazienkernen. Er hatte sogar in seinen Gärten einen ganzen Wald Pistazienbäume pflanzen lassen und ließ ihm jegliche Pflege angedeihen.
Pistazie also war darin, unverkennbar, war von der dicken, weichen, stumpfgrünen Masse des kleinen, hübsch mit Zukkerpuder geschminkten Würfels innig aufgenommen worden. Aufgenommen? Nein, mehr noch: gesteigert, verherrlicht! Dieses geheimnisvolle Rahat Lukum – so hieß es ja nun einmal – das weither aus den Landen im Westen kam, war eine über sich selbst hinausgewachsene Pistazie, kurzum: eine Über-Pistazie...
Taors kindliches Gesicht verriet lebhafteste Bewegung.
»Ich hätte es meinem Oberkonditor zeigen sollen! Vielleicht hätte er gewußt...«
»Das glaub' ich nicht«, sagte Siri, noch immer lächelnd. »Das ist eine Art von Naschwerk, die mit dem, was sie hier machen, nichts gemein hat, etwas völlig Neues.«

»Da hast du recht«, räumte der Prinz bedrückt ein. »Aber weshalb haben sie davon bloß ein einziges Stück geschickt? Sie wollen mich wohl zur Verzweiflung treiben?« fragte er und zog dabei einen Flunsch wie ein Kind, das im nächsten Moment in Tränen ausbrechen will.

»Du brauchst nicht zu verzweifeln«, sagte Siri, auf einmal ernst gestimmt. »Wir könnten das Wenige, das wir über dieses Kästchen und seinen Inhalt wissen, zusammentragen und einen Boten ins Abendland senden mit dem Auftrag, das Rezept des Rahat Lukum mit Pistazien hierherzubringen.«

»Ja, sehr gut, das machen wir!« stimmte Taor eilfertig zu. »Aber er soll nicht bloß ein Rezept mitbringen. Er soll mit einer ganzen Ladung voll von diesem... wie sagst du?«

»Rahat Lukum mit Pistazien.«

»Richtig. Such' mir also einen verläßlichen Mann aus. Nein, zwei verläßliche Leute. Gib ihnen Silber und Gold und Empfehlungsschreiben, eben alles, was nötig ist. Aber wie lange wird das Ganze denn brauchen?«

»Wir müssen für die Hinfahrt den Wintermonsun abwarten, und zur Rückfahrt den Sommermonsun benutzen. Wenn alles gut geht, sehen wir die beiden in vierzehn Monaten wieder.«

»Vierzehn Monate!« rief Taor entsetzt aus. »Da täten wir besser daran, gleich selber hinzureisen.«

Taor war zwanzig Jahre alt, doch regiert wurde das Fürstentum Mangalore – an der Malabarküste, dem südwestlichen Teil der Halbinsel Dekkan gelegen – von seiner Mutter, seit der Maharadscha Taor Malar gestorben war. Es war, als wüchse der Geschmack, den die Maharani Taor Mamoree an der Macht fand, im gleichen Maße, in dem ihre einstmals strahlende Schönheit verblaßte und es ihr wichtigstes Bemühen wurde, den Kronprinzen von den Angelegenheiten des Reichs fernzuhalten, über die sie allein zu bestimmen trachtete. Um dies sicher zu erreichen, hatte sie ihrem Sohn einen Gefährten ausgesucht, dessen Eltern ihre Günstlinge waren, und der die Mission, die sie ihm zugedacht hatte, aufs eifrigste erfüllte. Unter dem Anschein, als stimmte er den geringsten Wünschen des Heranwachsenden zu und sei um dessen Wohlergehen bemüht, unterhielt er ihn mit ganz und gar oberflächlichen Beschäftigungen, die allesamt ein günstiger Nährboden für seine Trägheit, seine Sinnlichkeit und vor allem für seine maßlose Neigung zu Zuckerwerk waren, wie sie bei ihm von frühester Jugend an zutage getreten war. Siri Akbar war ein kalter, intelligenter junger Mann, der ehrgeizige Sklave, der nur in der Hoffnung handelte, freigelassen zu werden und eine glänzende Karriere bei Hofe zu machen; doch hätte man ihm Unrecht getan, hätte man das Maß an Doppelzüngigkeit überbewertet, das in seiner Willfährigkeit gegenüber der Maharani und in seiner korrumpierend wirkenden Ergebenheit gegenüber Taor lag. Er war nicht ohne Aufrichtigkeit, war sogar von einer gewissen Naivität, und liebte auf seine Weise die Fürstin und ihren Sohn, denn in seinem Kopf war kein Unterschied zwischen dem Machtwillen der Herrscherin, der Gaumenlust des Prinzen und seinem eigenen Ehrgeiz, der ihm gebot, beiden gefügig zu sein. Infolge der Isolierung zwischen dem Meer und den Wüsten, die des Fürstentums Grenzen bildeten, waren die Bewohner von Mangalore in Wahrheit ungemein schlichten Gemüts. Und so hatte Prinz Taor bis zu dem Zeitpunkt, da diese Geschichte beginnt, nicht nur noch niemals sein Reich verlassen, sondern sich auch nur selten über die Schranken der Palastgärten hinausgewagt.

Dafür war Siri bemüht, Handelsbeziehungen mit fernen

Faktoreien zu unterhalten, um der Neugierde und dem Leckermaul seines Herrn Genüge zu tun. Er war es gewesen, der von arabischen Seefahrern jenes Kästchen mit dem einen Stückchen Rahat Lukum darin gekauft hatte, und er ließ sie nicht wieder in See stechen, ohne ihnen zwei Kundschafter mitzugeben, die den Auftrag hatten, das Geheimnis dieses Konfekts zu ergründen.

Monate vergingen. Der Nordostmonsun, der die Seefahrer fortgetragen hatte, war vom Südwestmonsun abgelöst worden, und der brachte sie zurück. Sie meldeten sich sogleich im Palast. Leider hatten sie weder Rahat Lukum noch das Rezept mitgebracht. Sie hatten Chaldäa, Assyrien und Mesopotamien durchstreift – vergeblich. Vielleicht hätten sie westwärts bis nach Phrygien vorstoßen, nach Norden hinauf gen Bithynien ziehen oder sich im Gegenteil voll nach Süden in Richtung Ägypten wenden sollen? Ihre Abhängigkeit vom jeweils herrschenden Monsun hatte sie gezwungen, eine schwierige Entscheidung zu treffen. Eine Verlängerung ihrer Forschungsreise hätte bedeutet, daß sie die einzige Jahreszeit versäumt hätten, die günstige Winde für die Rückkehr zur Malabarküste bietet. Das hätte eine Verzögerung um ein Jahr bedeutet. Vielleicht hätten sie dem Prinzen Taor diese Zeitspanne zugemutet, wenn sie mit leeren Händen dagestanden wären. Doch das war nicht der Fall, weit gefehlt! denn sie hatten in den Dürregebieten Judäas und in den öden Bergen von Nephtali seltsame Begegnungen erlebt. Diese ehemals menschenleeren Lande wimmelten seit kurzem immer mehr von Anachoreten, Styliten und als Einsiedler lebenden Propheten, alle in Kamelhaar gekleidet und mit einem Hirtenstab bewaffnet. Man sah sie dort, wie sie, den Blick im Dickicht von Mähne und Bart wie Feuer lodernd, aus ihren Höhlen traten, den Reisenden, die des Weges kamen, Buße predigten, ihnen verkündeten, das Ende der

Welt sei nahe, und sich am Ufer von Seen und Flüssen erboten, sie ins Wasser zu tauchen und sie so von ihren Sünden reinzuwaschen.
Taor, der bei diesem für ihn unverständlichen Bericht nur mit halbem Ohr hingehört hatte, begann ungeduldig zu werden. Inwiefern hatten denn diese Wilden in der Wüste etwas mit dem Rahat Lukum und dessen Rezept zu tun?
»Das kommt schon noch«, erklärten die beiden Sendboten. Unter den Leuten in der Wüste seien welche gewesen, die hätten prophezeit, in allernächster Zukunft werde eine Speise erfunden werden, die alles Begreifen übersteige und die so gut sei, daß sie für immer satt mache, so wohlschmeckend, daß der, welcher einmal davon gekostet habe, bis ans Ende seiner Tage nichts anderes mehr essen wolle. Ob damit Rahat Lukum mit Pistazien gemeint sei? Nein, vermutlich nicht, denn der Göttliche Konditor, der dieses hehre Gericht erfinden solle, müsse erst noch geboren werden. Er werde in Judäa vom Volk ständig erwartet, und auf Grund gewisser heiliger Texte dächten manche, er werde in Bethlehem geboren werden, einem Dorf, zwei Tagereisen südlich der Hauptstadt, in dem schon der König David das Licht der Welt erblickt hatte.
Taor hatte das Gefühl, seine Gesprächspartner seien drauf und dran, sich in die Sandwüsten religiöser Spekulationen zu verirren. Zu viel Gerede, zu viele Vermutungen! Er verlangte handfeste Beweise, überzeugende Belege, ganz einfach eben etwas, das man sehen, anfassen oder – am liebsten – essen konnte.
Da holten die beiden Männer, die sich durch einen Blick verständigt hatten, aus ihrem Sack einen schöngeformten, aber in der Ausführung ziemlich groben irdenen Topf hervor. Und einer von ihnen sagte:
»Diese Anachoreten, die wie Bären gekleidet sind, wollen

Vorläufer des Göttlichen Konditors sein; sie haben als Grundnahrungsmittel eine originelle, ungemein wohlschmeckende Mixtur, die selbst wiederum vielleicht so etwas wie der Vorgeschmack der hehren Speise ist, die sie verkünden und auf die sie warten.«
Taor nahm den Topf an sich, wog ihn in den Händen und hielt ihn unter die Nase.
»Es ist schwer, das Ding, aber es riecht schlecht«, meinte er schließlich und reichte Siri den Topf. »Mach es auf.«
Die grobe Holzscheibe, mit der die Mündung des Topfes verschlossen war, gab unterm Druck von Siris Schwertspitze nach und fiel heraus.
»Man bringe mir einen Löffel!« befahl der Prinz.
Der Löffel, als er ihn wieder aus dem Topf zog, war mit einer zähen, goldgelben Masse überzogen, die kleine, eckige Tierchen barg.
»Honig«, stellte Taor fest.
»Ja«, bestätigte einer der Rückkehrer, »wilder Honig. Den findet man mitten in der Wüste manchmal in Felslöchern oder vertrockneten Baumstümpfen. Die Bienen sammeln ihn aus Akazienwäldern, die für kurze Zeit im Frühling nichts als ein Berg stark duftender weißer Blüten sind.
»Krabben«, sprach abermals Taor.
»Krabben, wenn du willst«, räumte der Zurückgekehrte ein, »aber Krabben aus dem Sand. Das sind große Insekten, die zu dichten Wolken gedrängt fliegen und alles vernichten, was auf ihrem Weg liegt. Für die Bauern sind sie eine furchtbare Geißel, doch die Nomaden tun sich gütlich an ihnen und begrüßen ihr Kommen wie himmlisches Manna. Man nennt sie Heuschrecken.«
»Also Heuschrecken, in wildem Honig eingemacht«, schloß der Prinz, bevor er den Löffel in den Mund steckte.
Es entstand allgemeines Schweigen, bestehend aus erwar-

tungsvollem Zuschauen und feinschmeckerischem Probieren.

Dann fällte Prinz Taor sein Urteil.

»Eher originell als köstlich, eher erstaunlich als wohlschmeckend. Seltsamerweise verbindet dieser Honig mit seiner ursprünglich vorhandenen Süße etwas wie Herbheit. Und die Krabben – oder die Heuschrecken – die bringen in den Honig etwas Knuspriges und zugleich einen ganz überraschenden Stich ins Salzige hinein.«

Wiederum entstand Stille, indes Taor einen zweiten Löffel versuchte.

»Ich kann Salz ja nicht ausstehen, und doch zwingt mich die Ehrlichkeit, eine verblüffende Wahrheit auszusprechen: Die salzige Süße ist süßer als die süße Süße. Welch ein Paradox! Ich muß das aus dem Mund eines anderen hören. Sagt mir bitte den Satz nach!«

Seine nächste Umgebung kannte die kleinen Marotten des Prinzen und wußte sich ihnen anzupassen. So sprachen sie es, einhellig wie ein Mann, im Chor nach:

»Die salzige Süße ist süßer als die süße Süße.«

»Welch ein Paradox!« sprach Taor abermals. »Solche Wunderdinge findet man eben nur im Abendland! Siri, was hieltest du von einer Erkundungsfahrt in jene fernen, barbarischen Regionen mit dem Ziel, das Geheimnis des Rahat Lukum – und bei dieser Gelegenheit noch ein paar andere – von dort mitzubringen?«

»Herr, ich bin Euer Sklave!« antwortete Siri mit der Ironie, die er auch in die bedingungslosesten Ergebenheitsbeteuerungen zu legen wußte.

Gleichwohl war er nicht wenig erstaunt, als er einige Tage danach erfuhr, der Prinz habe um eine Audienz bei seiner Mutter nachgesucht – nur unter dieser Bedingung bekam er sie zu sehen – um mit ihr ein Reiseprojekt zu besprechen.

Und erst recht fühlte er sich völlig übergangen – ja, geradezu geprellt, verraten, verhöhnt – als sein Herr ihm sofort nach der Unterredung mitteilte, die Maharani Mamoree billige das Vorhaben und stelle ihrem Sohn dafür fünf Schiffe samt Besatzung, fünf Elefanten nebst Kornaken und dazu mitsamt einem rechnungskundigen Schatzmeister namens Draoma, eine aus Talenten, Schekeln, Bekaamünzen, Minen und Giras – den in ganz Vorderasien gebräuchlichen Geldsorten – bestehende Reisekasse zur Verfügung. Seine ganze Welt und zehn Jahre geduldiger Intrigen brachen damit für ihn, Siri, zusammen. Hatte er denn voraussehen können, daß das Rahat Lukum mit Pistazien, das er den Prinzen hatte versuchen lassen, im Verein mit dem Wunsch der Maharani, ihren Sohn, koste es was es wolle, loszuwerden, und mit den unberechenbaren Impulsen, denen schwache, naive und fügsame Menschen folgen – daß all diese höchst unterschiedlichen Umstände in ihrem Zusammenwirken dieses katastrophale Ergebnis zeitigen würden? Katastrophal war es ja wirklich, denn er war überzeugt, für einen Intriganten von seiner Sorte gebe es nur dicht an der Quelle der Macht etwas zu holen; für die Maharani wie für den Prinzen sei es jedoch selbstverständlich, daß er in dieses extravagante Abenteuer mit einsteigen müsse. Die darauffolgenden Wochen zählten sicherlich zu den bittersten, die Siri jemals durchlebt hatte.

Ganz anders Prinz Taor. Durch die Reisevorbereitungen plötzlich aus seinem passiven Dasein gerissen, war er ein anderer Mensch geworden. Selbst seine nächsten Freunde hatten Mühe, ihn wiederzuerkennen, wenn er mit überraschender Sachkunde und Autorität die Liste der Leute festlegte, die ihn begleiten sollten, das Material im einzelnen nannte, das bereitzustellen sei, die Elefanten auswählte, die an Bord genommen werden sollten. Dafür war er dann ganz und gar der alte, als er über die Proviantfracht entschied, die in den Laderäumen der Schiffe verstaut werden sollte. Denn der wahre Sinn der Reise ließ sich erst in diesen Gemüsekörben wiederfinden, in diesen Säcken und Ballen, zum Bersten voll von Guaven, Jujuben, Sesam, Zimtrinde, Golkondatrauben, Orangenblüten, Sorghomehl, Gewürznelken – Zucker, Vanille, Ingwer und Anis gar nicht gerechnet. Ein ganzes Schiff war für – getrocknete oder eingemachte – Früchte bestimmt: Mango, Bananen, Ananas, Mandarinen, Kokos- und Kaschunüsse, Pomeranzen, Feigen und Granatäpfel. Die Expedition war eben ganz auf die Aspekte der Kunst des Konditors und auf nichts anderes abgestellt. Durch sorgsame Auslese war überdies ein hochqualifiziertes Personal gewonnen worden, und so sah man sie in betörenden Karamelldüften geschäftig durcheinanderlaufen: nepalesische Zuckerbäcker, singhalesische Nougatbereiter, bengalische Konfitürenköche und sogar Sennen von den Höhen Kaschmirs, die in Schläuchen flüssige Käsemasse, Gerstensud, Mandelmilch und balsamische Harze mitgebracht hatten.

Seine Freunde erkannten Taor auch wieder, als er gegen jede Vernunft darauf bestand, Jasmina müsse zu den Elefanten gehören, die mit auf die Reise gehen sollten. Das war wirklich gegen jede Vernunft, denn Jasmina war eine junge weiße Elefantin mit blauen Augen, sanft, zart und fein, die letzte, die den Strapazen einer so langen Überfahrt und den anschließenden Märschen in der Wüste gewachsen sein würde. Doch Taor liebte Jasmina, und sie erwiderte seine Zuneigung, die dickhäutige Kleine mit dem traumschweren Blick – sie hatte, wenn er ihr einen Kokoskuchen mit Sahne gegeben hatte, eine Art, ihm den Rüssel um den Hals zu legen, die einen zu Tränen rühren konnte. Taor entschied, sie reise mit demselben Schiff wie er, und man solle die

ganze Ladung Rosenblüten für sie verwenden.
Die Schiffe lagen reisefertig auf der Reede von Mangalore, und für die Verschiffung der Elefanten war ein schwerer Laufsteg mit sanftem Gefälle erstellt worden. Der Zeitpunkt der Abreise freilich hing von den Launen des Windes ab, denn der Einfluß des Sommermonsuns war schon lange nicht mehr spürbar; es war jene unruhig-wirre Zeit, bevor Wind und Seegang umschlagen. Es brachen Gewitter und sturzbachähnliche Regengüsse los, und verdüsterten Gemüts fragten sich manche, ob dieser Zorn des Himmels nicht als böses Omen für die Reise zu betrachten sei. Eine Anzahl von Leuten setzte sich ab. Schließlich fegte die aufkommende Schönwetterlage, das Zeichen, daß endgültig der Wintermonsun eingesetzt hatte, mit einem frischen, trockenen Ostwind den Himmel rein. Das war das erwartete Aufbruchssignal. Nun ging es an die Verladung der Elefanten. Hätte man sie alle zusammen auf den Steg treiben können, so wäre alles leichter gegangen; dann wäre nämlich der Herdentrieb dem Vorhaben zugutegekommen. Nachdem aber jedes Tier einzeln aufs Schiff gebracht werden mußte, widersetzte es sich allem Bemühen, man mußte List, Gewalt und Verlockung anwenden, um die Tiere voneinander zu trennen und sie an Bord zu bringen. Die Lage schien hoffnungslos, als die Reihe an Jasmina kam. Von Panik erfaßt, stieß sie schrille Trompetentöne aus und schleuderte die Männer, die sich an sie klammerten, zu Boden. Man mußte Taor holen. Der redete ihr lange behutsam zu und kraulte sie dabei mit den Fingernägeln in der Stirngrube. Dann verband er ihr mit einem Seidenshawl die Augen, und ging, ihren Rüssel auf seiner Schulter, mit ihr auf den Steg.
Da ein Elefant auf jedes Schiff kam, hatte man jedem Schiff den Namen des Elefanten gegeben, den es übers Meer tragen sollte, und diese fünf Namen hießen Bodhi, Jina, Vahana,

Asura und natürlich Jasmina. Eines schönen Herbstnachmittags verließen die fünf Fahrzeuge unter vollen Segeln die Reede und liefen aus. Von allen, die da aufbrachen, Mensch und Tier, war es offensichtlich Prinz Taor, der sich am freudigsten in dieses Abenteuer stürzte und am wenigsten dem nachtrauerte, was er hinter sich ließ. Keinen einzigen Blick mehr hatte er für die alte Stadt Mangalore, indes deren Häuser, aus rosa Ziegeln am Hang übereinandergereiht, immer ferner rückten und sich immer weiter von der kleinen Flotille abzuwenden schienen, je mehr diese Kurs gen Westen nahm.

Das Navigieren war leicht und einfach. Nach einer Halse über Steuerbord war man in raumem Wind, einem Wind, der kräftig und vollkommen gleichmäßig blies und obendrein den richtigen Kurs ergab. Da man sich schon bei der Abfahrt weit von Küsten entfernt hatte, brauchte man weder Riff noch Sandbank zu fürchten, und sogar Seeräuber, die es ja nur auf den küstennahen Schiffsverkehr abgesehen haben, bildeten nach einigen Stunden Fahrt keine Gefahr mehr. Die Überfahrt über das Omanmeer wäre vielleicht ganz ohne Umstände verlaufen, wären die Elefanten nicht schon am ersten Abend rebellisch geworden. Dazu muß man wissen, daß die Tiere, solange man sie nicht gebraucht hatte, in einem dem König gehörenden Wald in Freiheit belassen worden waren; sie waren gewohnt, dort den Tag schläfrig im Laubdunkel zu verbringen; erst bei Sonnenuntergang kam Leben in sie, und sie zogen in dichtem Rudel zum Flußufer hinab. Und so begannen sie auch jetzt, sobald der Abend dämmerte, unruhig zu werden, und da die Schiffe dicht im Verband segelten, löste der erste Trompetenstoß, den der alte Bodhi von sich gab, auf den anderen Schiffen einen Riesenspektakel aus. Der Lärm allein wäre noch gar nichts gewesen, hätten sich die Tiere nicht gleichzeitig im

Schiff hin- und herbewegt, nach rechts und dann wieder nach links, und dabei den Rüssel wuchtig gegen die Flanken des Schiffes geschlagen. So war denn ein lautes Tam-Tam-Geräusch zu hören, indes die Schiffe in ein immer stärkeres Schlingern gerieten, das allmählich beunruhigend wurde.
Taor und Siri, die auf dem Flaggschiff *Jasmina* reisten, konnten sich auf die anderen Schiffe begeben, sei es mittels Ruderbooten, sei es, wenn die Schiffe dicht beisammen waren, mittels von Bord zu Bord geschwungener Laufbrükken. Doch verständigten sie sich mit der Führung der anderen Schiffe auch durch vorher festgelegte, durch Schwenken von Straußenfederbüschen übermittelte Signale. Auf diesem Wege erteilten sie einen Befehl an alle, den Schiffsverband aufzulösen. Denn es ging vor allem darum, daß die Tiere einander durch den Lärm, den sie vollführten, nicht länger gegenseitig aufreizen konnten. Nur Jasmina hatte sich ruhig verhalten, aber das lebhafte Spiel ihrer Ohren sagte deutlich genug, wie erregt sie war, und daß sie vermutlich diesen ganzen Höllenlärm gewissermaßen als eine ihr zugedachte Huldigung betrachte. Am nächsten Abend begann die Aufregung von neuem, doch blieb sie dank dem Abstand, den die fünf Segelschiffe nun voneinander hielten, in erträglichen Grenzen.
Am zehnten Tag wartete auf die Seefahrer eine neue Prüfung. Der Wind wehte immer sehr gleichmäßig in dieselbe Richtung, doch zeigte sich bald, daß er allmählich an Stärke zunahm, so daß das Kommando auf der *Jasmina* mittels Federbüschen den Befehl gab, die Segel zu reffen. Am Abend wurde es ganz deutlich, daß sie, nach der blitzdurchzuckten Schwärze des Horizonts vor ihnen zu schließen, einem ungewöhnlichen Sturm entgegengingen. Eine Stunde später brach plötzlich tintenschwarze Nacht über die fünf Schiffe herein und trennte sie völlig voneinander. Die Stun-

den, die nun folgten, waren furchtbar. Man hatte nur ein Mindestmaß an Segeln beibehalten, damit das Schiff nicht quer zu den Wellen schlug. Es lief vor den Sturmböen her, manchmal hoch oben über einen Wellenberg taumelnd, dann mit erschreckender Schnelligkeit dahinjagend, bevor es am Ende in einen mattgrünen Abgrund hinunterschoß. Taor, der sich unvorsichtigerweise an einen gefährdeten Platz auf der Back gestellt hatte, kam halb zerschlagen und halb ertrunken aus einer Sturzwelle wieder zum Vorschein. Und so machte dieser von Kindesbeinen an auf Süßes, auf Zuckerwerk eingestellte junge Mann in einer unvergeßlich gewaltsamen Taufe Bekanntschaft mit dem salzigen Element. Sein Schicksal hielt für ihn noch eine dritte Erfahrung mit Salz bereit, und wieviel schmerzlicher und langwieriger sollte sie werden!

Im Augenblick sorgte er sich vor allem um Jasmina. Die kleine Albinoelefantin hatte zu Beginn des Sturmes vor Angst geschrien, als sie nach vorn, nach hinten, nach rechts und nach links geschleudert worden war, und hatte es schließlich aufgegeben, auf den Beinen zu bleiben. In einer übelriechenden Salzbrühe lag sie auf der Seite, die Lider über die sanften blauen Augen gesenkt, und ein schwaches Stöhnen entrang sich ihren Lippen. Taor war mehrmals zu ihr hinuntergegangen, hatte aber seine Besuche bei ihr einstellen müssen, nachdem er bei einem jähen Ruck des Schiffes Hals über Kopf in die Exkremente auf dem schmutzbedeckten Boden geflogen und vom Gewicht seiner Freundin fast erdrückt worden war. Diese erste Feuerprobe führte indessen nicht dazu, daß er es bedauerte, die Reise gewagt zu haben. Denn indem er sich räumlich und zeitlich von Mangalore entfernte, begann er zu ermessen, wie unbedeutend das Leben zwischen seinen Jujuba- und Pistazienbäumen gewesen war, in das seine Mutter ihn eingesperrt hatte. Auf

der anderen Seite empfand er Gewissensbisse, wenn er an Jasmina dachte, die den Strapazen einer großen Reise offensichtlich so wehrlos gegenüberstand.
Siri Akbar hingegen wirkte durch den Sturm wie verwandelt. Er, der sich bis dahin in verdrossene Zurückhaltung gehüllt hatte, schien jetzt wieder lebendig zu werden. Mit einer Kaltblütigkeit, in der etwas wie Jubel mitschwang, gab er Befehle und teilte Aufgaben zu. Taor stellte fest, daß sein Gefährte und erster Sklave, der im Palast ganz darauf ausgegangen war, durch Ränke und Winkelzüge allerlei Vorteile für sich herauszuschlagen, im Sturm der Elemente plötzlich gewachsen und wie geläutert erschien – denn es ist eben eine Tatsache, daß wir immer mehr oder weniger das Spiegelbild unseres Beginnens und unseres Mißlingens sind. Als Taor beim Zucken eines Blitzes für einen kurzen Augenblick Siris Gesicht gewahrte, war er betroffen von dessen seltsamer, aus Mut, Scharfblick und jugendlichem Feuer geborener Schönheit.
So heftig der Sturm gewesen war, so rasch flaute er ab, doch brachten sie nicht weniger als zwei Tage damit zu, suchend im Kreis herumzufahren, bis sie drei der anderen Schiffe wiedergefunden hatten. Es waren die *Bodhi*, die *Jina* und die *Asura*. Das vierte, die *Vahana*, blieb unauffindbar, und sie mußten sich entschließen, sie zumindest vorläufig verloren zu geben und ihre Fahrt westwärts fortzusetzen.
Sie mußten nicht mehr ganz eine Woche von der Insel Dioskoris entfernt sein, die den Vorposten zum Golf von Aden bildet, da gaben die Leute von der *Bodhi* durch Federschwenken Notsignale. Taor und Siri begaben sich sogleich an Bord der Bodhi. War der alte Elefant von Insekten gestochen worden? Litt er unter einer Vergiftung durch verdorbenes Futter oder konnte er einfach das Rollen und Schlingern seines Gefängnisses nicht mehr aushalten? Er

schien toll vor Angriffslust, schlug um sich wie ein Rasender, griff jeden, der sich in den Laderaum wagte, wütend an und fiel, wenn niemand da war, über die Trennbäume im Schiffsrumpf her. Die Lage wurde kritisch, denn das Gewicht, die Kraft, die furchtbaren Stoßzähne des Tieres ließen ernstlichen Schaden am Schiff befürchten. Ein Versuch, den Elefanten zu fesseln oder gewaltsam zu töten, kam offensichtlich nicht in Betracht, und da er nichts mehr fraß, konnte man ihn ebenso wenig einschläfern oder vergiften. Gerade dies eröffnete übrigens eine ferne Hoffnung, denn einmal mußten ja schließlich seine Kräfte erschöpft sein. Aber ob das Schiff bis dahin halten würde? Auf die Gefahr hin, daß Jasmina durch den Lärm, den der alte Elefantenbulle machte, außer sich geriet, wurde angeordnet, die *Bodhi* solle sich in der Nähe des Flaggschiffs halten.
Tags darauf verletzte sich der Elefant an einem Eisenteil im Laderaum, und das Blut floß in Strömen aus der Wunde. Am übernächsten Tag war er tot.
»Wir müssen den Kadaver schleunigst zerlegen und die Stücke über Bord werfen, denn wir kommen in Landnähe und laufen sonst Gefahr, unerwünschte Gäste zu bekommen«, sagte Siri.
»Was für Gäste?« fragte Taor.
Prüfend schaute Siri hinauf in die blauen Tiefen des Himmels. Dann wies der mit er Hand auf ein winziges schwarzes Kreuz, das unendlich hoch, regungslos da droben schwebte.
»Da sind sie schon!« sagte er. »Ich fürchte, all unsere Mühe ist vergebens.«
Und wirklich: zwei Stunden später ließ sich ein erster Lämmergeier auf der Marsstange nieder und drehte seinen weißen Kopf mit dem schwarzen Bärtchen nach allen Seiten. Bald gesellten sich ein Dutzend seiner Artgenossen hinzu.

Nachdem sie die Örtlichkeit, die Männer bei der Arbeit und den Kadaver des Elefanten mit der klaffenden Wunde darin lange betrachtet hatten, ließen sie sich schwer in den Laderaum fallen. Die Schiffsleute, die sich vor den heiligen Vögeln fürchteten, baten darum, sich auf die *Jasmina* flüchten zu dürfen. Die *Bodhi* überließen sie ihrem Schicksal. Bis die *Jasmina* sie schließlich aus den Augen verlor, drängten sich schon Tausende von Lämmergeiern auf den Masten, den Rahen, den Brücken, und ein wirbelndes An- und Abfliegen erfüllte den Laderaum.

Fünfundvierzig Tage nach der Abfahrt von Mangalore erreichten die *Jasmina*, die *Jina* und die *Asura* die Meerenge Bab-el-Mandeb – das »Tor der Tränen« – die Verbindung zwischen dem Roten Meer und dem Indischen Ozean. Das Tempo ihrer Fahrt war aller Ehren wert gewesen, doch waren von den fünf Schiffen zwei verlorengegangen. Um nun das Rote Meer hinauf bis zum Hafen Elath zu fahren, waren dreißig Tage anzusetzen. Sie beschlossen, auf der Insel Dioskoris, die wie ein Vorposten die Einfahrt zu der Meerenge bewacht, Rast zu machen und dort einen Landaufenthalt einzulegen, den die Menschen, die Tiere und die Schiffe dringend nötig hatten.

Es war das erste Mal, daß Taor fremde Erde betrat. Er empfand etwas wie eine leichte, beglückende Trunkenheit, als er die kahlen, mit Ginster und Disteln bestandenen Hänge des Berges Hadschar erklomm, gefolgt von den drei Elefanten, die wie närrisch umhertollten, um sich die steifgewordenen Beine zu vertreten. Den Ankömmlingen kam alles neu vor: diese trockene, belebende Hitze, die stachlige, starkduftende Pflanzenwelt – Myrte, Mastix, Akanthus, Ysop – und selbst die Herden langhaariger Ziegen, die beim Auftauchen der Elefanten in wirrer Flucht davonstoben. Noch viel größer freilich war das Entsetzen der armen

Inselbewohner, als sie sahen, wie da große Herren in Begleitung nie zuvor geschauter Ungeheuer landeten. Taor und sein Gefolge gingen durch ein scheinbar verlassenes Dorf, an Reihen hermetisch geschlossener Zelte entlang, in die sogar die Hunde sich verzogen hatten, doch es war sonnenklar, daß Hunderte von Augen sie durch den Spalt im Zelttuch, in einer Tür, einem Klappladen beobachteten. Sie näherten sich dem Scheitel des Gebirges, und es wehte ein so kühler Wind, daß sie trotz des mühevollen Aufstiegs fröstelten – da wurden sie plötzlich aufgehalten: mitten auf dem Weg stand unerschrocken ein schöner, schwarzgekleideter Knabe.

»Mein Vater, der Rabbi Rizza, erwartet euch«, sagte er einfach.

Sie kehrten um, und er setzte sich ohne lang zu fragen an die Spitze der Kolonne. Die niedrigen Zelte der Nomaden bildeten in einem felsigen, mit Asphodelen übersäten Talkessel einen einzigen, violetten Schild, den manchmal der Wind, wenn er darunter fuhr, für Augenblicke hob und schwellte wie eine Brust, die atmet.

Der Rabbi Rizza, in blaue Schleier gekleidet und Riemensandalen an den Füßen, empfing die Ankömmlinge an einem Eukalyptusholzfeuer. Nach den Begrüßungen hockte sich alles am Boden um das Feuer herum. Taor wußte, daß er es mit einem Häuptling, einem großen Herrn, im Grunde also mit seinesgleichen zu tun hatte. Gleichzeitig aber kam er nicht darüber hinweg, in welcher Armut der andere lebte. Denn für ihn waren Mittellosigkeit und Sklaventum, Reichtum und Adel ein und dieselbe Vorstellung, und er gab sich große Mühe, beides auseinanderzuhalten. Rizza hütete sich, Fragen über das Woher und Wohin seiner Gäste zu stellen. Die Worte, die gewechselt wurden, beschränkten sich auf freundliche Wünsche und höfliche Redensarten. Taors Verwunderung erreichte den Höhepunkt, als er sah, wie ein

Kind Rizza ein großes Tongefäß mit grobem Weizenmehl brachte, dazu ein Krüglein Wasser und ein Schüsselchen Salz. Der Häuptling knetete aus alledem eigenhändig einen Teig und formte den Laib auf einem ebenen Stein zu einem runden, ziemlich dicken Kuchen. Er grub vor sich im Sand ein flaches Loch, schaufelte aus der Feuerstelle eine Schicht Asche und Glut hinein und legte den Kuchen darauf. Nun deckte er ihn mit einem Haufen kleiner Zweige zu und zündete sie an. Als die Flammen erloschen waren, wendete er den Kuchen und bedeckte ihn wieder mit Reisern. Schließlich nahm er ihn aus dem Erdloch und fegte mit einem Ginsterzweig die ihm anhaftende Asche weg. Dann brach er ihn in drei Teile; einen davon reichte er Taor, einen Siri. An die Herrlichkeiten einer kunstfertigen Küche gewöhnt, wie eine ganze Schar Köche und Küchenjungen sie zubereitet hatten, saß nun der Prinz von Mangalore auf der Erde und verzehrte mit Wonne ein glühheißes, aschgraues Brot, von dem ihm beim Kauen Sandkörner unter den Zähnen knirschten.

Grüner Minztee mit reichlich Zucker, von hoch oben in winzige Täßchen gegossen, führte ihn zurück zu vertrauteren Gebräuchen. Doch nach längerem Schweigen begann Rizza zu sprechen. Das unbestimmte Lächeln, das seine Rede begleitete, und die einfachen, naheliegenden Dinge, von denen sie handelte – Reisen, Essen und Trinken – konnten zu der Meinung führen, er spinne die belanglosen Redensarten fort, die er bisher von sich gegeben hatte. Aber Taor begriff bald, daß es da um etwas ganz anderes ging. Der Rabbi erzählte eine Geschichte, eine Fabel, ein Lehrstück, das Taor nur halb durchschaute, so als liege in mattgrüner Tiefe eine Lehre für ihn, die er nur schlecht erkennen könne, die aber ganz auf seinen Fall passe, obgleich der Erzählende von ihm so gut wie nichts wissen konnte.

»Unsere Ahnen, die ersten Beduinen«, begann er, »waren keine Nomaden, wie wir es heute sind. Wie hätten sie es auch sein sollen? Wieso hätten sie auch den üppigen, saftigen Obstgarten verlassen sollen, in den Gott sie gesetzt hatte? Sie brauchten ja nur die Hand auszustrecken, um die köstlichsten Früchte zu pflücken, von deren unendlicher Vielfalt sich die Zweige an den Bäumen bogen. Denn in diesem Obstgarten ohne Ende standen keine zwei Bäume, die einander geglichen und ähnliche Früchte getragen hätten.
Du wirst mir vielleicht sagen: es gibt ja noch in manchen Städten oder Oasen Lustgärten wie den, von dem ich rede. Warum nehmen wir nicht lieber die und lassen uns dort nieder? Warum eilen wir statt dessen lieber unaufhörlich durch die Wüste, immer unseren Herden nach? Ja, warum? Das ist die ungeheure Frage. In der Antwort darauf ist alle Weisheit beschlossen. Und die Antwort ist dies: die Früchte heutiger Gärten haben kaum Ähnlichkeit mit jenen anderen, von denen sich unsere Vorväter nährten. Die heutigen Früchte sind dunkel und schwer. Die der ersten Beduinen waren licht und schwerelos leicht. Was heißt das? Wie das Leben unserer Ahnen gewesen sein mag, ist für uns – heruntergekommen und aus der Art geschlagen, wie wir es sind – sehr schwer zu begreifen! Denk doch nur daran: mit uns ist es soweit gekommen, daß wir es schon als so gut wie selbstverständlich nehmen, das gräßliche Sprichwort: ›Einem hungrigen Bauch ist schlecht predigen.‹ In der Zeit, von der ich rede, ja, da war das anders: ein Bauch, den es nach Nahrung, und Ohren, die es nach Wissen hungerte, das war ein und dasselbe, denn beiderlei Hunger ließ sich durch dieselben Früchte stillen. Denn diese Früchte waren ja nicht nur verschieden in Form, Farbe und Geschmack. Sie unterschieden sich auch durch das Wissen, das sie einem verliehen. Manche brachten einem Kunde von Pflanzen und

Tieren, andere von der Rechenkunst; es gab eine Frucht für die Kenntnis der Geographie, eine für die musikalischen Künste, eine für die Baukunst, für den Tanz, für die Himmelskunde und noch viele andere mehr. Und denen, die sie aßen, schenkten die Früchte zugleich mit dem Wissen auch die entsprechenden Tugenden: den Seefahrern Tapferkeit, den Barbieren und Badern eine behutsame Hand, den Geschichtsschreibern Redlichkeit, den Schriftgelehrten festen Glauben, den Ärzten Hingabe an die Kranken, den Kindererziehern Geduld. In jener Zeit hatte der Mensch teil an Gottes Einfachheit. Leib und Seele waren aus einem Guß. Der Mund – purpurumhüllt mit seinem doppelten Halbrund von Schemeln aus Email, seinen speichelspendenden Quellen und seinen zur Nase führenden Kaminen – war ein lebender Tempel, geweiht dem Wort, das sättigt und der Nahrung, die Wissen verleiht, der Wahrheit, die sich essen und trinken läßt, und den Früchten, die zu Gedanken, Geboten und tiefen Einsichten zergehen...

Der Sündenfall hat die Wahrheit in zwei Teile zerschlagen: ein leeres, hohles, lügenhaftes Wort, das nicht zur Speise taugt. Und eine Nahrung, durch die kein Schimmer Licht dringt, die fest, schwer und fett ist, die den Geist verdunkelt und sich in Hängebacken und Dickwänste verwandelt!

Also was tun? Wir Wüstennomaden haben unsere Wahl getroffen: Die äußerste Genügsamkeit, und mit ihr zugleich die geistigste aller körperlichen Tätigkeiten: zu Fuß gehen. Wir essen Brot, Feigen, Datteln und was unsere Herden hervorbringen: Milch, geläuterte Butter, ganz selten auch Käse, noch seltener Fleisch. Und wir gehen und gehen. Wir denken mit den Beinen. Der Rhythmus unserer Schritte wird zum Schrittmacher unseres Nachdenkens. Unsere Füße drücken mimisch das Fortschreiten eines Geistes auf der Suche nach der Wahrheit aus, einer bescheidenen Wahrheit freilich, die so karg wie unsere Nahrung ist. Wir suchen dem Zwiespalt zwischen Speise und Erkenntnis in uns abzuhelfen, indem wir uns mühen, beide im Zustand äußerster Schlichtheit zu halten, denn wir sind überzeugt, daß man die Kluft zwischen ihnen nur vertieft, je mehr man beide ausgestaltet. Wir haben zwar nicht die Hoffnung, sie mit unseren schwachen Kräften allein wieder versöhnen zu können. Nein, das nicht. Zu dieser Erneuerung der Welt bedürfte es einer mehr als nur menschlichen, einer wahrhaft göttlichen Kraft. Doch harren wir eben dieses umwälzenden Neubeginns und bringen uns, so glauben wir, mit unserer Genügsamkeit und mit unserem langen Wandern durch die Wüste in die Verfassung, die uns am besten befähigt, diesen Neubeginn zu begreifen, ihn aufzunehmen und ihn uns zu eigen zu machen, wenn er sich, morgen oder in zweitausend Jahren, vollzieht.

Taor verstand diese Rede nicht, bei weitem nicht. Das alles war für ihn wie ein Haufen schwarzer Wolken, drohend und undurchdringlich, doch von Blitzen durchpflügt, die für einen kurzen Augenblick Fragmente von Landschaften, Einblicke in unergründliche Tiefen enthüllten. Er begriff das Wesentliche an dieser Rede nicht, aber er behielt sie zur Gänze in seinem Herzen, denn er ahnte, sie werde mit dem weiteren Verlauf seiner Reise mehr und mehr eine prophetische Bedeutung für ihn gewinnen. Nicht mehr bezweifeln konnte er jedenfalls, daß das Rezept für Rahat Lukum mit Pistazien, um dessentwillen er eigentlich sein Schloß in Mangalore verlassen hatte, immer mehr verblaßte, den Charakter eines Köders annahm, der ihn seinem kindischen Paradies entrissen hatte, oder so etwas wie ein Symbol wurde, dessen Sinn erst noch zu entschlüsseln war.

Der ehrgeizige Siri Akbar seinerseits, der dem vorrangigen Interesse seines Herrn für alles Eßbare völlig fern stand,

hatte von seiner Begegnung mit Rabbi Rizza nur eine einzige Lehre behalten, aber die erschütterte das ganze Gebäude seines Denkens. Er hatte entdeckt, daß es möglich sei, Mobilität – samt der Leichtigkeit und Besitzlosigkeit, die sie erfordert – mit einem glühenden Streben nach Macht und Beutegewinn zu vereinen. Zwar hatte Rizza darüber kein Wort gesagt. Aber mit leidenschaftlicher Wißbegier hatte Siri forschend die asketische Strenge seines Gesichts betrachtet, die rauhen Mienen seiner Gefährten, ihre harten, mageren Körper – die ahnen ließen, wie unermüdlich und wie abgehärtet gegen Schmerzen sie sein mußten –; flüchtig hatte er auch im Dunkel der Zelte die verschleierten Frauen und das gedämpfte Blinken von Waffen gesehen. Alles hier zeugte von Kraft, von Schnelligkeit, von einer Raubgier, die um so furchterregender war, als sie mit völliger Verachtung aller Reichtümer und ihrer Annehmlichkeiten einherging.
Und so mußten denn Taor und Siri, als sie an Bord der *Jasmina* ihre Gedanken austauschten, zu ihrer Verwunderung feststellen, daß sie von der Insel Dioskoris – wo sie keinen Augenblick voneinander getrennt gewesen waren – völlig unterschiedliche Vorstellungen, Bilder und Eindrücke mitgebracht hatten. Obwohl sie dem Anschein nach dieselbe Reise machten, entfernten sie sich von Tag zu Tag mehr voneinander.
Auf Jasmina, die kleine Albino-Elefantin mit den blauen Augen, traf diese Beobachtung natürlich noch mehr zu. Vierzig Tage lang eingesperrt im ständig schaukelnden Laderaum des Schiffes, das ihren Namen trug, hatte sie mehr als einmal geglaubt, sie müsse sterben, ganz besonders während des großen Sturmes. Dann hatte man ihr unter ihre Beine die Landebrücke geschoben, über die sie an Land gehen konnte, und ganz verblüfft hatte sie sich wieder an der Seite ihrer alten Gefährten Jina und Asura gesehen. Aber wo waren

denn die beiden anderen, Bodhi und Vahana? Und wie sonderbar war dieses trockene, sandige, steil abfallende Land, auf dem nur kümmerliche, stachlige Pflanzen wuchsen! Und noch sonderbarer waren die Bewohner, denen sie begegnet war, nicht allein ob ihrer Kleidung, ihrer Gestalt und ihres Gesichts, sondern auch wegen ihres erstaunten, furchtsamen, bewundernden Blicks auf die Elefanten – Tiere, die auf der Insel Dioskoris bis dahin unbekannt gewesen waren. Die drei Dickhäuter hatten in jedem Dorf, durch das sie gekommen waren, ungeheures Aufsehen erregt. Die Frauen waren in kopfloser Flucht davongerannt und hatten sich mit den kleinen Kindern in den Häusern verbarrikadiert. Die Männer waren gelassen geblieben. Eine Eskorte von jungen Burschen jedoch hatte, zuweilen mit Musikinstrumenten, dem schwerfälligen Zug das Geleit gegeben. Und Jasmina, weil sie ein durchtriebenes Persönchen war, hatte es bald heraus, daß sie, obschon kleiner als ihre Kameraden, nicht weniger Neugier erregte, ja sogar eine Neugier, in der mehr Respekt, mehr Geist lag, eine Neugierde, die vom schneeigen Weiß ihrer Haut und vom rubinroten Glühen ihrer Pupille noch vertieft wurde. Nicht so wuchtig, vielmehr leichter, doch weiß, blau und rot, wie sie war, vereinigte sie auf sich die Huldigungen einer Zuschauerelite. Und da keimte in ihrem naiven Herzen ein neues, berauschendes Gefühl auf, der Stolz, der sie noch weit, sehr weit, ja, über alle Vernunft weit führen sollte.
So segelten sie denn auf demselben Schiff dahin, der Prinz, der Sklave und die Elefantin, und in jedem von ihnen lebten wieder ganz andere Träume, alle aber gleichermaßen vage und grenzenlos.

Die Überfahrt dauerte neunundzwanzig Tage, und kein erwähnenswerts Ereignis störte das gemächliche Vorbeiziehen der ockergelben, starr in der glühenden Sonne liegenden Küsten, die man mitunter gewahrte – an Steuerbord Arabien, an Backbord Afrika – und in die zuweilen vulkanische Höhenzüge, tiefeingeschnittene Buchten oder die Mündung ausgetrockneter Wasserläufe angenehme Abwechslung brachten.

Schließlich näherten sie sich Elath, dem Idumäerhafen am Ende des Golfs von Akaba, wo eine wahrhaft sensationelle Überraschung auf sie wartete. Als erster glaubte der Schiffsjunge der *Jina*, der im Ausguck hoch oben am Großmast saß, unter den im Hafen ankernden Schiffen einen vertrauten Umriß zu erkennen. Auf den drei Schiffen lief alles fieberhaft zusammen und drängte sich auf dem Bug. Allmählich zerstreute der Augenschein alle Zweifel: wirklich, es war die *Vahana*, die sie seit dem großen Sturm aus den Augen verloren hatten; hier harrte sie, getreulich und heil, der Ankunft ihrer Gefährten. Die Wiedersehensfreude war groß. Die Mannschaft der *Vahana*, überzeugt, daß die übrige Flotte vor ihnen sei, hatte sich ungeheuer beeilt, um die anderen einzuholen. In Wirklicheit waren sie es gewesen, die den anderen voraus waren; sie hatten schon drei Tage in Elath gewartet und sich allmählich Gedanken gemacht, ob etwa gar die vier anderen Schiffe unglückseligerweise dem Sturm erlegen seien.

Man mußte schließlich dem Umarmen und Erzählen ein Ende machen, um die Elefanten und das Ladegut an Land zu bringen. Wiederum führte der ungewöhnliche Zug zu einem riesigen Auflauf von Schaulustigen, und wieder war es Jasmina, die – zurückhaltend, aber innerlich strahlend – das erlesenste Lob erntete. Am Stadttor wurde, als Unterkunft für die unerläßliche Ruhepause, ein Lager aufgeschlagen. Im Lauf dieses kurzen Aufenthalts ließ eine erste Meinungsverschiedenheit zwischen Prinz Taor und Siri Akbar dem Prinzen auf einmal deutlich werden, in welchem Maß sich sein Sklave – mußte man denn nicht schon sagen: sein früherer Sklave? – seit der Abfahrt von Mangalore verändert hatte. Wohl hatten navigatorische Notwendigkeiten und die aufgelockerte Formation der Schiffe beim Segeln einen berechtigten Grund dafür geliefert, daß er sich manche Freiheiten genommen und daß er jeden Tag Befehle gegeben hatte, ohne Taor zu fragen, ja sogar ohne ihn zu unterrichten. Zu Lande jedoch galt es, Mensch und Tier zu sammeln, sie zu einer Karawane zu formieren, mit ihnen in geordnetem Marsch gen Norden zu ziehen – bis nach Bethlehem, dem von dem Propheten in der Wüste erwähnten Dorf, mußte man zwanzig Tage rechnen – und dies alles setzte im Gegensatz zu bisher voraus, daß alle Autorität in einer Hand, naturgemäß also in der des Prinzen Taor, lag. Jeder dachte so, und an erster Stelle Siri Akbar, doch widerstrebte ihm dies wohl außerordentlich. Und so erschien er am zweiten Tag nach der Ankunft in Elath bei Taor und hielt ihm Vortrag, und was er sagte, stürzte den Prinzen in Ratlosigkeit: die vier Schiffe würden mehrere Wochen, ja mehrere Monate auf die Rückkunft der Karawane warten müssen. Sie seien von lebenswichtiger Bedeutung, um mit den ersten Lüften des Sommermonsuns die Heimkehr der Reiseteilnehmer zu gewährleisten. Zum Schutz der Schiffe müsse eine kleine Truppe an Bord bleiben. Bis dahin hörte Taor nicht, was er nicht schon gewußt und selbst ebenso vorgesehen hatte. Doch als Siri ihm vorschlug, selbst das Kommando über diese Mannschaft zu übernehmen, also in Elath zu bleiben, da fuhr er auf: Diese Aufgabe sei zwar Vertrauenssache, gewiß, sie fordere aber keinerlei Initiative, keine besondere Überzeugungskraft oder Intelligenz, sei vielmehr eine reine Überwachungsaufgabe, während die Weiterreise nach Norden unvermeidlich mit Gefahren und überraschen-

den Situationen einhergehe. Wie könne Siri, der treue, seinem Prinzen persönlich verbundene Diener, auf den Gedanken kommen, ihm nicht zu folgen?
Taors Überraschung und Sorge waren so offensichtlich, daß Siri den Rückzug antreten mußte. Nur schwach machte er noch geltend, das ärgste Risiko für den Prinzen und seine Gefährten sei es doch, in Elath die Schiffe für die Rückfahrt nicht mehr vorzufinden, und darum könne man gar nicht genug tun, um sich vorab gegen dieses Risiko zu sichern. Taor hielt ihm entgegen, die Treue und Tapferkeit der Schiffswachen, die er im Hafen zurücklasse, seien ihm Sicherheit genug, und er werde sich nie dazu bereitfinden, daß er, Siri, sich von ihm trenne.
Als der Sklave sich entfernte, stand ihm der Ärger so deutlich im Gesicht geschrieben daß es geradezu entstellt wirkte.
Dieser Vorfall gab Taor zu denken, denn er hatte sich, seit er den fürstlichen Hof verlassen hatte, immer mehr von seiner früheren Naivität entfernt. Tag für Tag übte er sich in einem Tun, das ihm zu Mangalore nie in den Sinn gekommen wäre und das übrigens auch den Großen dieser Welt gänzlich fremd ist: sich an die Stelle anderer zu versetzen und hierdurch zu erahnen, was sie empfinden, denken und beabsichtigen. Und dieses Gedankenexperiment, auf Siris Fall angewandt, hatte vor Taors Augen Abgründe enthüllt. Er hatte gemerkt, daß Siris Selbstverleugnung und Treue ihm gegenüber nicht notwendigerweise seiner Natur entsprangen – wie er das bisher zumindest stillschweigend angenommen hatte –, sondern daß auch etwas Berechnendes, Zögerndes, ja sogar etwas Tückisches darin liegen könne. Die von Siri geäußerte Absicht, mit den Schiffen in Elath zu bleiben, hatte seinem Herrn vollends die Augen geöffnet. Mißtrauisch und findig, wie Taor es nun war, kam ihm der Gedanke,

ob Siri nicht hatte Befehlshaber der Schiffe bleiben wollen, um sie auf eigene Faust wieder zu bemannen und sie bis zur Rückkunft der Karawane gewinnbringend als Küstenfahrzeuge einzusetzen. Vielleicht hatte er sogar vorgehabt, sich auf die im Roten Meer ja äußerst ergiebige Seeräuberei zu verlegen? Und wer konnte so sicher behaupten, daß er, Taor, bei der Rückkehr von Bethlehem seine hübsche kleine Flotte getreulich im Hafen von Elath vertäut vorfinden würde?

Schließlich brachen sie auf. Aber Taor, vom Schritt der Elefanten in sanftem Rhythmus gewiegt, wälzte in seinem Kopf auch weiterhin diese sinistren Vermutungen. Seine Beziehungen zu Siri hatten sich dadurch verändert; sie waren wohl nicht einmal schlechter als vielmehr reifer, erwachsener, hellsichtiger geworden, eine Mischung aus Groll und Nachsicht, bedroht von dem jedem Menschen stets innewohnenden Stück Freiheit und Geheimnis – eben echte Beziehungen von Mensch zu Mensch.

Die ersten Tage ihres langen Marsches hinauf nach Norden waren von keinem nennenswerten Ereignis geprägt. Keine Menschenseele und keine Spur von Vegetation fanden sich auf dieser rötlichen Erde, die durch schon seit Jahrtausenden versiegte Gewässer geformt worden war und die nun die Elefanten unter ihren breiten Füßen zertrampelten. Dann ging diese Erde nach und nach in Grün über, während ein noch zerrisseneres Landschaftsrelief die Kolonne zwang, sich in Windungen hindurchzuschlängeln, durch tiefe Schluchten zu ziehen oder dem ausgetrockneten Bett eines Wadis zu folgen. Das Eindrucksvollste waren monumentale, suggestiv wirkende Figuren an Steilhängen, Bergspitzen und Felswänden. Anfangs zeigten die Männer einander lachend hochaufgebäumte Pferde, Strauße mit ausgebreiteten Flügeln, Krokodile. Später, am sinkenden Abend, verstummten sie, von Angst übermannt, wenn sie unter Drachen, unter Sphinxen und riesigen Sarkophagen dahinzogen. Tags darauf erwachten sie in einem Tal aus schönstem, mattem, tief dunkelgrünen Malachit; es war nichts anderes als das berühmte »Tal der Schmiede«, wo, wie die Schrift sagt, achtzigtausend Menschen das Erz für den Bau des Tempels zu Jerusalem gefördert hatten. Das Tal endete in einem geschlossenen Kessel, den berühmten Kupferminen des Königs Salomo. Sie waren verlassen, und so konnten Taors Gefährten ungehindert bis tief in das Gewirr der Stollen vordringen, konnten Treppen, die ganz in den Fels gehauen waren, hinauf- und hinunterlaufen, auf morschen Leitern in unergründliche Schächte hinabsteigen, und schließlich standen sie nach vielem Rufen in riesengroßen Sälen, deren Gewölbe, im Lichtschein der Fackeln bizarr lebendig, von Echos widerhallten.

Taor konnte nicht begreifen, weshalb dieser Besuch in einer unterirdischen Welt, in der Generationen von Menschen gearbeitet und gelitten hatten, sein Herz mit dunklen Ahnungen erfüllte.

Sie setzten ihren Marsch gen Norden fort. Die Gebirgsformen wurden sanfter, je mehr das Land seinen grauen Farbton wieder annahm. Felsen, so flach wie Fliesen, wurden immer zahlreicher, so daß der Boden bald mit glattem, ebenem Schotter bedeckt war. Schließlich zeichnete sich am Horizont die Silhouette eines Baumes ab. Taor und seine Gefährten hatten dergleichen noch nie gesehen. Der Stamm, knorrig und zerklüftet, wirkte riesig im Verhältnis zu der nur mäßigen Höhe des Baumes. Aus Neugierde legten sie das Maß um den Stamm und stellten fest, daß sein Umfang hundert Fuß betrug. Dabei erwies sich seine aschgraue, von tiefen Runzeln durchzogene Rinde als seltsam weich und zart, und ein Messer, das man versuchsweise hineinstieß, fand keinen Widerstand. Die zu dieser Jahreszeit kahlen

Zweige starrten, kurz und verkrüppelt, wie flehend erhobene Stümpfe gen Himmel. All das hatte etwas Sympathisch-Häßliches an sich, ein sanftes, schwerfälliges Ungeheuer, das beim näheren Kennenlernen gewinnt. Später erfuhren sie dann, es sei ein Baobab, ein afrikanischer Baum, dessen Name »Tausend Jahre« bedeutet, denn es ist sagenhaft, wie alt er wird.

Und dieser Baobab war der Vorposten eines Waldes gleicher Art, in den die Karawane an den folgenden Tagen immer tiefer hineinzog. Es war ein lichter Wald, ohne Dickicht und Unterholz, und sein einziges Geheimnis bestand in rätselhaften Inschriften, die der Stamm mancher Bäume, zumeist der nach Umfang und Alter eindrucksvollsten, trug. In die weiche Rinde waren tiefe Kerben geschnitten; jede war durch schwarze, ockerbraune oder gelbe Farbe hervorgehoben; kleine bunte, ins Holz eingelassene Kiesel bildeten Mosaiken, die sich um den Stamm wanden oder sich in Spiralen bis in die Krone hinaufzogen. Ein Gesicht, eine Menschen- oder Tiergestalt ließ sich nirgendwo erkennen. Es war eine rein abstrakte Formensprache, aber so erlesen fein, so vollkommen, daß man sich unwillkürlich fragte, ob sie noch einen anderen Sinn habe als nur den, schön zu sein.

Ein wahrhaft gewaltiger Baum, der unversehens auf ihrem Weg aufragte, bewog sie, schon weil er so prachtvoll anzusehen war, bei ihm Rast zu machen. Er war noch ganz frisch geschmückt, und der Schmuck bestand aus Laubwerk, Lianen und Blumen, die, kunstvoll ineinander verflochten, den Stamm üppig umhüllten und sich bis in die Äste hinaufschlangen. Die religiöse Bedeutung dieses Zierats schien offensichtlich, denn er hatte etwas von einem Tempel, einem blütenbekränzten Altar, einem Katafalk, dieser riesenhafte, wie ein Götterbild geschmückte Baum, der da seine tausend-

fingrigen Äste wie lauter aufgeregt gestikulierende Arme gen Himmel reckte.
»Ich glaube, ich verstehe jetzt«, murmelte Siri.
»Was hast du verstanden?« fragte ihn der Prinz.
»Es ist nur eine Vermutung, aber wir werden sie gleich nachprüfen.«
Er ließ einen jungen Kornaken, dünn und flink wie ein Affe, kommen, sprach leise mit ihm und wies dabei auf die Krone des Baumes. Der junge Mann nickte, rannte sogleich hinüber zu dem Baumstamm und begann, alle Unebenheiten der Rinde ausnutzend, daran hinaufzuklettern. Und da fiel den Männern der Karawane, die alle schweigend zusahen, zur selben Zeit eine frappierende Ähnlichkeit auf: der Kornak schwang sich auf den Baum ganz genauso wie er sich auf seinen Elefanten schwang, denn tatsächlich glich auch nichts so sehr einem Elefanten wie dieser Baobab mit seinem riesigen grauen Stamm und seinen schlanken, wie Rüssel emporgereckten Ästen, ein Elefant der Pflanzenwelt, ebenso wie der Elefant ein Baobab im Tierreich war.
Der junge Bursche war nun an der höchsten Stelle des Stammes angelangt, von wo alle Äste ausgingen. Er schien in einer Höhlung zu verschwinden. Doch kam er sofort wieder hervor und begann, offenbar in eiliger Flucht vor dem, was er darin wohl entdeckt hatte, herabzusteigen. Er sprang auf den Boden, lief zu Siri und sagte ihm etwas ins Ohr. Siri nickte.
»Es ist, wie ich vermutet hatte«, sagte er zu Taor. »Der Stamm ist hohl wie ein Kamin, und er dient den Menschen hierzulande als Grab. Wenn dieser Baum so geschmückt ist, dann deshalb, weil in seine Höhlung unlängst, wie ein Dolch in seine Scheide, ein Leichnam hineingeschoben worden ist. Oben vom Stamm aus sieht man, dem Himmel zugewandt, sein Gesicht. Die verzierten Baobabs, denen wir bisher

begegneten, sind allesamt lebendige Gräber eines Volksstammes, von dem man mir in Elath schon erzählt hat, den Baobalis, das heißt ›die Kinder oder die Söhne des Baobab‹. Sie erweisen diesem Baum kultische Verehrung, denn sie betrachten ihn als ihren Ahnherrn und haben den Wunsch, nach ihrem Tode in seinen Schoß heimzukehren. Und wirklich nimmt der Baum bei seinem langsamen Wachsen Leib und Skelett des Toten in sich auf, der damit pflanzenhaft fortlebt.«

An diesem Tag zogen sie nicht weiter, und das Lager wurde unmittelbar am Fuß des riesigen Totenbaumes aufgeschlagen. Und die ganze Nacht hindurch umgab dieser seltsame Wald aus lebenden, senkrechten Gräbern die Schlafenden mit dunklem, schwerem, grufttiefem Frieden, aus dem sie beim ersten Morgenlicht verstört und zitternd wie Auferstandene hervorgingen. Und alsbald verbreitete sich eine Unglücksnachricht, die Taor in tiefster Seele erschütterte: Jasmina war verschwunden!

Zunächst glaubte man, sie sei durchgegangen, denn auf Taors Anordnung blieb sie über Nacht stets ganz ohne Fußfessel; die innere Bindung an das Rudel genügte, sie bei den anderen Elefanten zu halten. Andererseits konnte man sich schlecht vorstellen, wie die Elefantin von Fremden gewaltsam und obendrein geräuschlos mitgenommen worden sein konnte. Es war unverkennbar: sie mußte mitgemacht haben. Doch war anzunehmen, daß Entführer am Werk gewesen waren, denn die beiden riesigen Körbe mit Rosenblütenblättern, die sie tagsüber zu tragen und deren Last man ihr über Nacht immer abzunehmen pflegte, waren mit ihr verschwunden. Der Schluß drängte sich auf: Jasmina war an ihrer Entführung selbst beteiligt und mit ihr einverstanden gewesen.

Suchaktionen in immer größer werdenden Kreisen um den

Standplatz der Elefanten wurden eingeleitet, aber der harte, steinige Boden trug keinerlei Spuren. Den ersten Hinweis entdeckte dann doch, wie es sich gebührte, der Prinz selbst. Mitten im Laufen blieb er plötzlich mit einem Ausruf stehen, bückte sich und las mit Daumen und Zeigefinger etwas auf, so leicht und zart wie ein Schmetterling: ein Blütenblatt von einer Rose. Er hielt es in die Höhe, damit alle es sehen konnten.

»Jasmina, die holde«, sprach er, »hinterließ uns für die Suche nach ihr die feinste, die duftendste Fährte, die es gibt. Suchet, liebe Freunde, suchet nach Blütenblättern von Rosen! Sie sind allesamt Botschaften meiner kleinen weißen Elefantin mit den blauen Augen. Für jedes aufgelesene Blütenblatt gibt es eine Belohnung!«

Nun schwärmte die kleine Truppe aus, die Nase dicht am Boden, und da und dort hörte man den Triumphschrei des einen oder des anderen, der dann gleich zu dem Prinzen gelaufen kam, um gegen ein kleines Geldstück seinen kostbaren Fund zu überreichen. Gleichwohl kamen sie nur äußerst langsam voran, und als die Nacht anbrach, waren sie gewiß noch nicht einmal zwei Stunden vom Lager entfernt, wo der Hauptteil der Mannschaft mit dem Gepäck und den Elefanten Rast hielt.

Als Taor sich bückte, um das zweite selbstgefundene Blütenblatt aufzulesen, hörte er über sich einen Pfeil sirren, der gleich darauf zitternd im Stamm eines Feigenbaums steckenblieb. Er gab Befehl zum Halten und Sammeln. Kurz danach wurde es im Gras und auf den Bäumen rundum lebendig, und sie sahen sich von einer Vielzahl von Menschen umringt, alle am Körper grün bemalt und in Blätter gehüllt und den Kopf mit Blumen und Früchten geziert. »Die Baobalis!« murmelte Siri. Es waren wohl an die fünfhundert, und alle hatten sie Bogen und Pfeile auf die Eindringlinge gerichtet.

Jeder Widerstand war sinnlos. Taor hob die rechte Hand, das überall gültige Zeichen für Frieden und für Verhandeln. Dann ging Siri, von einem der in Elath angeworbenen einheimischen Führer begleitet, auf die bogenbewaffneten Männer zu, deren Reihen sich vor ihnen auftaten. Die beiden verschwanden, um erst zwei lange Stunden danach wiederzukehren.

»Es ist höchst sonderbar«, berichtete Siri. »Ich war bei einem ihrer Häuptlinge, der wohl auch ihr oberster Priester ist. Der innere Aufbau ihres Stammes schien mir ziemlich lose zu sein. Wir kommen bei ihnen nicht allzu schlecht an, weil unser Eintreffen durch eine glückliche Fügung mit der Auferstehung der Göttin Baobama, der Mutter der Baobabs und Urmutter der Baobalis zusammenfällt. Vielleicht ein zufälliges Zusammentreffen. Wenn nicht gar das Verschwinden unserer Jasmina mit dieser angeblichen Auferstehung zu tun hat. Wir werden es sehr bald erfahren. Ich habe darum gebeten, daß auch wir Baobama huldigen dürfen. Ihr Tempel ist von hier zwei Wegstunden entfernt.«

»Und Jasmina?« fragte Prinz Taor mit Sorge.

»Ja, eben«, erwiderte Siri geheimnisvoll, »ich wäre nicht überrascht, sie binnen kurzem wiederzusehen.«

Als die kleine Truppe sich in Marsch setzte, vor sich, neben und hinter sich ein Heer grün bemalter Menschen mit immer noch schußbereit drohendem Bogen, sah sie einer Handvoll Gefangener, die von den Siegern gewaltsam abgeführt werden, verzweifelt ähnlich, und genauso wurde die Situation denn auch von Taor und seinen Gefährten empfunden.

Baobamas Tempel nahm den abgegrenzten Raum zwischen vier genau im Rechteck zueinander stehenden Baobabs ein, die auch die Pfeiler des Baues darstellten. Es war eigentlich eine ziemlich geräumige Hütte, überreich geschmückt mit Motiven ähnlich denen, die Taor und seine Gefährten zuvor auf den Sargbäumen gesehen hatten. Das dicke Strohdach und die fensterlosen, aus leichten Latten bestehenden Wände, das Gewirr von Kletterpflanzen, das sie bedeckte – Jasmin, Trichterwinden, Klematis, Passionsblumen – alles wirkte sichtlich zusammen, um im Innern wundersam schattige Kühle zu erzeugen und aufrechtzuerhalten. Die bewaffneten Männer hielten sich in einigem Abstand, damit andere, die Musik machten, die nächste Umgebung des Tempels einnehmen konnten: Rohrflötenbläser, Tamburinspieler, die mit stäbchendürren Fingern auf eine antilopenhautbespannte Kalebasse trommelten, oder Orchestermenschen, die mit schellenüberladenen Armen, mit dröhnenden Kupferblechscheiben auf dem Kopf und mit den schlangenklapperbesetzten Fingern wie wild zuckten und fuchtelten. Taor und sein Gefolge traten unter einen mit Bougainvilleas umrankten Bambusbaldachin, der dem Tempeleingang vorgelagert war. Drinnen sah man sich zunächst in einer Art Vestibül, das als Schatzkammer und als Raum für sakralen Ornat diente. Dort waren, an einem Haken an der Wand hängend oder über Schaugestelle gelegt, riesige Halsgehänge, gestickte Satteldecken, goldene Glöckchen, fransengeschmückte Baldachine und silbernes Zaumzeug zu sehen, alles in allem ein ungeheuerlich prachtvolles Schirrzeug, das die Göttin in ihrem vollen Staat zu einem kostbaren lebenden Schrein machen mußte. Doch im Augenblick war sie ganz nackt, Baobama, und die Ankömmlinge, nachdem sie drei Stufen erstiegen und eine erhöhte Dielenfläche betreten hatten, waren einigermaßen sprachlos, Jasmina in Person zu erblikken, lässig auf einer Rosenstreu liegend, die Augen wollüstig verdreht. Es war, als hätte sie die Besucher erwartet, denn im Blick ihrer blauen Augen lag etwas wie ein Schimmer herausfordernder Ironie. Das einzige, was sich im goldenen Schatten des Tempels regte, waren zwei große Schilde aus

Flechtwerk, die, von außen her betätigt, langsam an der Decke hin- und herschwangen, um die Luft in Bewegung zu halten. Ein langes, andächtiges Schweigen entstand. Dann entrollte Jasmina ihren Rüssel, griff mit dessen feinem Ende, wie eine kleine Hand zielsicher nach einer honiggefüllten Dattel in einem Korb und legte sie auf ihre flinke, geschmeidige Zunge. Da trat der Prinz herzu, öffnete einen seidenen Beutel und schüttete auf ihre Streu eine Handvoll Rosenblütenblätter: die von seinen Gefährten und ihm aufgelesenen, durch die sie hierhergeführt worden waren. Es war ein Akt der Huldigung und der Ergebenheit. Jasmina verstand ihn auch so. Da Taor ihr nahe genug war, streckte sie den Rüssel aus und strich ihm mit dessen äußerstem Ende sacht über die Wange, eine Geste, zärtlich und vertraut zugleich, in der Zuneigung, Abschied, eine sanfte, stille Hingabe an das Schicksal lag. Taor begriff, seine Lieblingselefantin sei durch die Affinität zwischen Dickhäutern und Baobabs zur Göttin geworden, sei zu übermenschlicher Würde aufgestiegen und werde von einem ganzen Volk als Mutter der heiligen Bäume und Urmutter der Menschen verehrt – kurzum, er begriff, daß Jasmina für ihn und die Seinen auf alle Zeit verloren sei.

Tags darauf setzten sie mit den drei männlichen Elefanten die Reise nach Bethlehem fort.

Die Begegnung war schicksalhaft, zwangsläufig, stand schon vor aller Zeit in den Sternen geschrieben und lag im Urgrund der Welt beschlossen: Sie geschah in Etam, einem sonderbaren, quellenrauschenden, höhlendurchzogenen, trümmerstarrenden Land, einem Land, über das die Weltgeschichte hinweggegangen ist, in dem sie alles übereinandergeworfen, aber kein verständliches Zeichen hinterlassen hat – wie jene

Gesichtsverletzten, die grauenhaft entstellt sind, aber nichts darüber berichten können. Und doch lag über dem Zusammentreffen zwischen den dreien, die – zu Fuß, zu Pferd und auf Kamelsrücken – von Bethlehem zurückkehrten, und dem, der mit seinen Elefanten zu dem gottseligen Dorf emporstieg, ein alles durchdringendes, friedliches Licht. Sie fanden sich wie von selbst am Rand der drei unter dem Namen »Salomons Teiche« bekannten künstlichen Weiher zusammen, als sie sich nach langem, staubigem Tag anschickten, über die in den Fels gehauenen Treppen in die Fluten hinunterzusteigen. Und kraft der verborgenen Affinität zwischen den vier verschiedenen Reisen erkannten sie einander sogleich. Sie begrüßten sich, dann halfen sie einander bei ihren Waschungen, als tauften sie sich gegenseitig. Danach trennten sie sich, um einander, wie gemeinsam beschlossen, nächtlicherweile am Akazienfeuer wieder zu treffen.

»Habt ihr ihn gesehen?« war Taors erste Frage.

»Wir haben ihn gesehen«, sprachen Kaspar, Melchior und Balthasar wie aus einem Munde.

»Ist es ein Prinz, ein König, ein Kaiser inmitten prächtigen Gefolges?« wollte Taor weiter wissen.

»Es ist ein neugeborenes Kindlein im Stroh eines Stalles zwischen Ochs und Esel«, erwiderten die drei.

Der Prinz von Mangalore verstummte, starr vor Erstaunen. Da mußte doch ein Mißverständnis vorliegen. Er war doch einzig gekommen, um den Göttlichen Konditor zu suchen, den Spender von Süßigkeiten, so wundersam, daß einem der Geschmack an jeder anderen Speise davon verginge.

»Hört auf, alle durcheinander zu reden«, begann er wieder, »sonst find' ich mich da niemals zurecht!«

Dann wandte er sich an den Ältesten und bat ihn, als erster zu sprechen.

»Meine Geschichte ist lang, und ich weiß nicht, an welchem Ende ich sie anpacken soll«, sagte Balthasar und strich sich dabei mit unschlüssiger Miene den weißen Bart. »Ich könnte dir von einem Schmetterling in meiner Kindheit erzählen, den ich dann am anderen Ende meines Lebens am Himmel wiederzuerkennen glaubte. Die Priester hatten ihn zerstört, aber ich muß annehmen, daß er wiedererstanden ist. Auch von Adam wäre zu reden, von den beiden Adam, wohlgemerkt, dem weißen nach dem Sündenfall, dessen makellose Haut gewässertem Pergament gleicht, und dem schwarzen vor dem Sündenfall, der über und über voller Zeichen und Figuren ist wie ein kunstreich illuminiertes Buch. Und dann von der griechischen Kunst, die ganz und gar den Göttern, Göttinnen und Heroen geweiht ist, und von einer Kunst, die menschlicher, die uns vertrauter ist, auf die wir alle warten und deren Vorläufer wohl ein Maler aus Babylon, mein junger Freund Assur, ist...

Für dich, der du samt deinen mit Leckereien beladenen Elefanten von so weither kommst, muß das alles recht verworren klingen. Und so will ich mich auf das Wesentliche beschränken. Wisse denn, daß ich, von Kindesbeinen ein begeisterter Liebhaber der Zeichen-, Mal- und Bildhauerkunst, stets auf die unversöhnliche Feindschaft der Religionsdiener gestoßen bin, die jegliches Bild, jedes künstlerische Gestalten hassen. Ich stehe damit nicht allein. Wir waren bei Herodes dem Großen. Er hatte soeben erst einen Aufstand in Blut erstickt, der von seinen Priestern nur angezettelt worden war, weil er über dem großen Tempelportal in Jerusalem einen goldenen Adler hatte anbringen lassen. Der Adler war vernichtet worden. Die Priester ebenso. Das ist die schreckliche Logik der Tyrannei. Ich hegte von jeher die Hoffnung, ihr entrinnen zu können. Ich bin den Ursprüngen dieses tragischen Zusammenhangs nachgegangen und kam auf dessen alleinige Quelle: sie liegt in den ersten Zeilen der Bibel. Wenn dort geschrieben steht, Gott habe den Menschen nach seinem Bild und Gleichnis geschaffen, so habe ich recht gut begriffen, daß darin keine sinnlose verbale Weitschweifigkeit liegt, sondern daß diese beiden Worte – wie ein punktierter Strich – auf die Entstehungslinie eines möglichen bedrohlich-verhängnisvollen Bruchs hindeuten, der dann nach der Ursünde auch tatsächlich eintrat. Nach Adams und Evas Ungehorsam erlosch ihre tiefe Fähigkeit, Gleichnis Gottes zu sein, doch bewahrten sie gleichwohl, wie eine Spur davon, ein Gesicht und einen Leib, die auch weiterhin der unzerstörbare Widerschein der göttlichen Wirklichkeit waren. Von nun an aber lastete ein Fluch auf dem lügenhaften Bild, das der gefallene Mensch mit sich herumträgt wie ein entthronter König, wenn er weiter mit seinem Szepter spielt, das zur lächerlich-kindischen Klapper geworden ist. Ja, und dieses Bild, das kein Gleichnis ist, meint und verbietet das zweite der Zehn Gebote; gegen dieses Bild eifert meine Priesterschaft, nicht anders als die des Herodes. Aber ich denke nicht, wie Herodes, ein Blutbad löse alle Schwierigkeiten. Meine Liebe zur Kunst macht mich nicht derart blind, daß ich die Religion, mit der ich geboren und aufgewachsen bin, aus meiner Erinnerung streiche. Die heiligen Texte sind ja da, sie waren mir Nahrung, ich kann nicht achtlos an ihnen vorübergehen. Es ist wahr, das Bild kann lügen und die Kunst kann trügen, und der erbitterte Krieg, den Bilderanbeter und Bilderstürmer gegeneinander führen, zieht sich hinein bis in mein eigenes Herz.

So bin ich denn, im Zwiespalt zwischen Zerrissenheit und Hoffnung, in Bethlehem angekommen.«

»Und was hast du in Bethlehem gefunden?«

»Ein Kindlein im Stroh eines Stalles, wie wir dir schon

gesagt haben, und all meine Begleiter und alle, die Zeugen dieser Nacht – der längsten Nacht des Jahres – gewesen sind, werden nicht aufhören, dieses Zeugnis immerfort zu wiederholen. Doch dieser Stall war zugleich auch ein Tempel, der Zimmermann, der Vater des Kindes, zugleich ein Patriarch, die Mutter eine Jungfrau, das Kind selber ein im tiefsten, ärmlichsten Menschsein verkörperter Gott, und eine Flut von Licht strömte durch das Strohdach in die elende Hütte. All das hatte für mich einen tiefen Sinn; es war die Antwort auf die Frage meines ganzen Lebens, und diese Antwort bestand in der unmöglichen Vereinigung unversöhnlicher Gegensätze. ›Wer zu tief in die Geheimnisse der Göttlichen Majestät eindringt, wird von ihrer Herrlichkeit zermalmt‹, sagt der Prophet[9]. Darum hat Jahwe sich auf dem Sinai vor Moses' Augen in einer Wolke verborgen. Doch nun war diese Wolke verflogen, und Gott hatte in einem kleinen Kind Fleisch angenommen und war sichtbar geworden. Es genügte mir, Assur anzuschauen, um zu sehen, wie sich auf dem Antlitz eines Künstlers das Morgenrot einer neuen Kunst widerspiegelte. Verklärt stand er da, mein kleiner Maler aus Babylon, verklärt von der umwälzenden Wandlung, die sich vor seinen Augen vollzogen hatte: eine arme junge Mutter, die sich über ihr Neugeborenes neigt – eine schlichte Gebärde, auf einmal ins Göttliche erhoben. Das bescheidenste Alltagsleben – die Tiere, die Gerätschaften, der Heuboden – plötzlich ins Ewige getaucht durch einen Lichtstrahl vom Himmel…

Du fragst, was ich in Bethlehem gefunden habe? Gefunden habe ich dort die Versöhnung von Bild und Gleichnis, das Heilwerden des Bildes durch die Wiedererweckung seiner verborgenen Gabe, Gleichnis zu sein.«

»Und dann? Was hast du dann getan?«

»Ich bin niedergekniet wie die anderen ringsum, die Handwerker, Bauern und Herbergsjungfern. Aber, weißt du, das Wunderbare ist, daß das Niederknien jedesmal wieder einen anderen Sinn hatte. Meine Anbetung galt dem Fleisch – das man sehen, berühren, riechen kann – in seiner Verklärung durch den Geist. Denn es gibt keine Kunst, die nicht dem Fleisch entstammt. Es gibt keine andere Schönheit als die für Auge, Ohr oder Hand. Und solang das Fleisch verflucht war, waren es mit ihm auch die Künstler.

Schließlich habe ich der Jungfrau den Brocken Myrrhe zu Füßen gelegt, den Maalek, der Weise mit den tausend Schmetterlingen, einst dem Kind, das ich vor einem halben Jahrhundert war, geschenkt hatte – als Symbol dafür, daß das Fleisch in die Ewigkeit eingehen kann.«

»Und was gedenkst du jetzt zu tun?«

»Assur und ich werden nach Nippur zurückreisen, um die frohe Botschaft auch dorthin zu bringen. Jetzt werden wir das Volk, aber auch die Priester, überzeugen können, und in erster Linie diesen alten Cheddad, mag er auch noch so sehr in seinen starren Dogmen verknöchert sein: das Bild ist erlöst, Gesicht und Leib des Menschen dürfen gerühmt und gefeiert werden, ohne daß das Götzendienst ist.

Ich werde das Balthasareum wieder aufbauen, aber nicht mehr um darin Reste der griechisch-lateinischen Vergangenheit zusammenzutragen. Nein, Kunstwerke von heute sollen dorthin, solche, die ich als Mäzen bei meinen Künstlern in Auftrag gebe, die ersten Meisterwerke christlicher Kunst...«

»Christliche Kunst«, wiederholte Prinz Taor nachdenklich. »Welch seltsame Wortverbindung, und wie schwer ist es, sich etwas vorzustellen, das künftig erst geschaffen werden soll!«

»Das ist wahrhaftig kein Wunder! Sich ein Kunstwerk vorstellen heißt schon anfangen, es zu schaffen. Und mir schwebt da auch noch nichts vor, genausowenig wie dir, denn da tun sich noch unberührte Jahrhunderte und Aberjahrhunderte wie ein Abgrund zu meinen Füßen auf. Nur ein Werk kann ich mir vielleicht denken, das allererste, mit dem die christliche Malerei beginnt und das uns alle hier berührt und angeht…«

»Und was wird das erste christliche Gemälde sein?«

»Die Anbetung der Könige: drei Gestalten, mit Gold und Purpur beladen, die aus dem sagenhaften Orient gekommen sind, um in einem elenden Stall vor einem kleinen Kind anbetend niederzufallen.«

Für eine Weile schweigen alle, und Balthasars Vision teilte sich mittlerweile auch Kaspar und Melchior mit. Jahrhunderte standen vor ihnen wie eine riesige Spiegelgalerie, in der sie alle drei ihr Bild wieder und wieder erblicken, jedesmal vom Geist einer anderen Zeit wieder anders gedeutet, aber immer unverkennbar, immer ein junger Mann, ein Greis und ein Schwarzer aus Afrika. Dann schwand die Vision, und Taor wandte sich an den Jüngsten.

»Prinz Melchior«, sprach er zu ihm, »ich fühle mich schon dem Alter nach nicht weit von dir. Überdies hat dich ein Onkel deines Reiches beraubt, und ich für mein Teil bin nicht sicher, ob meine Mutter mich je wird regieren lassen. Und so habe ich mit brüderlich wachem Interesse auch deinen Bericht über die Nacht zu Bethlehem vernommen.«

»Die Nacht zu Bethlehem, ja«, verbesserte Melchior sogleich mit dem Ungestüm seiner Jahre, »aber vorher die Nacht zu Jerusalem, denn diese beiden Stationen meines Exils sind nicht voneinander zu trennen.

Als ich Palmyra verließ, hatte ich simple Vorstellungen von Macht und Gerechtigkeit. Danach gab es zwei Arten von Herrschern: gute und schlechte. Mein Vater, Theodenos, war das Musterbild des guten Königs. Mein Onkel Atmar, der versucht hatte, mich umbringen zu lassen, und sich meines Reiches bemächtigt hatte, war der Tyrann. Die Linie meines Verhaltens zeichnete sich schnurgerade vor mir ab: Unterstützung und Bundesgenossen suchen, ein Heer sammeln, mit dem Schwert in der Hand das Reich meines Vaters zurückerobern und natürlich den Usurpator bestrafen. In einer einzigen Nacht – der Nacht jenes Mahles bei Herodes – wurde dieses ganze schöne Programm über den Haufen geworfen. Allen Prinzen, die sich auf ihr Herrscheramt vorbereiten, sollte man das Leben Herodes' zu lesen geben! Was für ein Beispiel! Welch ein Lehrstück! Welch widersprüchliches Bild bietet er, dieser gerechte, friedliebende, umsichtige Herrscher, gepriesen und gesegnet von den Bauern, den Handwerkern, von allen kleinen Leuten in seinem Reich, ein großer Bauherr, ein gewitzter Diplomat – und doch ist er hinter den Mauern seines Palastes ein mordgieriger, folterwütiger, kinderschlachtender Despot, ein blutbesudelter Irrer. Und was die beiden Gesichter dieses Janus bifrons am selben Haupt zusammenhält, ist nicht etwa ein Zufall oder ein äußeres historisches Zusammentreffen. Nein, ein blindes Verhängnis will, daß jede Großtat zum Wohl des Volkes mit einer Schandtat bei Hofe bezahlt werden muß. Bei Herodes habe ich gelernt, daß Gewalt und Furcht unerbittlich die Ingredienzien irdischen Königtums sind. Und nicht nur Gewalt und Furcht, sondern ein Aussatz, der den Charakter befällt, der entsetzlich ansteckend ist und Gemeinheit, Doppelzüngigkeit und Treulosigkeit heißt. Soll ich dir sagen, Prinz Taor, daß wir, Kaspar, Balthasar und ich selber, nur weil wir an einem einzigen Diner bei König Herodes und dessen Hof teilgenommen hatten, danach bereits angesteckt waren?«

»Ihr drei – angesteckt von Gemeinheit, Doppelzüngigkeit

und Treulosigkeit? Sprich, Prinz Melchior, das will ich hören, und deine Gefährten, die hier sind, sollen dir widersprechen, wenn du lügst!«

»Es ist ein furchtbares Geheimnis, und ich trage es sicher zeitlebens blutend und schwärend in mir herum, denn ich kann mir nicht vorstellen, wie man es heilen könnte. Hör also zu, und wenn ich lüge, ja, dann sollen sie mir ins Gesicht spucken, meine Gefährten!

Als wir damals an den Hof kamen und von dem Stern und von unserer Suche sprachen, da bezeichnete uns der König Herodes, nachdem er seine Priester zu Rate gezogen, Bethlehem als das Ziel unserer Reise, und zwar auf Grund eines Verses beim Propheten Michäas, der besagt: ›Und du, Bethlehem im jüdischen Lande, bist mitnichten die geringste unter den Fürstenstädten Judas, denn aus dir wird hervorgehen der Fürst, der mein Volk Israel regieren soll‹[10]. Den drei Fragen, deren eine jeder von uns in sich trägt, fügte er die nach seinem Nachfolger an, denn sie treibt ihn nun, an der Schwelle des Todes, qualvoll um. Auch auf diese Frage, so sprach er, soll Bethlehem Antwort geben. Und er erteilte uns den Auftrag, wir sollten als seine Bevollmächtigten diesen Thronerben anerkennen, ihm huldigen und anschließend wieder nach Jerusalem kommen, um ihm Bericht zu erstatten. Unsere Absicht war, seiner Bitte in aller Loyalität nachzukommen; man sollte nicht sagen können, dieser ständig betrogene und verhöhnte Tyrann, dessen Verbrechen sich allesamt aus einem Treubruch ihm gegenüber erklären – wenn nicht gar rechtfertigen – lassen, sei auch noch auf dem Totenbett verraten worden, und das von fremden Königen, die er als Gäste großartig aufgenommen hatte. Aber der Erzengel Gabriel, der an der Krippe den Oberhaushofmeister spielte, hat uns empfohlen, nicht über Jerusalem heimzureisen, denn, so sagte er, Herodes hege gegenüber dem

Kind verbrecherische Absichten. Wir haben lange beratschlagt, wie wir uns verhalten sollen. Ich war dafür, unserer Zusage treu zu bleiben. Das war für mich nicht nur Ehrensache, sondern wir wußten ja zur Genüge, daß sich der König der Juden zum Äußersten hinreißen läßt, wenn er sich schmählich betrogen sieht. Reisten wir über Jerusalem heim, so konnten wir sein Mißtrauen lindern und manch schlimmem Unheil vorbeugen. Doch Kaspar und Balthasar bestanden darauf, den Weisungen Gabriels zu folgen. Wenn schon ein Erzengel uns einmal den Weg kundtut! riefen sie. Ich war einer gegen zwei, war der Jüngste, der Ärmste – am Ende fügte ich mich ihrer Meinung. Aber es tut mir leid, und ich werde es mir, glaube ich, wohl nie verzeihen. Und damit weißt du, Prinz Taor, inwiefern ich mich von der Berührung mit der Macht für immer befleckt fühle.«

»Aber du warst doch danach auch in Bethlehem. Welche Lehre ist dir denn dort zuteil geworden, was die Macht angeht?«

»Der Erzengel Gabriel, der zu Häupten des Kindes wachte, hat mich durch die Krippe die Kraft der Schwachheit gelehrt, die unwiderstehliche Sanftmut der Gewaltlosen, das Gesetz der Vergebung, das zwar das der Vergeltung nicht aufhebt, aber unendlich darüber hinausreicht. Denn das Gesetz der Vergeltung schreibt vor, daß die Rache nicht über den zugefügten Schaden hinausgehen darf. Es erscheint als ein Übergangsstadium zwischen natürlichem Zorn und einträchtigem Frieden. Das Reich Gottes wird nie ein für allemal hierhin oder dorthin geschenkt. Es gilt, langsam den Schlüssel dazu zu schmieden, und dieser Schlüssel sind wir selbst. Darum habe ich das Goldstück mit dem Prägebild meines Vaters, des Königs Theodenos, dem Kind als Gabe zu Füßen gelegt. Es war mein einziger Schatz, das einzige Beweisstück, das meinen Rang als rechtmäßiger Erbe des

Throns von Palmyra bezeugte. Indem ich es aus der Hand gab, verzichtete ich auf dieses Reich, um auf die Suche nach dem Reich zu gehen, das mir der Heiland verheißen hat. Ich ziehe mich mit meinem treuen Baktiar in die Wüste zurück. Wir werden zusammen mit all denen, die sich uns anschließen, eine brüderliche Gemeinschaft gründen. Es wird Gottes erste Gemeinde sein und sie wird andächtig ganz in Erwartung seines Reiches leben. Eine Gemeinschaft freier Menschen, denen nur ein Gesetz gemeinsam ist: das Gesetz der Liebe...«

Dann wandte er sich zu Kaspar, der zu seiner Linken saß.

»Ich habe gerade das Wort Liebe ausgesprochen. Und sogleich sehe ich, in wieviel höherem, reinerem, stärkerem Maße mein afrikanischer Bruder dazu berufen ist, von diesem so hohen, so geheimnisvollen Gefühl zu reden. Denn hast du, König Kaspar, nicht aus Liebe deine Hauptstadt verlassen und die weite Reise gen Norden gemacht?«

»Ja, du hast recht: aus Liebe, der Liebe wegen und von Liebeskummer geschlagen bin ich durch Wüsten gewandert«, sprach Kaspar, der König von Meroë. »Aber nun denkt ja nicht, ich sei vor einer Frau geflohen, die mich nicht liebte, oder ich hätte eine unglückliche Liebe zu vergessen gesucht. Wenn ich das geglaubt hätte, hätte mich Bethlehem obendrein vom Gegenteil überzeugt. Um das zu begreifen, muß man zurückgehen auf... den Weihrauch, auf die Art und Weise, wie ich von Weihrauch einst Gebrauch machte in einer Nacht, in der wir ein Possenspiel voreinander aufführten: die Frau, die ich liebte, ihr Geliebter und ich selbst. Wir hatten uns grotesk geschminkt, und Räucherpfannen hüllten uns in Wolken von Weihrauch. Daß damals dieser Rauch göttlicher Verehrung und diese entwürdigende Szene zusammentrafen, hat sicher dazu beigetragen, mir die Augen zu öffnen. Ich habe begriffen... Was hab' ich begriffen? Das eine ganz gewiß: daß ich fort mußte. Wahrhaft aufgegangen ist mir der tiefe Sinn dieses Aufbruchs erst hier vor dem Kind. Ja, ich hatte wirklich eine große Liebe im Herzen gehabt, die so gut zu Räucherpfannen und Weihrauch stimmte, weil sie aufblühen und Anbetung werden wollte. Ich litt nur, solang ich nicht anbeten konnte. ›Satan weint ob der Schönheit der Welt‹, hatte mir der Weise mit der Lilie gesagt. In Wirklichkeit weinte ich vor unerfüllter Liebe. Da Biltine sich von Tag zu Tag mehr als haltlos, träge, beschränkt, arglistig und leichtfertig entpuppte, hätte ich ein unendlich weites Herz und eine unerschöpfliche Großmut haben müssen, um sie von all diesem Armselig-Menschlichen reinzuwaschen. Immerhin habe ich sie niemals angeklagt. Ich habe immer gewußt, daß die Armseligkeit unserer Liebesgeschichte mir, meinem Mangel an Seele zuzuschreiben sei. Ich besaß nicht genug Liebe für uns beide, das war alles! Ich konnte ihr kaltes, dürres, berechnendes Herz nicht mit leuchtender Zärtlichkeit tränken. Das Kind erst hat mich gelehrt – freilich hatte ich das schon geahnt oder zumindest ganz in Erwartung dieser Lehre gelebt – daß anbetende Liebe *immer* geteilt wird, weil sie durch ihre strahlende Kraft unwiderstehlich den anderen miteinbezieht. Als ich zu der Krippe trat, legte ich gleich das Weihrauchkästchen dem Kind zu Füßen – dem einzigen Wesen, das solch heilige Huldigung wahrhaft verdient. Mit den Lippen berührte ich meine Finger und warf diesen Kuß dem Kinde zu. Es lächelte. Es streckte mir die Ärmchen entgegen. Da habe ich erlebt, was sie ist, die schrankenlose Begegnung des Liebenden mit dem Geliebten, dieses zitternde Verehren, dieses Staunen im Banne des Wunders.

Und da war noch etwas, das für mich, Kaspar von Meroë, alles andere an Schönheit übertraf, etwas wundersam Überraschendes, das die Heilige Familie ganz offenbar einzig und allein in Erwartung meines Kommens so eingerichtet hatte.«

»Und was war das Überraschende, König Kaspar? Ich vergehe ja beinah vor Verwirrung und Ungeduld«

»Also hör zu! Balthasar hat dir vorhin gesagt, er glaube, daß es einen schwarzen Adam gebe, den Adam vor dem Sündenfall, den anderen Adam, da der Adam der Sünde ja weiß ist.«

»Ja, ich habe aus seinem Mund flüchtig etwas von einem schwarzen Adam gehört.«

»Ich habe zunächst geglaubt, Balthasar rede so, um mir eine Freude zu machen. Er ist ja so herzensgut! Aber wie ich mich über die Krippe beuge, um das Kind anzubeten, was seh' ich da? Ein ganz schwarzes Kindlein mit Kräuselhaar, mit einem niedlichen Stumpfnäschen, kurzum ein Kindlein ganz wie die Kinder in meiner afrikanischen Heimat.«

»Nach einem schwarzen Adam jetzt ein Jesus, der ein Neger ist!«

»Ist das nicht ganz logisch? Wurde Adam erst weiß, als er sündigte – muß Jesus dann nicht schwarz sein wie unser Ahnherr im Urzustand?«

»Und seine Eltern, Maria und Joseph?«

»Die sind weiß! Da bin ich ganz sicher. Weiß wie Melchior und Balthasar!«

»Und was haben die anderen gesagt, als sie dieses Wunder sahen, ein schwarzes Kind von weißen Eltern?«

»Ach, weißt du, die haben nichts gesagt, und ich habe aus Rücksicht, um sie nicht zu demütigen, dann auch nicht auf das schwarze Kind angespielt, das ich in der Krippe gesehen hatte. Im Grunde bin ich nicht sicher, ob sie überhaupt recht hingeschaut haben. Denn in dem Stall drin, da war's ein bißchen dunkel. Vielleicht bin ich der einzige, der gemerkt hat, daß Jesus ein Neger ist...«

Und er verstummte, noch rückschauend ergriffen von diesem Bild.
»Und was hast du nun vor?« fragte Taor.
»Ich möchte sie mit allen teilen, die auf mich hören wollen, die Lehre von Bethlehem, die wunderbare Lehre der Liebe.«
»Nun denn, fang mit dem Prinzen Taor an und erteil' mir die erste Lektion christlicher Liebe.«
»Das Kind in der Krippe, das schwarz ward, um Kaspar, den Magierkönig aus Afrika, besser empfangen zu können. Darin liegt mehr als in allen Liebesgeschichten, die ich kenne. Dieses exemplarische Bild gemahnt uns, denen gleich zu werden, die wir lieben, mit ihren Augen zu schauen, ihre Muttersprache zu sprechen, sie zu achten, auf sie *Rücksicht* zu nehmen – was ursprünglich bedeutet, nach ihnen *noch ein zweites Mal zu schauen.* Vergnügen, Freude und Glück steigen damit zu jener übermächtigen Gewalt auf, die Liebe heißt.
Wenn du von einem anderen erwartest, daß er dir Vergnügen oder Freude schenke – liebst du ihn dann? Nein. Du liebst nur dich selbst. Du verlangst von ihm, er solle sich in den Dienst deiner Eigenliebe stellen. Wahre Liebe ist Vergnügen, das uns das Vergnügen des anderen bereitet, ist Freude, die aus dem Blick auf seine Freude in mir erwächst, ist das Glück, ihn glücklich zu wissen. Vergnügen über Vergnügen, Freude über Freude, Glück über Glück – das ist Liebe, nichts weiter.«
»Und Biltine?«
»Ich habe schon einen Kurier nach Meroë gesandt mit dem Befehl, meine zwei phönizischen Sklaven sofort freizulassen. Sie mögen tun, was ihnen beliebt; mir für mein Teil ist das Glück, das ich Biltine bringen durfte, Geschenk genug.«

»Edler Herr Kaspar, ich möchte dir nicht als Widerspruchsgeist erscheinen, aber es kommt mir so vor, als hättest du dich seit deinem Besuch in Bethlehem von dieser Frau ganz spürbar gelöst...«

»Ich liebe sie nicht weniger als zuvor, aber mit einer Liebe, die anders ist. Diese neue Liebe kann sie und mich mit leuchtendem Glück erfüllen, kann aber keinem von uns Abbruch tun, weder ihr, indem ich ihrer Freiheit Fesseln anlege, noch mir, indem ich die Eifersucht an mir nagen lasse. Biltine mag Galeka mir vorziehen. Dann wird sie sich von mir entfernen, mir aber zuvor doch das Glück schenken, daß sie glücklich ist. Ich werde dabei keine Bitterkeit empfinden, denn ich maße mir nicht mehr an, sie zur Sache herabzuwürdigen und mein Eigentumsrecht daran auszuüben.«

»Balthasar, Melchior und Kaspar«, sprach Taor, »ich gestehe euch ganz demütig, daß ich von euren Ausführungen nur sehr wenig behalten habe. Kunst, Staatsklugheit und Liebe erscheinen mir, so wie ihr sie künftig zu üben gedenkt, als Schlüssel ohne Schloß und gleichermaßen auch als Schloß ohne Schlüssel. Freilich kann ich in mir auch kein sehr lebhaftes Interesse für derlei Dinge finden. Tatsächlich hat wohl jeder von uns wieder etwas anderes, das gerade ihn drückt, und das Kind weiß darauf mit sicherem Gespür für unser innerstes Wesen einzugehen. Daher kommt es, daß das, was es einem ins heimlichste Herz hinein sagt, den anderen unverständlich bleibt. Ich bin über die Maßen gespannt, welche Sprache es wohl mit mir sprechen mag! Denn, seht ihr, was mich zu dieser Reise bewogen hat, war weder ein Museum, noch ein Volk, noch eine Frau, es war... Nein, ich will's euch nicht zu erklären versuchen, ihr meint sonst, ich mache mich über euch lustig, und dann lacht ihr mich aus oder werdet gar noch böse. Du allein,

König Balthasar, hättest vielleicht Nachsicht, Großmut und geistige Freiheit genug, um mich zu verstehen und zuzugeben, daß das Schicksal als winziger, süßer Konfekt in Erscheinung treten kann. Das Kind in der Krippe erwartet mich mit seiner Antwort, und die wird ganz auf den Prinzen Zuckerwerk passen, der von der Malabarküste herbeigeeilt ist.«

»Prinz Taor«, sprach Balthasar, »ich bin gerührt über dein Vertrauen. In dir ist eine Arglosigkeit, eine Einfalt, die ich bewundere, die mir aber auch Angst macht. Wenn du sagst, ›das Kind erwartet mich‹, so verstehe ich vor allem eines: Das Kind, das wartet, bist du. Und was das andere, das Kind in der Krippe angeht, so paß nur auf: es erwartet dich nicht mehr sehr lange. Bethlehem ist nur vorübergehend ein Treffpunkt, ist nur ein ständiges Kommen und Gehen. Du bist der letzte, denn du kommst von weiter her als die anderen. Ich möchte gern sicher sein, daß du nicht zu spät kommst.«

Die weisen Worte des Weisesten unter den Königen hatten eine heilsame Wirkung auf Taor. Tags darauf, im ersten Morgengrauen, machte sich seine Karawane auf nach Bethlehem, und sie hätte im Lauf des Tages dort eintreffen müssen, wenn nicht ein ernster Zwischenfall sie aufgehalten hätte.

Zunächst einmal brach über den Bergen Judäas ein Unwetter los und verwandelte ausgetrocknete Wadis und kiesige Schluchten in tosende Sturzbäche. Menschen und Elefanten hätten nichts gegen diese erquickende Dusche gehabt, hätte nicht der tiefgründig verschlammte Boden ihr Vorwärtskommen erschwert. Dann kam plötzlich die Sonne wieder durch, und dichte Dampfschwaden stiegen von der triefnassen Erde empor. Alles räkelte sich unter den Strahlen der mittäglichen Sonne – als ein verzweifeltes Trompeten den Reisegefährten bis ins Mark drang. Denn sie kannten die Bedeutung der verschiedenen Schreie der Elefanten, und sie wußten, das Geschrei, das da eben erschollen war, bedeutete äußerste Todesangst. Einen Augenblick später stürzte der Elefant Jina, der am Schluß des Zuges gegangen war, in höchstem Galopp nach vorn; den Rüssel emporgereckt, die Ohren wie Fächer gespreizt, stieß und zertrampelte er alles, was ihm in den Weg kam. Es gab Tote und Verletzte; der Elefant Asura wurde samt seiner Ladung zu Boden geworfen. Es bedurfte langer Mühen, des Durcheinanders, das nun folgte, Herr zu werden. Dann machte sich ein Suchtrupp auf und folgte der Fährte des armen Jina; in diesem sandigen, mit Büschen und Dorngestrüpp bestandenen Gelände war er leicht aufzufinden. Er war weit gerannt, der so plötzlich vom Irrsinn gepackte Elefant, und die Nacht sank schon herab, als die Männer zu der Stelle kamen, wo seine Flucht geendet hatte. Sie hörten zunächst ein mächtiges Summen, das aus einer hundert Ellen tiefen Schlucht heraufdrang, als sei da unten ein Dutzend Bienenstöcke verborgen. Sie sahen nach. Es waren keine Bienen, sondern Wespen, und statt eines Bienenstocks entdeckten sie den unglücklichen Jina, dessen Körper mit einer dicken Schicht Wespen überzogen war, einer schwarzgoldenen Schabracke, die wie siedendes Öl brodelte. Es war nicht schwer, sich von dem, was geschehen war, ein Bild zu machen. Jina hatte Zucker geladen gehabt, der sich bei dem Wolkenbruch aufgelöst und Jinas Haut mit einem dicken Sirup bedeckt hatte. Eine Kolonie von Wespennestern in der Nähe hatte den Rest besorgt. Die lederne Haut eines Elefanten konnten die Stiche zwar nicht durchdringen, doch da waren ja auch noch Augen, Maul, Ohren und Rüsselende, von den zarten, empfindlichen Organen unter dem Schwanz und in dessen

Umgebung ganz zu schweigen. Die Männer wagten nicht, sich dem Körper des unglücklichen Tieres zu nähern. Ihnen genügte die Gewißheit, daß es tot und daß die Zuckerladung verloren sei. Tags darauf hielten Taor, sein Gefolge und die restlichen zwei Elefanten Einzug in Bethlehem.

Das große Hin und Her, das die amtliche Volkszählung im ganzen Lande hervorgerufen hatte, weil jede Familie sich in ihrer Heimatgemeinde hatte einschreiben lassen müssen, hatte nur einige Tage gedauert. War eben alles noch kreuz und quer durcheinandergelaufen, so war nunmehr jeder wieder zu Hause in seinen vier Wänden. Bethlehems Bevölkerung fand wieder zum gewohnten Leben zurück, doch waren Straßen und Plätze noch schmutzig von all den Spuren, wie sie nach Fest- und Markttagen zurückbleiben: gehäckseltes Stroh, Pferdemist, zerdrückte Gemüsekörbe, fauliges Obst, ja selbst zertrümmerte Leiterwagen und kranke Tiere. Die Elefanten und Taors Gefolge erregten bei den ermüdeten und blasierten Erwachsenen nur mäßiges Interesse, aber zäh haftete an ihnen dort wie überall, bettelnd und bewundernd in einem, eine Schar zerlumpter Kinder. Der Herbergswirt, den ihm die drei Könige genannt hatten, teilte ihnen mit, der Mann und die Frau seien mit dem Kind nach Erfüllung ihrer gesetzlichen Pflichten wieder abgereist. In welche Richtung? Das könne er nicht sagen. Vermutlich nach Norden, heimwärts nach Nazareth, von wo sie gekommen seien.

Taor beriet sich mit Siri. Der hatte es nur mit einem eilig: nach Elath zurückzukehren, wo die Flotille vor Anker lag, und in Ruhe die Zeit des Monsunwechsels abzuwarten, um dann gen Mangalore davonzusegeln. Er machte geltend, die Karawane sei in trauriger Verfassung: von fünf Elefanten drei verloren, eine Anzahl Männer tot, andere krank, wieder andere vermißt – geflohen oder entführt – der Bestand an

Geld und Vorräten furchtbar zusammengeschmolzen, wie Draoma, der Rechnungsführer, bezeugen könne. Taor hörte ihm verwundert zu. Das war die Sprache des gesunden Menschenverstandes, die er sehr wohl erkannte, weil er kurz zuvor noch dieselbe Sprache gesprochen hatte. Aber mit ihm war eine große Veränderung vor sich gegangen. Wann denn? Er konnte es nicht genau sagen – und Siris Argumente klangen ihm wie ein kindischer, schon fast vergessener Abzählvers, der an der wirklichen Situation und dem dringend Notwendigen völlig vorbeiging. Was war denn notwendig? Das Kind zu finden und ihm das Herz aufzutun. Taor konnte sich nicht länger verhehlen, daß durch den lächerlichen Beweggrund seiner Erkundungsfahrt – das Rezept des Rahat Lukum mit Pistazien zu gewinnen – nunmehr eine geheimnisvolle, untergründige Absicht hindurchschimmerte, die ihm zwar irgendwie verwandt, die aber unendlich viel größer war als er – wie der prachtvolle Sinapisbaum, in dessen Schatten die Menschen rasten, unendlich viel größer ist als das winzige Senfkorn, dem er entstammt.

Und so war Taor drauf und dran, die Weiterreise nach Norden, in Richtung Nazareth zu befehlen, mochte Siri davon halten, was er wollte, als sie durch das, was die Magd aus der Herberge erzählte, doch vorläufig wieder gleichen Sinnes wurden. Die Magd war der jungen Wöchnerin beigestanden und hatte das Neugeborene gleich nach seiner Ankunft versorgt. Und sie behauptete, sie habe Gespräche zwischen dem Mann und der Frau mitangehört, wonach die beiden sich darauf eingerichtet hätten, nach Süden, in Richtung Ägypten zu ziehen, um einer großen Gefahr zu entgehen, vor der sie angeblich gewarnt worden waren. Welche Gefahr mochte wohl einem namenlosen Zimmermann ohne Einfluß und ohne Vermögen drohen, der mit seiner Frau und seinem kleinen Kind des Weges zog? Taor mußte an Herodes denken. Siri seinerseits spürte, wie diese Reise, die als Lustpartie begonnen, sich immer mehr verdüsterte und sich in schwarze Wolken hüllte.

»Herr«, bat er flehentlich, »laß uns ungesäumt aufbrechen und nach Süden ziehen. Denn das ist ja der Weg nach Elath und zugleich die Fluchtrichtung der Heiligen Familie.«

Taor willigte ein. Die Abreise freilich sollte erst am übernächsten Tag stattfinden, denn fürs erste hatte er sich etwas Schönes, Lustiges ausgedacht, und das sollte in Bethlehem stattfinden.

»Siri«, sagte er, »unter all den Erfahrungen, die ich gemacht habe, seit ich meinen Palast verließ, ist eine, die ich nie auch nur im Traum geahnt hätte und die mir besonders nahegeht: die Kinder hungern. In allen Dörfern und Marktflecken, durch die wir ziehen, locken unsere Elefanten Scharen von Kindern hervor. Ich schaue sie mir an und finde eines immer noch magerer, schmächtiger, abgezehrter als das andere. Bei manchen sitzt auf Beinen, die nur Haut und Knochen sind, ein prall aufgetriebener Bauch, und ich weiß, auch das ist nur ein weiteres, vielleicht das schlimmste Zeichen des Hungers. Höre denn, was ich beschlossen habe: Wir haben auf unseren Elefanten Naschwerk in Hülle und Fülle mitgebracht, um es dem Göttlichen Konditor, den wir uns vorgestellt haben, als Geschenk darzubringen. Ich verstehe jetzt, daß wir uns getäuscht haben. Der Erlöser ist nicht so, wie wir ihn erwartet hatten. Überdies sehe ich infolge der Widrigkeiten, die wir erleben, unser Gepäck und mit ihm auch den begleitenden Konditor- und Kuchenbäckertrupp Tag um Tag mehr zusammenschmelzen. Wir wollen in dem Zedernwald oberhalb der Stadt einen großen nächtlichen Schmaus veranstalten und dazu alle Kinder von Bethlehem einladen.«

Und dann verteilte Taor die verschiedenen Aufgaben mit einer Fröhlichkeit und einem Schwung, daß Siri, bislang mehr und mehr überzeugt, sein Herr dresche nur leeres Stroh, vollends wie vor den Kopf geschlagen war. Die Kuchenbäcker zündeten Feuer an und machten sich an die Arbeit. Am nächsten Tag verbreitete sich in Bethlehems Gassen schon vom Morgen an der Duft von Hefekuchen und Karamell, so daß der Besuch von Taors Boten, die von Haus zu Haus gingen und alle Kinder – Jungen und Mädchen – zum Schmaus in den Zederngarten einluden, gut vorbereitet war und beifällig aufgenommen wurde. Genau genommen ging es gar nicht um alle Kinder. Der Prinz hatte mit seinen Verwaltern darüber beraten. Eltern wollte man nicht dabeihaben, und darum mußte man die ganz Kleinen, die sich weder allein bewegen noch allein essen konnten, von der Einladung ausnehmen. Doch ging man in der Altersskala so weit wie möglich nach unten, und so wurde letztlich beschlossen, sich an die Grenze von zwei Jahren zu halten. Die Älteren müßten eben den Jüngeren helfen.
Kaum war die Sonne hinterm Horizont entschwunden, da fanden sich schon die ersten Gruppen im Zederngarten ein. Gerührt sah Taor, daß diese einfachen Leute ihr Bestes getan hatten, um ihren Wohltäter zu ehren. Die Kinder waren alle gewaschen, gekämmt, mit weißen Kleidern angetan, und nicht selten trugen sie ein Kränzchen von Rosen- oder Oleanderblüten im Haar. Taor, der schon oft ganze Banden kleiner Schlingel beobachtet hatte, die einander auf den Gassen und Treppen der Dörfer laut johlend nachgerannt waren, hatte einen Schmaus mit viel Lärm und Tumult erwartet. Aber hatte er die armen Kinder nicht deshalb kommen lassen, weil er ihnen eine Freude machen wollte? Sie waren dann aber allesamt sichtlich beeindruckt von diesem Zedernwald, diesen Fackeln, diesem riesengroßen

Tisch mit kostbarem Geschirr, und zogen andächtig Hand in Hand zu den ihnen angewiesenen Plätzen. Sie setzten sich schön aufrecht auf die Bänke, legten die geballten kleinen Fäuste auf den Rand des Tisches und gaben acht, die Ellbogen nicht auf das Tischtuch aufzustützen, wie ihnen das zu Hause eingeschärft worden war.

Ohne sie lange warten zu lassen, brachte man ihnen mit Honig gesüßte frische Milch, denn Kinder – das ist ja bekannt – haben immer Durst. Doch Trinken macht Appetit, und so trug man vor ihren sperrangelweit aufgerissenen Augen Jujubagelee, Weißkäsekuchen, Ananasbeignets, Datteln, mit milchzarten Nußkernen gefüllt, Lycheesoufflé, Mangopfannkuchen, Knabberkonfekt aus Mispeln, Bacchuscremes mit Lydawein, Frangipantörtchen mit Mandeln und hundert andere Wunderdinge auf, in denen sich altindische Tradition mit Errungenschaften verband, wie die Reisegenossen sie sich jüngst in Idumäa und Palästina angeeignet hatten.

Taor sah, von Staunen und Bewunderung erfüllt, von weitem zu. Die Nacht war hereingebrochen. Harzduftende Fackeln – in kleiner Zahl und weit auseinander – tauchten alles in sanftes, geheimnisvoll-goldenes Licht. Im Dunkel der Zedern, dicht zwischen mächtigen Stämmen und übergroßen Ästen, bildeten die große, weißgedeckte Tafel und die in Linnen gekleideten Kinder ein kleines Eiland ungreifbar unwirklicher Helle. Man konnte sich wirklich fragen, ob das eine Horde recht lebendiger kleiner Burschen sei, die hierhergerannt waren, um sich's schmecken zu lassen, oder eine lange Reihe unschuldiger, abgeschiedener Seelen, unstet wogend wie ein schütteres Sternbild am nächtlichen Himmel. Und als müsse dieses Festmahl der Auserwählten zwangsläufig vom Leid der Ausgeschlossenen begleitet sein, hörte man plötzlich das ferne Echo eines lauten Schmerzens-

schreis, der von dem – nicht sichtbaren – Dorf heraufdrang.
Das leckere Naschwerk, das man in Hülle und Fülle auf den Tisch geschüttet hatte, war bloß ein vergnügliches Vorspiel. Es war schnell vergessen, als nun, auf einem großen Tablett, von vier Männern getragen, der riesige Turmkuchen, ein Meisterwerk der Zuckerbäckerarchitektur, eintraf. Aus Nougatcreme, Marzipan, Karamell und eingemachten Früchten getreulich nachgebaut, war es wirklich eine Miniaturausgabe des Palastes zu Mangalore, mit Becken aus Sirup, Statuen aus Quittenpaste und Bäumen aus Engelswurz. Nicht einmal die fünf Elefanten der Reisegesellschaft – sie waren aus Mandelpaste modelliert und hatten Stoßzähne aus Kandiszucker – waren vergessen worden.
Ein Murmeln der Begeisterung begrüßte diese Szene, die letztlich nur zur Feierlichkeit des Festmahls beitrug. Taor konnte sich nicht enthalten, eine kurze Ansprache an seine Gäste zu richten, so bedeutungsschwer schien ihm dieser Turmkuchen.
»Meine lieben Kinder«, begann er, »seht ihr diesen Palast, diese Gärten, diese Elefanten. Das ist meine Heimat, die ich verlassen habe, um zu euch zu kommen. Und es ist kein Zufall, daß all das sich hier in Gestalt von Zuckerwerk wiederfindet. Denn mein Palast war ein Ort herrlicher Genüsse, an dem einen alles zum Entzücken und Ergötzen stimmte. Ich habe – wie ich plötzlich merke – gesagt, es *war*, nicht, es *ist*, und damit habe ich verraten, was ich ahne: nicht daß es den Palast und seine Gärten in diesem Augenblick, da ich rede, gar nicht mehr gäbe, sondern daß es es mir nie mehr vergönnt sein wird, dorthin zurückzukehren. Auf diese Reise gegangen bin ich übrigens, wenn ich so sagen darf, schon des Zuckerwerks wegen. Es ging mir darum, das Rezept von Rahat Lukum mit Pistazien zu erringen. Doch

sehe ich immer klarer, wie unter dieser kindlichen Scheinbegründung etwas ganz anderes hervorschimmert, etwas Großes, Geheimnisvolles. Seitdem ich die Malabarküste verlassen habe – wo eine Katze eine Katze und wo zwei mal zwei vier ist – da ist mir, als geriete ich immer tiefer in ein Zwiebelbeet hinein, denn hier hat jedes Ding, jedes Tier, jeder Mensch eine äußerlich sichtbare Bedeutung; darin verbirgt sich eine zweite; ist die dann entschlüsselt, so verrät sie, daß eine dritte Bedeutung vorhanden ist, und so geht es weiter. Und mir, wie ich mich sehe, geht es genauso, denn mir scheint, daß der naiv-törichte junge Mann, der von der Maharani Taor Mamoree Abschied nahm, in einigen Wochen ein Greis voller Erinnerungen und voller Lebensregeln geworden sei, und es ist, denke ich, noch nicht zu Ende mit meinen Metamorphosen.

Und dieser Palast aus Zucker also...«

Er stockte und griff nach einer goldenen, einem Jatagan nachgebildeten Schaufel, die ihm ein Diener reichte.

»... den muß man essen, das heißt, ihn in Stücke hauen.«

Er stockte abermals, denn von dem unsichtbaren Dorf drunten hörte man tausend und abertausend kleine, durchdringende Schreie aufsteigen, die sich anhörten wie das Piepsen von kleinen Kücken, die einer erwürgt.

»... man muß ihn in Stücke hauen, und ich finde, den ersten Hieb sollte ihm einer von euch versetzen. Zum Beispiel du...«

Er streckte die goldene Schaufel dem Kind hin, das ihm am nächsten stand, einem kleinen Hirtenjungen mit schwarzen, dicht wie ein Helm am Kopf anliegenden Locken. Der Bub blickte aus dunklen Augen zu ihm auf, aber rührte sich nicht. Da trat ein Mann aus der Gegend zu Taor und sagte: »Herr, du sprichst Hindi, die Kinder verstehen aber nur Aramäisch.« Dann sagte er ein paar Worte auf aramäisch.

Der Bub griff nach der goldenen Schaufel und schlug damit herzhaft auf die Nougatkuppel des Palastes ein, so daß sie zerbrach und in den Innenhof stürzte.
Da erschien Siri, kaum wiederzuerkennen, voller Asche- und Blutflecken und mit zerrissenen Kleidern. Er stürzte zu dem Prinzen hin, nahm ihn beim Arm und zog ihn ein Stück weit vom Tisch weg.
»Prinz Taor«, keuchte er »dieses Land ist verflucht, ich hab's von jeher gesagt! Vor einer Stunde sind Herodes' Soldaten in die Stadt eingedrungen, und sie morden, morden, morden erbarmungslos!«
»Sie morden? Wen? Alle?«
»Nein, doch das wäre vielleicht sogar besser. Anscheinend haben sie Weisung, nur gegen Kinder männlichen Geschlechts unter zwei Jahren vorzugehen.«
»Unter zwei Jahren? Die ganz Kleinen, die wir nicht eingeladen haben?«
»Ja, gerade die. Sie erwürgen sie selbst noch in den Armen der Mutter!«
Geknickt ließ Taor den Kopf hängen. Von allen Heimsuchungen, die er erlebt hatte, war dies ganz sicher die schlimmste. Aber woher kam ein solcher Schlag? Befehl vom König Herodes, hieß es. Ihm kam Prinz Melchior wieder in den Sinn, der so nachdrücklich verlangt hatte, die Drei Könige müßten das gegebene Wort einlösen, nach Jerusalem zurückkehren und über die Erfüllung ihres Auftrags in Bethlehem Bericht erstatten. Ein nicht eingehaltenes Versprechen. Ein Verrat an Herodes' Vertrauen. Und wenn der Gewaltmensch – das wußte man aus Erfahrung – sich verhöhnt vorkam, dann gab es nichts, dessen er nicht fähig gewesen wäre. Alle Kinder männlichen Geschlechts unter zwei Jahren? Wie viele mochten das sein in dieser Bevölkerung, die um so nachwuchsfreudiger war, je bescheidener sie

lebte? Das Jesuskind, das sich zur Stunde schon auf den Pfaden Ägyptens befand, würde dem Gemetzel entgehen. Der blindwütige Schlag des alten Despoten würde danebengehen. Aber Unzählige würden ihm unschuldig zum Opfer fallen!

Völlig darein vertieft, den Zuckerpalast zu plündern, hatten die Kinder nicht gemerkt, daß Siri gekommen war. Allmählich waren sie immer lebhafter geworden; mit vollem Mund redeten sie, lachten sie, stritten sie sich um die besten Stücke. Taor und Siri zogen sich in den Schatten zurück und schauten ihnen zu.

»Sie sollen sich's nur recht gut schmecken lassen, indes ihre Brüderchen sterben müssen«, sprach Taor. »Sie werden die grausige Wahrheit noch zeitig genug entdecken. Was mich angeht, weiß ich nicht, was die Zukunft für mich bereithält, doch zweifle ich nicht daran, daß diese Nacht der Verklärung und des blutigen Mordens in meinem Leben das Ende einer Ära anzeigt: der Zeit des Zuckers.«

Die Salzhölle

Stille, nur selten einmal von Schluchzen unterbrochen, hüllte das Dorf ein, als die Reisegesellschaft im fahlen Frühlicht hindurchzog. Der blutige Massenmord, so raunte man, sei von Herodes' kimmerischer Legion ausgeführt worden, einer Einheit von Söldnern mit roten Schnauzbärten, die aus einem Land voll Nebel und Schnee kamen, die untereinander ein rätselhaftes Idiom sprachen und von dem Despoten stets für die schrecklichsten Aufträge verwendet wurden. Sie waren ebenso plötzlich verschwunden wie sie über die Stadt hergefallen waren, doch Taor wandte das Gesicht ab, um nicht sehen zu müssen, wie ausgehungerte Hunde an der Schwelle einer elenden Hütte eine Pfütze gerinnenden Blutes aufleckten. Siri bestand darauf, man müsse schräg hinüber nach Südosten ziehen, denn ihm war die Öde der Wüste von Judäa und der Steppen am Toten Meer lieber als die Nähe der Garnisonen von Hebron und Bersabea, an denen der direkte Weg vorbeiführte. Es ging immerfort abwärts, und das Gelände fiel mitunter so steil ab, daß unter den breiten Füßen der Elefanten große Mengen grauer Erde abbrachen und hinunterstürzten. Gegen Ende des Tages säumten allmählich immer mehr körnige, weiße Felsen den Weg der Dahinziehenden. Sie schauten die Felsen genauer an: es waren Salzblöcke. Sie kamen in einen schütteren Wald von weißen, blattlosen Büschen, die aussahen, als wären sie mit Rauhreif bedeckt. Die Zweige zerbrachen wie Porzellan: auch sie waren aus Salz. Endlich entschwand hinter ihnen die Sonne, und da sahen sie in der Scharte zwischen zwei Berggipfeln weit drunten eine metallen blaue Fläche: das

Tote Meer. Sie schlugen für die Nacht ihr Lager auf, als ein jäher Windstoß – wie er in der Dämmerung häufig auftritt – mit heftigem Schwefel- und Naphtageruch über sie herfiel.

»In Bethlehem«, meinte Siri düster, »da haben wir das Höllentor passiert. Seitdem geraten wir Tag um Tag tiefer in das Reich Satans hinein.«[11]

Taor war weder überrascht noch beunruhigt. Oder falls er es war, gewann seine leidenschaftliche Neugier die Oberhand über jegliches Furcht- oder Angstgefühl. Seit der Abreise aus Bethlehem hielt er unaufhörlich zwei Bilder gegeneinander und verglich sie – zwei Bilder, die gleichzeitig sichtbar geworden und dennoch schreiende Gegensätze waren: der Massenmord an den kleinen Kindern und der abendliche Schmaus im Zederngarten. Er war überzeugt, etwas Verwandtes, eine verborgene Beziehung verbinde die beiden Geschehnisse; bei aller Gegensätzlichkeit ergänzten sie einander in gewisser Weise, und wenn es ihm erst gelungen sei, beide zur Deckung zu bringen, dann werde eine Fülle von Licht auf sein eigenes Leben und sogar auf das Schicksal der Welt fallen. Kinder waren hingemordet worden, während andere Kinder um einen Tisch saßen und köstliche Speisen miteinander teilten. Darin lag etwas unerträglich Paradoxes, aber auch ein Schlüssel zu vielen Verheißungen. Er begriff: was er diese Nacht in Bethlehem erlebt habe, sei die Vorbereitung zu etwas anderem, sei im Grunde nichts als die unbeholfene und letztlich fehlgeschlagene Wiederholung eines anderen Geschehens, in dem die beiden Gegensätze – freundschaftliches Mahl und blutiges Opfer – verschmolzen sein würden. Aber so weit, das wirre Dunkel zu durchdringen, durch das er ahnungsweise die Wahrheit sah – so weit kam er mit seinem Nachdenken nicht. Ein einziges Wort nur schwamm obenauf in seinem Bewußtsein, ein geheimnisvolles Wort, das er kürzlich zum erstenmal gehört hatte, das aber eher etwas Vieldeutig-Dunkles als eine klar ersichtliche Lehre in sich barg: das Wort *Opfer.*

Am nächsten Tag ging es wiederum bergab, und je weiter Taor und seine Gefährten zwischen Schluchten und Geröllhalden in die Tiefe kamen, desto schwerer war die regungslose, glühheiße Luft mit mineralischen Dämpfen geschwängert. Schließlich lag es unverhüllt und in voller Ausdehnung zu ihren Füßen: das Tote Meer mit der Jordanmündung im Norden und, auf der anderen Seite, dem Ostufer, überragt von der zerklüfteten Silhouette des Berges Nebo. Eine sonderbare Einzelheit beschäftigte ihre Neugierde: auf der ganzen Fläche schien der stahlblaue Spiegel mit weißen Punkten getüpfelt, als peitsche eine starke Brise die Wellen und lasse Schaumkronen entstehen. Dabei lastete die Luft bleischwer auf allem und war völlig regungslos.

Ihrem Reiseziel nach hätten sie weitab vom Meer vorbeiziehen können, doch konnten sie der Verlockung, die jede Wasserfläche – ein Teich, ein See oder der Ozean – auf Wüstenwanderer ausübt, nicht widerstehen. So beschlossen sie, weiterhin ostwärts zum Meeresufer und sodann diesem entlang südwärts zu ziehen. Sie waren nur noch einen Pfeilschuß vom Strand entfernt, da begann alles, Mensch und Tier, plötzlich wie ein Mann zu rennen, hinunter ans Wasser, das sie mit seiner ganzen Klarheit und öligen Ruhe lockte. Die Schnellsten stürzten sich schon mit den Elefanten hinein – aber nur, um sofort augenreibend und voller Ekel ausspuckend wieder an Land zu kommen. Denn dieses schöne, zwar nicht durchsichtige, aber durchscheinende Wasser, giftig blau und von sirupartigen Schlieren durchzogen, ist nicht nur mit Salz gesättigt – und zwar derart, daß am Ufer und am Grund des Wassers Salz anstatt Sand liegt –; es ist auch im Übermaß mit Brom, mit Magnesium, mit

Naphta versetzt, eine wahre Hexensuppe, die einem den Mund mit Teer verpicht, in den Augen brennt, frisch vernarbte Wunden wieder aufbrechen läßt und den ganzen Körper mit einer dickflüssigen Schicht überzieht, die in der Sonne trocknet und dann zu einem kristallglänzenden Panzer wird. Taor, der als einer der letzten ans Ufer kam, wollte die Probe aufs Exempel machen. Vorsichtig setzte er sich in das warme Naß. Dann stieß er sich ab, ließ sich, wie auf einem unsichtbaren Sessel sitzend, treiben und bewegte sich, mehr Boot als Schwimmer, mit den Händen rudernd vorwärts. Aber eben diese Hände waren, als er aus dem Wasser kam, zu seiner Überraschung blutüberströmt. »Du hast offenbar«, meinte Siri erklärend, »schlecht verheilte Wunden gehabt, die du vergessen hattest. Dieses Wasser ist anscheinend außerordentlich blutgierig, und wenn es unter einer noch durchscheinenden Haut die Nähe von Blut errät, stürzt es sich darauf und will sich mit ihm vereinigen. Und am Ende fließt das Blut dann in Strömen.« Das alles freilich hatte Taor gleich schon zu Anfang gemerkt und begriffen. Ärgerlich war nur, daß er sich an keinerlei alte Wunde an seinen Händen erinnern konnte – nein, Siri konnte sagen, was er wollte – seine beiden Handflächen hatten ganz spontan von selbst oder als gehorchten sie einem geheimnisvollen Befehl, zu bluten angefangen.
Leicht erklären konnte Taor dafür das Geheimnis der weißen Kräuselgebilde, die auf dieser schweren, trägen, nicht zum Branden und Schäumen geschaffenen Wasserfläche zu sehen waren. Es waren dies in Wirklichkeit riesige Pilze aus weißem Salz, fest im Untergrund verwurzelt und wie Riffe mit der Spitze ihres Hutes aus dem Wasser ragend. Jedesmal wenn eine Welle darüber hinläuft, lagert sich eine neue Schicht Salz darauf ab.
Am Strand, auf dem, gebleicht wie Skelette prähistorischer

Tiere, Baumstämme verstreut lagen, wurde das Lager errichtet. Mit den Absonderlichkeiten dieses Meeres, das der Prophet »den großen See von Gottes Zorn« genannt hat, schienen sich nur die Elefanten angefreundet zu haben. Bis an die Ohren in dem ätzenden Naß stehend, duschten sie einander mit den Rüsseln wieder und wieder. Die Nacht sank, als die Reisegenossen Zeugen eines kleinen Dramas waren, das sie mehr beeindruckte als alles andere. Über das Meer, das bleiern im Dämmerlicht lag, kam vom anderen Ufer her ein großer schwarzer Vogel auf sie zugeflogen. Es war eine Art Ralle, ein Zugvogel, der sumpfige Gegenden liebt. Die Silhouette hob sich wie mit Tusche gezeichnet vom phosphoreszierenden Himmel ab, doch sah es aus, als fliege sie immer mühsamer und verliere rasch an Höhe. Die Strecke, die noch zu überwinden blieb, war mäßig, aber die Giftdünste, die aus den Fluten aufstiegen, töteten jegliches Leben. Plötzlich, in einem letzten, irren Aufbäumen, überhasteten sich die Flügelschläge. Die Flügel schlugen rascher, doch die Ralle kam nicht mehr voran und blieb in der Luft stehen. Dann, wie von einem unsichtbaren Hieb getroffen, stürzte sie plötzlich ab, und lautlos, ohne daß es auch nur spritzte, schlossen sich über ihr die Fluten.

»Verflucht, verflucht, verflucht! Es ist verflucht, dieses Land!« grollte Siri und schloß sich in sein Zelt ein. »Nun sind wir mehr als achthundert Ellen unter Meereshöhe hinabgestiegen, und alles gemahnt uns daran, daß wir im Reich der Dämonen sind. Ich möchte wissen, ob wir jemals da wieder herauskommen!«

Das Unheil, das sie am nächsten Morgen traf, schien diese düsteren Ahnungen zu bestätigen. Es begann damit, daß sie die letzten zwei Elefanten vermißten. Die Nachforschungen wurden jedoch bald abgebrochen, denn die Elefanten waren da, unbestreitbar, in Rufweite vor aller Augen: es hatten sich ganz einfach zwei riesige, elefantenförmige Salzpilze den anderen Salzgebilden zugesellt, die überall im seichten Wasser standen. Die beiden hatten einander mit ihren Rüsseln immerzu weiter mit Wasser übergossen; dadurch hatte sich auf beiden ein immer dicker werdender Salzpanzer gebildet, und sie waren, da sie ihr Reinigungsritual bis weit in die Nacht hinein fortsetzten, immer schwerer und schwerer geworden. Und nun standen sie da: gelähmt, erstickt, zermalmt von der Masse und Schwere des Salzes, geborgen freilich für Jahrhunderte, für Jahrtausende vor aller Unbill der Zeit.

Es waren die letzten Elefanten der Reisegruppe gewesen; zwangsläufig mußte sich ihr Verlust schlechthin katastrophal auswirken. Waren bislang Elefanten verlorengegangen, so war es möglich gewesen, den wichtigsten Teil ihrer Ladung auf die übrigen Elefanten zu verteilen. Damit war es nun aus. Unmassen von Proviant, Waffen und Gütern mußten zurückgelassen werden, weil niemand mehr da war, ihre Last zu schleppen. Was freilich noch gravierender war, waren die Leute, deren Daseinszweck just diese Tiere gewesen waren, und die sich nun nicht mehr an die Reisegesellschaft gebunden fühlten, und auch die anderen, alle anderen, die plötzlich merkten, daß die Dickhäuter viel mehr als nur Lasttiere gewesen waren: das Symbol der Heimat, die Verkörperung ihrer Tapferkeit und ihrer Treue zum Prinzen. Was tags zuvor an den Gestaden des Toten Meeres die Zelte aufgeschlagen hatte, war noch die Karawane des Prinzen Taor von Mangalore gewesen. Was nun, am nächsten Morgen wieder nach Süden aufbrach, war nur noch ein Häuflein Schiffbrüchiger, das einer ungewissen Rettung entgegenzog.

Sie brauchten drei Tage, bis sie am Südende des Meeres anlangten. Schon seit dem Vortag zog sich ihr Weg am Fuß himmelhoher Felswände hin; darin klafften Höhlen, von denen einige bewohnt gewesen sein mußten. Denn der Zugang zu ihnen führte über schmale, offensichtlich von Menschenhand in den Fels gehauene Pfade, über Treppen, in die harte Erde gegraben, ja sogar über ungefüge Leitern und Stege, die aus roh behauenen Baumstämmen gezimmert worden waren. Da aber Regen und Vegetation völlig fehlten, mußten alle derartigen Anlagen sich jahrhundertelang tadellos halten, und nichts ließ darauf schließen, ob sie verlassen seien und wie lange schon.

Im Weiterziehen gewahrten sie, daß die beiden Ufer einander immer näherkamen und bald vollends beisammen sein würden – da stockten sie plötzlich. Vor ihnen lag eine Landschaft voll großartig-phantastischer Schwermut. Es war offenbar eine Stadt, und sie mußte prachtvoll gewesen sein, und doch wäre es schon zu viel gewesen, die Spuren, die davon übrig waren, als Ruinen zu bezeichnen. Ruinen – das weckt die Vorstellung vom leisen, allmählichen Wirken der Zeit, von nagendem Regen, glühender Sonne, von der Kraft, mit der Flechten und Dorngestrüpp die Steine sprengen. Hier gab es nichts derartiges. Offensichtlich war diese Stadt, noch strahlend von Kraft und Jugend, in einem einzigen Augenblick vom Blitz zerschmettert worden. Paläste, Terrassen, Portiken, ein riesiger Platz, in der Mitte ein statuengeschmücktes Wasserbecken, mehrere Theater, Markthallen, Arkaden, Tempel – alles war wie weiches Wachs in Gottes Feuer zerschmolzen. Der Stein hatte den schwarzen Glanz von Anthrazit, und insbesondere seine Flächen schienen gläsern, seine Ecken stumpf, seine Kanten rund geworden wie unter der Flammenglut von hunderttausend Sonnen. Kein Laut, keine Bewegung, nichts war da, was diese ungeheure Totenstadt hätte wecken mögen, und man hätte wohl gesagt, sie sei unbewohnt, hätte sie nicht eine Bevölkerung besessen, die ihr glich: Silhouetten von Männern, Frauen, Kindern und sogar von Eseln und Hunden, die ein Weltuntergangsatem als Schatten auf Wände und Straßenbeläge geworfen und dort als Relief hinterlassen hatte.

»Nicht eine Stunde, nicht eine Minute länger an diesem Ort!« winselte Siri. »Taor, mein Prinz, mein Herr, mein Freund, du siehst ja, wir haben nun den letzten Kreis der Hölle erreicht. Aber sind wir denn tot? sind wir dazu verdammt, hier zu verweilen? Nein, wir sind lebendig, sind schuldlos! Darum auf! Fort von hier! Komm, in Elath warten unsere Schiffe!«

Taor hörte nicht auf diese flehentlichen Bitten, denn seine ganze Aufmerksamkeit war von anderen Stimmen gefesselt, undeutlichen, aber gebieterischen Stimmen, von denen ihm schon seit Bethlehem die Ohren klangen. In seinen Augen baute sich sein Leben immer mehr Stock für Stock übereinander auf, und jedes Stockwerk hatte unverkennbar Ähnlichkeit mit dem vorherigen – wodurch er jedesmal schon auf den ersten Blick nicht umhin konnte, sich darin zu erkennen – aber ebenso hatte auch jedes Stockwerk etwas überraschend Originelles, das bitter und herrlich zugleich war. Überwältigt sah er zu, wie sich sein Leben zum Schicksal wandelte. Denn jetzt sah er sich in der Hölle – aber hatte denn nicht alles mit Pistazienbäumen angefangen? Wohin führte sein Weg? Wie würde dies alles enden?

Sie waren bei einem Tempel angelangt, von dem nichts mehr übrig war als die Freitreppe, Säulenstümpfe und, weiter drüben, ein großer Steinkubus, der wohl der Altar gewesen sein mußte. Taor schritt ein paar Stufen des Vorhofs empor – Stufen, so ausgetreten, als wären Heere von Engeln und Dämonen darübergegangen –, dann wandte er sich zu seinen Gefährten. Er hegte nichts als Zuneigung und Dankbarkeit für diese Menschen aus der Heimat; sie waren ihm treulich gefolgt in ein Abenteuer, von dem sie nichts begriffen hatten – doch nun war es Zeit, daß sie Klarheit gewannen, daß sie sich entschieden, daß sie aufhörten, unmündige Kinder zu sein.

»Ihr seid frei«, sprach er zu ihnen. »Ich, Taor, Prinz von Mangalore, entbinde euch von jeder Gehorsamspflicht gegenüber meiner Person. Ihr seid frei, Sklaven. Ihr Männer, die ihr durch Vertrag oder durch euer Wort gebunden wart, seid dessen ledig. Ich beschwöre euch, getreue Freunde, euch nicht länger für mich zu opfern, wenn keine unabweisbare Überzeugung euch treibt, mir zu folgen. Wir haben uns auf eine Reise eingelassen, die nicht zuletzt schon ihres nichtigen Zieles wegen fröhlich, überschaubar und begrenzt zu werden versprach. Hat diese Reise überhaupt je begonnen? Manchmal zweifle ich daran. Jedenfalls endete sie in einer Nacht zu Bethlehem, als die einen Kinder sich's schmecken ließen, und ihre Brüder sterben mußten. Was damals begann, ist eine andere, ist meine ganz persönliche Reise. Und ich weiß nicht, wohin sie mich führt, auch nicht, ob ich sie allein oder mit einem Gefährten bewältigen muß. Ihr müßt euch entscheiden. Ich jag' euch nicht fort, und ich halte euch nicht. Ihr seid frei!«

Dann, ohne ein weiteres Wort, ging er wieder hinunter und mischte sich unter sie. Geraume Zeit schritten sie in Gassen dahin, die sich zwischen Spelunken hindurchschlängelten. Schließlich, als die Nacht hereinbrach, drängten sie sich allesamt in einem Areal zusammen, das einmal der Innengarten einer Villa gewesen sein mußte, aber jetzt nur noch der Sohle eines Verlieses glich. Massenhaftes Rascheln am Boden sagte ihnen, daß sie beim Hereinkommen eine Sippe Ratten oder ein Nest Schlangen aufgescheucht haben mußten.

Taor schloß aus dem, was sich danach ereignete, daß er etliche Stunden geschlafen hatte. Er kam nämlich wieder zu sich, als er laute Schritte hörte, die, mit dem harten Staken eines Krückstocks dazwischen, in der Gasse widerhallten. Zugleich huschten tanzende Lichter und Schattten über die Mauer, offenbar von einer Laterne, die jemand in der ausgestreckten Hand schwenkte. Die Geräusche entfernten sich, die Lichtfetzen entschwanden. Doch der Schlaf kehrte nicht wieder. Etwas später begannen die Geräusche und die Schlaglichter von neuem, als stammten sie von einem Wächter, der regelmäßig seine Runde machte. Diesmal kam er auch in den Garten. Er hob die Laterne und blendete Taor. Er war nicht allein. Hinter ihm verbarg sich schattenhaft eine andere Gestalt. Mit einigen Schritten war er bei Taor und beugte sich über ihn. Er war groß und trug ein schwarzes Gewand, das sich von seinem leichenblassen Gesicht scharf abhob. Hinter ihm stand wartend sein Begleiter, einen schweren Knüppel in der Hand. Der Mann blickte wieder auf, trat zurück und musterte den verfallenen Innenhof, in dem er stand. Dann heiterte sich sein Gesicht auf, und er brach in schallendes Gelächter aus.

»Hochedle Fremde«, sagte er, »seid willkommen zu Sodom!«

Und sein Lachen wurde noch lauter. Schließlich machte er kehrt und ging, wie er gekommen war. Doch seinen Begleiter hatte Taor nun im tanzenden Licht der Laterne besser sehen können, und der Prinz war sprachlos vor Erstaunen und Grauen. Am ehesten hätte er wohl gesagt, der Mann sei völlig nackt. Doch in Wahrheit ging es um etwas ganz anderes. Dieser Mann war rot, blutrot, und an seinem ganzen Körper sah man deutlich die Muskeln, die Nerven und die Blutgefäße, alle durchbebt von Leben. Nein, dieser Mann war nicht nackt, er war geschunden, ein lebendig

Geschundener, der lebte und, einen Knüppel in der Hand, das finstere Sodom durcheilte.
Die folgenden Stunden verbrachte Taor in einem halbbewußten Dämmerzustand, in dem Schlafen und Wachen und wohl auch einige Sinnestäuschungen durcheinandergingen. Die Geräusche, das Summen und Tosen der Stadt – Wagenrollen und Hufeklappern auf dem Pflaster, Schreie, Rufe, Flüche – all das dumpfe Grollen einer großen Zahl Menschen und ihres geschäftigen Treibens war durchaus wirklich und bewies: Sodom war noch immer bewohnt und lebte ein geheimes, nächtliches Leben. Dieses Leben ließ allmählich nach und war mit Tagesanbruch gänzlich verschwunden. Und nun schaute Taor sich um und gewahrte, daß von seinen Gefährten nur noch ein einziger bei ihm war. Siri wahrscheinlich? Sicher konnte er es nicht wissen, denn der andere lag da, bis zum Scheitel in eine Decke gehüllt, und schlief. Taor berührte ihn an der Schulter, dann rief er ihn an und rüttelte ihn. Auf einmal fuhr der Schlafende unter der Decke hervor, hob den zerzausten Kopf und schaute Taor an. Es war nicht Siri, es war Draoma, ein Mann untergeordneten Ranges, dem Taor niemals Beachtung geschenkt hatte, der in Siris Schatten gelebt und gewissenhaft die heiklen und gewichtigen Aufgaben des Schatzmeisters und Rechnungsführers der Reisegruppe erfüllt hatte.
»Was machst du da? Wo sind die anderen?« fragte ihn heftig der Prinz.
»Du hast uns die Freiheit geschenkt«, sagte Draoma. »Sie sind fort. Die meisten ziehen Siri nach, in Richtung Elath.«
»Was hat Siri zur Begründung seiner Abreise gesagt?«
»Er hat gesagt, die Gegend hier sei verflucht, doch du lassest dich unerklärlicherweise hier festhalten.«
»Das hat er gesagt?« wunderte sich Taor. »Es ist wahr, ich

kann mich nicht entschließen, dieses Land zu verlassen, ohne vorher gefunden zu haben, was zu suchen ich – ohne es recht zu wissen – hierher gekommen bin. Aber weshalb hat Siri nicht mit mir gesprochen, bevor er mich verließ?«

»Er hat gesagt, das fiele ihm zu schwer. Er hat gesagt, du hättest uns mit deiner kleinen Ansprache vor eine teuflische Wahl gestellt: entweder wie Diebe verschwinden – oder dableiben.«

»Und er ist wie ein Dieb verschwunden. Ich verzeihe ihm. Aber du – weshalb bist du dageblieben? Hast du allein deinem Prinzen treu bleiben wollen?«

»Nein, Herr, nein«, gab Draoma freimütig zu. »Auch ich wäre gern weggegangen. Aber ich bin für die Kasse der Expedition verantwortlich, und du mußt meine Abrechnungen durchsehen. Ohne dein Siegel darauf kann ich mich in Mangalore nicht blicken lassen, zumal wir beträchtliche Ausgaben hatten.«

»Sobald ich also deine Abrechnungen gesichtet habe, gehst auch du auf und davon?«

»Ja, edler Herr«, erwiderte Draoma, ohne sich zu schämen. »Ich bin nur ein kleiner Buchhalter. Meine Frau und meine Kinder...«

»Schon gut, schon gut«, unterbrach ihn Taor. »Du sollst deinen Prüfvermerk haben. Aber laß uns nicht hier in diesem Loch bleiben.«

Im Streiflicht der aufgehenden Sonne gewann die Stadt ein Relief zurück, wie sie es seit ihrer Zerstörung nicht mehr gehabt hatte, aber es war unwirklich, schattenhaft, gespenstisch. Was den Raum in ihr erfüllte, waren nicht Türme, Säulenkapitelle, Dächer, sondern riesenhafte schwarze Schlagschatten auf den vom Licht des Morgens rosig angehauchten Steinfliesen. Taor schritt über sie hin und setzte den Fuß auf die Schatten, beflügelt von einem Glücksgefühl, das er sich gar nicht zu erklären suchte. Er hatte alles verloren, all seine leckeren Süßigkeiten, seine Elefanten, seine Gefährten; er wußte nicht, wohin er gehe. Er hätte singen mögen – so sehr berauschte es ihn, nichts mehr zu besitzen und nun für alles, was ihm widerfahren mochte, offen und bereit zu sein.

Verworrene Geräusche, das Brüllen von Kamelen, dumpfe Schläge, Flüche, Ächzen und Stöhnen zogen ihn in den Südteil der Stadt. Taor und Draoma gelangten schließlich auf einen ziemlich weitläufigen Rastplatz, auf dem sich eine Karawane zum Aufbruch bereitmachte. Die Lastkamele, ein grobes Seil um den Unterkiefer gebunden, ließen einen Blick, schwer von hochmütiger Melancholie, rundum schweifen. Da man ihnen die Vorderbeine aneinandergefesselt hatte, konnten sie sich nur mit kurzen, hastigen Schritten bewegen. Dann löste man ihre Fesseln, aber nur, damit sie sich niederlassen konnten, und so gingen sie unter wütendem Knurren zunächst vorn, dann hinten mit den Beinen zu Boden. Anschließend ging es ans Draufschnallen der Ladung: es war Salz, das einzige Handelsgut, das die Karawane mitführte, Salz in durchscheinenden viereckigen Platten – je Kamel immer vier –, dann wieder Salz in Kegelform, mit Palmblattzöpfen umflochten. Der Rastplatz öffnete sich übergangslos zur Wüste hin, und Taor mußte unwillkürlich an einen Hafen denken – Elath oder Mangalore – wo ein Flottenverband sich fieberhaft zu langer Überfahrt rüstet. Denn in Wahrheit gleicht nichts so sehr einer monotonen, planmäßig verlaufenden Fahrt bei ruhigem Meer wie wenn eine Karawane zwischen blonden, bis zum Horizont wogenden Sanddünen hindurch ihres Weges zieht.

Er beobachtete den jungen Karawanenmeister, der einem Kamel ein ausgeklügeltes Geflecht aus Schnüren auflegte, damit die Last nicht auf den Rücken des Tieres rutschen

sollte – da kam plötzlich ein Halbdutzend Soldaten, stellte ihn und bildete einen engen Kreis um ihn. Es entspann sich ein lebhafter Wortwechsel, dessen Bedeutung Taor entging, dann nahmen die Soldaten den Karawanenmeister in die Mitte und führten ihn ab. Ein feister Mann, der die Rechenschnur um die Hüfte geknotet trug, verfolgte das Ganze aus der Nähe und schien mit den Augen nach einem Zeugen zu suchen, bei dem er seiner Empörung und Genugtuung Luft machen könne. Auf einmal bemerkte er Taor und sagte erklärend:
»Dieser Gauner schuldet mir Geld und war drauf und dran, sich mit der Karawane aus dem Staub zu machen! Es war höchste Zeit, ihn festzunehmen!«
»Wohin führen die ihn?« fragte Taor.
»Vor den Merkurialrichter natürlich.«
»Und dann?«
»Dann?« Der Kaufmann wurde ungeduldig. »Nun, dann soll er zahlen, was er mir schuldet, und wenn er dazu nicht in der Lage ist, dann fort mit ihm in die Salzminen!«
Und die Achseln zuckend vor soviel Unwissenheit, eilte er den Soldaten nach.
Salz, Salz, immerfort Salz! Schon von Bethlehem an hatte Taor nichts anderes mehr gehört als dieses Wort, ein Wort das einen bedrängte, das tiefe Wurzeln hatte, ein Wort aus vier Buchstaben wie das Korn, der Wein, der Mais, der Reis, der Käse – die Grundlagen jeglicher Nahrung, symbolträchtig und jeweils kennzeichnend für unterschiedliche Kulturen. Aber mag es auch eine Korn-, eine Mais- oder eine Reiskultur geben – kann man sich eine Salzkultur vorstellen? Liegt nicht in diesem Kristall eine Bitternis, eine ätzende Schärfe, die dem Gedanken widerstrebt, von ihm könne etwas Gutes, Lebendiges ausgehen? Während er so hinter den Soldaten und ihrem Gefangenen herschritt, wandte er

sich mit Fragen an Draoma:
»Sag mir, Schatzmeister und Rechnungsführer, was bedeutet, von dir aus gesehen, das Salz?«
»Das Salz, Herr, ist ein ungeheurer Reichtum! Es ist der Edelkristall, so wie es Edelsteine und Edelmetalle gibt. In zahlreichen Gegenden dient es als Tauschmünze, eine Münze, die ohne das Bild eines Fürsten und darum von seiner Macht und seinen betrügerischen Machenschaften unabhängig ist. Eine Währung also, die vor Verfall gefeit ist, die freilich nur für ein völlig trockenes Klima taugt, denn sie hat den Nachteil, beim erstbesten Regen zu nichts zu zerrinnen.«
»Vor Menschen gefeit, vor einem Platzregen aber schutzlos!«
Taor bewunderte die Kraft dieses Kristalls, der sich mehr und mehr mit gegensätzlichen Eigenschaften anreicherte und auch imstande war, einen simplen Buchhalter beredt und geistreich werden zu lassen.
Die Soldaten und ihr Gefangener, hinter ihnen immer der dicke Kaufmann, waren hinter einer Mauerruine verschwunden. Dort angekommen, fanden Taor und sein Begleiter eine schmale Treppe, die sie nun gleichfalls hinabstiegen. Ein abschüssiger Stollen führte unten weiter zu einem schönen, großen Kellerraum, über dem, wie sich aus den Strebepfeilern an den Wänden und aus dem Rippengewölbe schließen ließ, einst ein imposantes Gebäude gestanden haben mußte. Eine Unzahl von Menschen war hier unten, schweigend, in ständigem Kommen und Gehen, und sie nahm – außer mit ihrem Stillschweigen – keine Rücksicht auf das Merkurialgericht, das in einer apsisförmigen Vertiefung tagte. Mit leidenschaftlichem Interesse beobachtete Taor diese Männer, diese Frauen, diese Kinder, allesamt Sodomiten, allesamt verborgene – oder aber von ihren Nachbarn in

stillschweigendem Einvernehmen nicht zur Kenntnis genommene – Bewohner der fluchbeladenen Stadt, Überlebende eines tausend Jahre zuvor durch Feuer vom Himmel ausgetilgten Volkes. »Diese Rasse«, dachte Taor, »muß wohl unzerstörbar sein, wenn nicht einmal Gott selber mit ihr fertiggeworden ist!« In den Gesichtern, an den Gestalten suchte er, was wohl für das Volk der Sodomiten kennzeichnend sei. Ihre Magerkeit und der Eindruck von Kraft, den sie vermittelten, ließen sie groß erscheinen, obschon sie kaum mehr als mittelgroß waren. Aber an ihnen, selbst an Frauen und Kindern, war nichts Frisches, nichts Zartes zu finden, denn ihr Körper hatte etwas Verdorrtes, Federleichtes, ihr Gesicht einen Ausdruck gespannter, immer zum Sarkastischen bereiter Wachheit, die zugleich anziehend und beängstigend wirkten. »Die Schönheit des Teufels«, dachte Taor, denn er vergaß nicht, daß sie eine ob ihrer Sitten abgelehnte und gehaßte Minderheit waren. Doch alles an ihrem Auftreten und Verhalten sprach von ihrem unerschütterlichen Willen, ein Menschenschlag für sich zu sein, ohne damit aufzutrumpfen, aber nicht ohne Stolz.
Taor und Draoma blieben in der Nähe des Gerichts stehen, das nun über den Karawanenmeister zu urteilen hatte. Den Soldaten und dem Kläger hatten sich ein paar Neugierige zugesellt, aber auch eine Frau mit gramzerfurchtem Gesicht, die vier kleine Kinder an sich gepreßt hielt. Die Leute wiesen einander auch noch auf drei andere Gestalten hin; sie waren in rotes Leder gekleidet und blickten auf unheimlich anmutende Werkzeuge hinab, und die Aufgabe des Henkers, die sie offensichtlich versahen, strafte ihre gutmütigen Gesichter Lügen.
Die Verhandlung ging sehr rasch; der Richter und seine Beisitzer hörten kaum auf die Antworten und Einwände des Beklagten.

»Wenn ihr mich einsperrt, kann ich doch meinen Beruf nicht mehr ausüben, und wovon soll ich dann meine Schulden zahlen?« gab er zu bedenken.

»Warte nur, du bekommst dann schon Arbeit anderer Art«, meinte der Kläger ironisch.

An der Verurteilung konnte kein Zweifel mehr sein; um so mehr schrien die Frau und die Kinder. Da trat Taor vor das Gericht und bat, ihm ein kurzes Wort zu gestatten.

»Dieser Mann hat eine Frau und vier kleine Kinder, die durch seine Verurteilung hart und ganz ungerecht mitgetroffen werden«, sagte er. »Würden die Richter und der Kläger darum einem reichen Fremden, der gerade auf der Durchreise in Sodom weilt, gestatten, die vom Beklagten geschuldeten Summen zu zahlen?«

Das Angebot war phantastisch, und die ganzen Leute begannen sich um das Gericht zu drängen. Der Vorsitzende winkte den Kaufmann zu sich, und sie redeten einen Augenblick leise miteinander. Dann schlug er mit der flachen Hand auf den Richtertisch und gebot Ruhe. Und danach erklärte er, das Angebot des Fremden sei angenommen unter der Bedingung, daß die geschuldete Summe sofort in einwandfrei gültiger Münze bezahlt werde.

»Um welchen Betrag geht es denn?« fragte Taor.

Ein erstauntes, bewunderndes Raunen ging durch die Reihen der Anwesenden: so wußte also der großzügige Fremde nicht einmal, auf was er sich da einließ!

Der Kaufmann übernahm es, Taor sogleich zu antworten.

»Ich verzichte auf den Ersatz für den Verzugsschaden und auch für die Gerichtskosten, die mir entstanden sind. Ich runde den Betrag auf die nächstniedrigere glatte Zahl ab. Kurzum, ich betrachte mich mit der Bezahlung von dreiunddreißig Talenten als abgefunden.«

Dreiunddreißig Talente? Taor hatte keinerlei Vorstellung,

wieviel ein Talent und auch sonst irgendeine Münze wert sei. Aber die Zahl dreiunddreißig schien ihm mäßig und darum beruhigend, und so drehte er sich in größtem Gleichmut nach Draoma um und befahl ihm: »Zahle!« Alle Neugier der Menge wandte sich nun dem Buchhalter zu. Würde der wirklich den magischen Akt vollziehen, durch den der zahlungsunfähige Schuldner frei würde? Der Geldsäckel, den er aus dem Mantel zog, sah lächerlich klein aus, noch enttäuschender freilich waren die Worte, die er nun von sich gab.

»Prinz Taor«, sagte er, »du hast mir gar keine Zeit gelassen, dir Rechenschaft abzulegen über unsere Ausgaben und Verluste von unserer Abreise in Mangalore bis heute. Sie sind ungeheuer groß gewesen. Damals etwa, als wir die Bodhi den Lämmergeiern überließen...«

»Erspar' mir den ganzen Bericht von unserer Reise«, unterbrach ihn Taor, »und sag mir ohne Umschweife, wieviel du noch hast.«

»Ich habe noch zwei Talente, zwanzig Minen, sieben Drachmen, fünf Silberschekel und vier Oboli«, rasselte der Buchhalter sein Sprüchlein herunter.

Schallendes Gelächter erhob sich ringsum. Aha, so stand es! Dieser so selbstsichere Fremde mit seinem großspurigen Auftreten war bloß ein Hochstapler! Taor wurde rot vor Zorn, aber noch mehr auf sich selbst als auf dieses lachlustige Publikum. Was! Nicht einmal eine Stunde war es her, da hatte er sich seiner Mittellosigkeit gefreut wie einer ihm unerwartet vom Schicksal geschenkten Jugend, da hatte er sich an seiner Armut und Ungebundenheit berauscht wie an einem neuen, zum erstenmal verkosteten Wein, und nun, da es auf eine Probe ankam – dieser heillos verschuldete Mann, diese Frau unter der Bürde ihrer Kinder – da gab er sich wieder als goldschwerer Prinz, der alle Hindernisse mit einem Wink an seinen Schatzmeister beiseite räumt. Er hob die Hand und bat abermals ums Wort.

»Meine Herren Richter«, sprach er, »ich habe Anlaß, mich bei euch zu entschuldigen, schon deshalb, weil ich mich nicht besser vorgestellt habe. Ich bin Taor Malek, Prinz von Mangalore, der Sohn des Maharadscha Taor Malar und der Maharani Taor Mamoree. Der kleine und – wie ich zugebe – etwas lächerliche Vorfall, dessen Zeuge ihr soeben gewesen seid, läßt sich nur daraus erklären, daß ich zeitlebens nie ein Geldstück angerührt, ja nicht einmal eines gesehen habe. Talent, Mine, Drachme, Schekel und Obolus, das sind alles Worte einer Sprache, die ich nicht spreche und die ich nicht verstehe. Dreiunddreißig Talente, das ist also die Summe, die nötig ist, um diesen Mann auszulösen. Daß sie mir fehlen könnte, wäre mir nie in den Sinn gekommen. Ich habe sie also nicht? Daran soll es nicht liegen! Ich mache euch einen anderen Vorschlag. Ich bin jung, es geht mir gut, ja – nach meinem Bauch zu urteilen – vielleicht zu gut! Vor allem habe ich weder Weib noch Kind. Feierlich bitte ich euch deshalb, meine Herren Richter, und dich, den Kaufmann und Kläger, damit einverstanden zu sein, daß ich den Platz des Häftlings in euren Gefängnissen einnehme. Dort werde ich solange arbeiten, bis ich genug verdient habe, um die geschuldeten dreiunddreißig Talente zu bezahlen.«

Den Leuten war das Lachen vergangen. Ein so ungeheures Opfer verlangte Schweigen und Ehrfurcht.

»Prinz Taor«, sprach nun der Richter, »soeben konntest du noch nicht einmal ermessen, wie erheblich die für den Freikauf des Schuldners erforderliche Summe war. Jetzt machst du uns einen Vorschlag, der ungleich gravierender ist, denn du erbietest dich, für den anderen mit Leib und Leben zu bezahlen. Hast du es dir auch gut überlegt? Treibt dich nicht nur eine Aufwallung trotzigen Ärgers, weil du

vorhin verlacht worden bist?«
»Herr Richter, das Herz des Menschen ist verworren und dunkel, und ich mag nicht beschwören, was sich in ihm, selbst in dem meinen, verbirgt. Um herauszufinden, welche Gründe mich treiben, so zu handeln, wie ich es tue, habe ich die ganze Zeit meiner Gefangenschaft vor mir. Dir mag es genügen, daß diese Gründe klar, stark und unwiderruflich sind. Abermals erkläre ich mich bereit, anstelle dieses Mannes die Haftzeit auf mich zu nehmen, die zur Zahlung seiner Schuld nötig ist.«
»Es sei«, sagte der Richter, »es geschehe deinem Willen gemäß. Legt ihn in Eisen!«
Sofort knieten sich die Henkersknechte mit ihrem Werkzeug zu Taors Füßen nieder. Draoma, noch immer den Geldsäkkel in der Hand, warf entsetzte Blicke nach rechts und nach links.
»Mein Freund«, sprach Taor zu ihm, »behalte dieses Geld, es wird dir für die Heimreise nützlich sein. Geh! Fahr nach Mangalore zurück, wo deine Familie auf dich wartet. Nur um zwei Dinge bitte ich dich: erstens sag' zu Hause nie ein Wort über das, was du hier gerade gesehen hast, und auch nicht über das Los, das mir beschieden ist.«
»Ja, Prinz Taor, ich werde zu schweigen wissen. Und das zweite?«
»Umarme mich, denn ich weiß nicht, wann ich wieder einen Menschen aus meinem Lande sehe.«
Sie fielen einander um den Hals, dann tauchte der Buchhalter, der vergebens seine Eile zu verbergen suchte, flugs in der Menge unter. Die Schergen machten sich noch immer an Taors Füßen zu schaffen. Der Freigekaufte gab sich der überströmenden Freude seiner Familie hin. Als Taor schon abgeführt werden sollte, wandte er sich ein letztes Mal an den Richter.

»Ich weiß, daß ich dreiunddreißig Talente abarbeiten muß«, sagte er. »Aber wie lange braucht ein Gefangener, bis er diesen Betrag beisammen hat?«
Anscheinend überraschte die Frage den Richter, der sich bereits in die Akten eines anderen Falles vertieft hatte.
»Wie lange ein Salinenarbeiter braucht, um dreiunddreißig Talente zu verdienen? Aber das ist doch ganz klar: dreiunddreißig Jahre!«
Und achselzuckend wandte er sich wieder etwas anderem zu. Dreiunddreißig Jahre! Schwindel erfaßte Taor, da er diese praktisch unendliche Zeit vor sich sah. Die Knie versagten ihm; ohnmächtig brachte man ihn in die unterirdische Welt der Salinen.

Das Verfahren der Eingewöhnung war für alle Salinenhäftlinge das gleiche. Der Schock über den Wandel der Umwelt- und Lebensbedingungen erschütterte selbst die derbsten Naturen derart schwer, daß es vor allem anderen darum ging, einem Selbstmord vorzubeugen. Der Neuankömmling wurde darum im hinteren Teil einer Einzelzelle in Eisen gelegt. Erforderlichenfalls wurde er mit einem Röhrchen zwangsweise ernährt. Jahrhundertealte Erfahrung hatte gezeigt, daß die Umstellung um so mehr Erfolgsaussicht hatte, je radikaler sie war. Wenn die große Krise zu Anfang mit ihrer Verzweiflung erst einmal überstanden war – sie konnte sechs Tage bis sechs Monate dauern –, dann war nicht daran zu denken, daß der Salinenarbeiter, ehe fünf Jahre um waren, das Tageslicht wieder sehen durfte. Dementsprechend durfte er in diesem Zeitraum auch nur mit Menschen zusammenkommen, die gleichfalls und unter denselben Bedingungen im Bergwerk arbeiteten, und seine Nahrung durfte nicht von dem abweichen, was er von nun an immer bekommen würde: getrockneten Fisch und brackiges Wasser. Und daß es Taor – dem als Prinz einst Zuckerwerk über alles gegangen war – auf diesem Gebiet am härtesten ankam, seinen Geschmack und seine Lebensgewohnheiten umzustellen, versteht sich von selbst. Vom ersten Tag an brannte ihm die Kehle von einem rasenden Durst. Doch war das nur ein auf den Hals, also auf eine Stelle beschränkter, äußerlicher Durst. Der verschwand allmählich – aber nur um einem anderen, vielleicht weniger brennenden, aber aus innerstem Wesen aufsteigenden Durst Platz zu machen. Nicht Mund und Kehle allein schrien nun nach Süßwasser, nein, sein ganzer Körper mit all seinen Organen, jede einzelne Zelle, sie alle litten an einem bis ins Tiefste reichenden Wasserentzug und waren ein einziger, lautloser Schrei. Um diesen Durst zu stillen – das wußte er genau, wenn er ihn in sich grollen hörte – dazu würde er den ganzen Rest seines Lebens brauchen, falls er vor seinem Tode überhaupt je in Freiheit käme.

Die Salinen bildeten ein riesiges Netz unterirdischer Gänge, Säle und Steinbrüche, alle ganz und gar in Steinsalz gehauen, eine Stadt, wahrhaft in der Erde begraben – doppelt begraben, denn sie lag unter den ebenfalls in die Erde versunkenen Wohnhäusern und öffentlichen Gebäuden von Sodom. Die Arbeit verteilte sich auf die drei Phasen der Salzgewinnung. Es gab die Terrassierer, die Flözbrecher und die Hauer. Die Hauer schlugen die durch die Flözbrecher vom Untergrund gelösten Blöcke zu weißlichen Platten zurecht. Die Terrassierer setzten das Stollengraben und -erschließen fort, eine Arbeit, die schon Jahrhunderte währte und allem Anschein nach niemals enden würde. Die Härte des Steinsalzes machte jegliches Abstützen der Gänge unnötig; an Überraschendem und Gefährlichem fehlte es dabei dennoch keineswegs. So erschien zuweilen in der Tiefe einer

Stollenwand oder -decke ein dunkles Phantom von phantastischen Formen, ein Riesenkrake, ein krankes Pferd mit aufgedunsenen Gliedmaßen, ein Vogel, unheimlich wie ein Alptraum. Es war ein Einsprengsel von weichem, breiigem Lehm, im Steinsalz gefangen wie eine riesige Luftblase in der Klarheit eines Kristalls. Wurde bei der Arbeit des Abteufens ein »Phantom« sichtbar, so waren die Terrassierer gezwungen, das Hindernis, dessen Gesamtmasse sich nicht abschätzen ließ, zu umgehen. So waren die Stollen überall von regungslosen Ungeheuern bedrängt, die im Bauch des Berges hockten, und manchmal, des Gehabes und der Nadelstiche dieser menschlichen Ameisen müde, zerbarst mit einem Donnerschlag eine dieser Blasen und überschwemmte eine ganze Mine mit Tonnen flüssigen Lehms.
Der Salinenbetrieb bestand aus siebenundneunzig Minen; diese lieferten das Ladegut für die beiden Karawanen, die allwöchentlich Sodom verließen. Die Erzeugung von Salz in Plattenform wurde freilich in erheblichem Umfang ergänzt durch das mittels hölzerner Model in Kegelform gebrachte Salz, das in besonderen Becken durch Trocknen von Meersalz an der Sonne gewonnen wurde. Diese Arbeit in den Salzbecken war, weil sie sich im Freien abspielte, bei allen unter Tage beschäftigten Salinenarbeitern als eine Art Rückkehr zu normalen Lebensbedingungen sehr begehrt. Manche erreichten durch serviles Verhalten daß sie dazu eingeteilt wurden. Doch das Bergwerk läßt die, die ihm einmal gehört haben, nicht so leicht los. Die starke Sonnenbestrahlung, an die diese Männer nicht mehr gewöhnt waren, verbrannte ihnen Haut und Augen, und sie mußten mit unheilbaren Hautschäden oder Augenentzündungen wieder in das unterirdische Halbdunkel zurückkehren. Die tiefste Erniedrigung ist ein Zustand, der sich der Erniedrigung so angepaßt hat, daß jede Besserung unmöglich wird. Unter der ständigen

Einwirkung der kalisalzgesättigten Feuchtigkeit mußten manche Bergleute zusehen, wie ihre Haut immer mehr litt, wie sie dünn und schließlich ganz durchscheinend wurde – ähnlich wie bei einer kaum verheilten Wunde – so daß sie schließlich aussahen wie Geschundene. Man nannte sie die Roten Männer, und was Taor in der Nacht seiner Ankunft in Sodom gesehen hatte, war einer von ihnen gewesen. Sie gingen gewöhnlich nackt – sie konnten kein Kleidungsstück vertragen, und am allerwenigsten Kleider aus der Mine, denn die waren ganz rauh von Salz – und wenn sie sich einmal hinauswagten, geschah es aus Scheu vor der Sonne nur mitten in der Nacht. Taor blieb – wohl weil er aus Indien stammte – vor diesem allgemeinen Verschleißen der Haut bewahrt, aber seine Lippen wurden dünn wie Pergament, sein ganzer Mund trocknete aus, seine Augen füllten sich mit Eiterschwären, aus denen es immerzu feucht über die Wangen rann. Gleichzeitig schwand sein Bauch dahin, und sein Körper wurde der eines kleinen, gebeugten, verschrumpelten Alten.

Lange Zeit kannte er nichts als den riesigen Keller – so groß wie der Innenraum eines Tempels –, wo er die Salzplatten zurechtschnitt und abkratzte, dann die feuchten Stollen, die vom einen zum anderen Punkt des Bergwerks führten, und vor allem den seltsamen mineralischen Aufenthaltsraum, wo er mit rund fünfzig anderen aß und schlief und wo die Häftlinge ihre Freizeit darauf verwendet hatten, massive Tische, Sessel, Schränke, Nischen und, als Raumschmuck, sogar Pseudokronleuchter und Statuen aus dem Salz zu hauen.

Nach einer Phase völliger Absonderung, deren Dauer er nicht abschätzen konnte, durfte er wieder hinauf ans Tageslicht. Zunächst ging es darum, daß er an Fahrten zum Fang von Seefischen teilnehmen sollte, denn Fisch stellte ja die einzige Nahrung der Häftlinge dar. Fischfang schien einigermaßen paradox in einem Gewässer, das keinerlei tierisches oder pflanzliches Leben zuließ. In Wahrheit aber hieß das, daß man ans andere Ende des Toten Meeres fahren mußte, an die Einmündung des Jordan, was drei Tagemärsche erforderte; weitere vier Tage brauchte man, bis man mit den Fischkörben zurück war.

Das Bild, wie der Jordan in der Nähe des Toten Meeres ankommt und, von dessen schweren Fluten aufgesogen, verschwindet, beeindruckte Taor tief, denn er sah darin das Abbild von Sterben und Tod. Leicht, plätschernd, fischreich, im Schatten balsamischer Kräuter und vogelzwitschernder Tamarinden kommt der Fluß daher. Jugendlichtollkühn schießen seine rauschenden Wasser der Zukunft entgegen. Was ihn erwartet, ist fürchterlich. Er stürzt in einen Schlund aus gelber Erde, der ihn übel verschmutzt und den Schwung seiner Strömung bricht. Von nun an ist er nur noch ein träger Fluß, der langsam dem verhängnisvollen Ende entgegenrollt. Die Pflanzen, die ihn hartnäckig weiter zu säumen trachten, recken verkrüppelte, schon mit Sand und Salz versetzte Zweige gen Himmel. Am Ende nimmt dann das Tote Meer nur noch einen kranken Fluß in sich auf und verdaut ihn, ohne daß er wieder irgendwo austritt – denn das Meer hat im Süden ja keinen Abfluß. Ein Stück von der Jordanmündung entfernt spielt sich ein anderes Drama ab; das kraftvolle Kreisen der Fischadler weist darauf hin. Die Jordanfische – Brassen, Barben, vor allem auch Welse – kommen, von den im Meerwasser enthaltenen Stoffen betäubt, zu Tausenden herauf und treiben bauchoben auf der Wasserfläche – freilich nur für kurze Zeit, denn bald gehen sie, vom aufgenommenen Salz zu schwer geworden, wie ein Stein unter. Diese mineraliengetränkten toten Fische bemühten sich die Häftlinge mit Netzen heraufzuholen;

manchmal mußten sie sich mit den Seeadlern darum raufen, die ob dieses Eindringens in ihre Jagdgründe wütend waren. Wahrhaftig ein sonderbares Fischen, unwirklich und todesdüster, so recht im Stil dieser fluchbeladenen Gegend!
An Seltsamkeit reichte das Fischen freilich nicht an eine Art Harpunierjagd heran, die einzigartig war und an der Taor ebenfalls teilnehmen mußte. Das Boot fuhr langsam mitten aufs Meer hinaus – an die Stellen, an denen es bekanntermaßen seine größte Tiefe erreicht –, während ein darin geübter Mann sich vorn über Bord beugte und, die an ein Seil gebundene Harpune griffbereit neben sich, gespannt in die sirupähnlichen Tiefen hinunterschaute. Wonach spähte er wohl? Nach einem wütenden schwarzen Ungeheuer, das in keinem anderen Meer haust, dem *Akephalotauros*, dem Stier ohne Kopf. Dort, wo die metallene Flut am dichtesten schillerte, erschien plötzlich sein wirbelnder Schatten, und der hielt stracks auf das Boot zu und wurde rasch immer größer. Nun galt es, seiner Herr zu werden und ihn an Bord zu hieven. Es war nichts anderes als ein großer Klumpen Asphalt, vom Meeresgrund ausgeschieden und durch den Auftrieb des dichten Wassers schnell an die Oberfläche steigend. Diese Ungeheuer aus Bitumen hatten die ärgerliche Eigenschaft, daß sie am Boot hafteten und sich mit tausend elastischen Fäden daran festklammerten. Um sie zu entfernen, verwendeten die Sodomiten eine widerliche Mixtur aus Männerurin und Menstrualblut. Der Asphalt war wertvoll, nicht nur zum Kalfatern von Schiffen, sondern auch als Bestandteil von Arzneimitteln, und so ließ sich dafür ein guter Preis erzielen.[12]
Ganz und gar nutzlos und vergeblich war dafür allem Anschein nach das Pflücken der Sodomäpfel auf den vom Toten Meer bei Überschwemmungen abgelagerten salzhaltigen Gips- und Mergelschichten. In diesen gifthaltigen Gefilden

wächst ein dorniger Strauch mit zarten, spitzen Blättern, der eine Frucht, ähnlich der wilden Zitrone, hervorbringt. Diese Frucht erscheint äußerlich köstlich und saftig, erweist sich aber als empfindlicher Reinfall, denn sie strotzt, wenn sie reif ist, von einem ätzenden Saft, der im Mund wie Feuer brennt, und wenn man sie trocknet, gibt sie einen grauen, pulvrigen Samen ab, der wie Asche aussieht und Augen und Nase reizt. Taor konnte nie erfahren, zu welchem Zweck man ihn diese Sodomäpfel ernten ließ.

Im Zuge dieser Fahrten versuchte Taor das Ufer wiederzufinden, wo er mit seiner Mannschaft genächtigt hatte, als er von Bethlehem herabkam. Alle Orientierungspunkte, die er in Erinnerung hatte, waren wie ausgelöscht. Selbst die beiden im Salz erstarrten Elefanten – die doch kaum zu übersehen waren – blieben unauffindbar. Seine ganze Vergangenheit schien zunichte geworden. Und doch stieg sie noch ein letztesmal in höchst überraschender und höhnischer Form vor ihm auf.

Eines Tages wurde nämlich eine kugelrunde, sozusagen von der eigenen Wichtigkeit prall geschwellte Erscheinung in Grube sechs verschlagen, wo auch Taor war. Der Mann hieß Kleophantes und stammte aus Antiochia Pisidica, einer Stadt in Galatisch Phrygien, nicht zu verwechseln – so erklärte er jedem, der es hören wollte – mit Antiochia in Syrien, das am Orontes liege. Der Kerl lebte ganz in derartigen rabulistischen Unterscheidungen, die er mit erhobenem Zeigefinger und schulmeisterlicher Miene jedem einzutrichtern suchte. Er genoß Sondervergünstigungen, denn Salinenarbeiter war er anscheinend nur infolge einer Reihe von Mißverständnissen, die sich, so versicherte er, bald aufklären würden. Tatsächlich war er auch nach einer Woche wieder verschwunden, ohne in Eisen gelegt oder in eine Zelle gesperrt worden zu sein. Was Taors Interesse weckte, war der Umstand, daß Kleophantes, wie er verlauten ließ, seines Zeichens Konditor und Spezialist für levantinisches Zuckerwerk war. Eines Nachts, als sie nebeneinanderlagen, konnte Taor nicht mehr an sich halten und fragte ihn:

»Rahat Lukum – sag, Kleophantes, weißt du, was Rahat Lukum ist?«

Der Konditor aus Antiochia fuhr auf und schaute Taor an, als sähe er ihn zum erstenmal. Was mochte dieses menschliche Wrack mit Rahat Lukum gemein haben?

»Weshalb interessierst du dich für Rahat Lukum?« fragte er ihn.

»Das wäre eine viel zu lange Geschichte.«

»So wisse denn: Rahat Lukum ist ein edles, köstliches, mit viel Kunst bereitetes Naschwerk, das im Munde von solchem Abschaum der Menschheit, wie du es bist, nicht am Platze wäre!«

»Ich bin nicht immer solch ein Abschaum der Menschheit gewesen, aber du wirst es mir wohl schwerlich glauben, wenn ich dir sage: ich habe schon Rahat Lukum gegessen, ja, sogar, um dir nichts zu verhehlen, sogar solches mit Pistazien. Und auch das will ich dir sagen: ich habe dafür bezahlt, sogar sehr teuer bezahlt, daß ich das Rezept davon wissen wollte. Und ich, wie du mich hier siehst, hab' es immer noch nicht gefunden, dieses Rezept…«

Endlich war Kleophantes in dieser Unterwelt einem Gesprächspartner begegnet, der seines kulinarischen Könnens würdig war. Er warf sich in die Brust.

»Hast du jemals etwas von Tragant gehört?« fragte er.

»Von Tragant? Nein, noch nie«, gab Taor bescheidentlich zu.

»Das ist der getrocknete Saft einer Staude der Gattung *astragalus*, die man in Kleinasien antrifft. Er quillt in kaltem Wasser und sieht dann wie ein weißer, dicker, zähflüssiger Schleim aus. Tragant nimmt in den höheren Sphären der

Gesellschaft einen bevorzugten Platz ein. Bei den Apotheken wird er zu Brustpastillen, bei den Frisören zu Pomade, bei den Weißzeugwäschern zu Appretur und beim Konditor zu Gelee. Seine höchste Verherrlichung aber erfährt er im Rahat Lukum.

Zuerst mußt du die Tragantklümpchen mit frischem Wasser abspülen. Du leerst sie in eine Schüssel, gibst Wasser dazu, bis sie bedeckt sind, und läßt das Ganze zehn Stunden ziehen. Am nächsten Tag machst du zunächst ein großes Gefäß mit Wasser heiß, das als Wasserbad dienen soll. Du leerst den Schüsselinhalt in einen Topf und setzt ihn in das Wasserbad. Du wartest, bis der Tragant schmilzt, rührst dabei mit einem hölzernen Löffel um und schöpfst von Zeit zu Zeit den Schaum ab. Dann streichst du den geschmolzenen Tragant durch ein Tuch und läßt ihn nochmals zehn Stunden ziehen. Ist diese Zeit um, geht es wieder ans Kochen im Wasserbad. Du gibst Zucker, Rosen- oder Orangenblütenwasser zu. Dann läßt du ihn unter ständigem Rühren solange kochen, bis du einen Teig erhältst, den man auswellen kann. Du nimmst das Ganze vom Feuer und läßt es eine Minute ziehen. Dann gibst du den Teig auf eine Marmorplatte und schneidest ihn mit dem Messer in Würfel, nicht ohne in jeden einen Nußkern zu stecken. Und läßt es an einem kühlen, luftigen Ort erhärten.«

»Gut, aber... und die Pistazien?«

»Welche Pistazien?«

»Ich hatte doch von Rahat Lukum mit Pistazien gesprochen.«

»Nichts leichter als das. Du zerstößt Pistazienkerne so fein wie möglich, zu richtigem Pistazienstaub, weißt du. Und den rührst du anstelle des Rosen- oder Orangenblütenwassers, von dem ich sprach, ganz innig in den Teig hinein. Bist du jetzt zufrieden?«

»Freilich, freilich«, murmelte Taor traumverloren.
Weil er sonst seinen Kameraden zu ärgern fürchtete, setzte er nicht hinzu, wie fern ihm diese Geschichte um das Rahat Lukum jetzt vorkam: es war nur die winzige, leichte Hülse um ein kleines Samenkorn, und das hatte in seinem Leben ungeheure Wurzeln geschlagen und es von Grund auf verwandelt, doch sein Erblühen versprach den hohen Himmel zu füllen.

Hohe Gesellschaftskreise in Sodom verschmähten es nicht, bei der Minenverwaltung um Entsendung gefangener Salinenarbeiter zu bitten, wenn niedrige Arbeit durchzuführen oder wenn in einer außergewöhnlichen Lage zeitweilig Hilfe vonnöten war. Die Minenverwaltung war an sich gegen diese Praktiken, die sich – so meinte man – bei den Gefangenen unheilvoll auswirkten. Sie konnte sich jedoch manchen Persönlichkeiten gegenüber eine Weigerung nicht leisten. Und so bekam Taor in der Livree eines Dieners oder eines Mundschenken Sodoms große Herren im Laufe langer nächtlicher Essen, zu denen sie sich zusammenfanden, unverhüllt zu Gesicht. Die Pflichten des Dieners und des Mundschenken – die seiner schicksalhaften Beziehung zu Speise und Trank entsprachen – boten ihm einen unübertrefflichen Beobachtungsposten. Von den Gästen und Tischgenossen quasi als nicht vorhanden betrachtet, sah, hörte, registrierte er alles. Falls die für den Arbeitseinsatz Verantwortlichen befürchtet hatten, diese Stunden in einer luxuriös-raffinierten Umgebung könnten die physische und moralische Widerstandskraft der Salinenarbeiter untergraben, so hatten sie sich, zumindest was Taor anging, getäuscht. Im Gegenteil, für den früheren Prinzen Zuckerwerk war nichts erquickender als diese Männer und Frauen zu sehen, die von sich sagten, sie seien nicht das Salz der Erde, weil es in Sodom ja keine Erde gebe; sie seien das Salz des Salzes, ja sogar das Salz vom Salz des Salzes. Nicht daß er versucht gewesen wäre, sich ohne Vorbehalt an sie zu binden, an diese Fluchbeladenen, Verworfenen, vereint vom messerscharfen Geist der Verneinung und des Spottes, von eingewurzeltem Skeptizismus und sorgsam gepflegter Arroganz. Mehr als deutlich waren sie in einer vorgefaßten, schwarzfärberisch-ätzenden Grundhaltung befangen und wahrten sie peinlich genau, gewissermaßen als ihr einziges Stammesgesetz.

Taor war eine Zeitlang einem einflußreichen Haus zugewiesen, dem Haus eines Ehepaars, das auf großem Fuß lebte und bei dessen Soupers sich alles zusammenfand, was es in Sodom an Glanzvollem und Zersetzendem gab. Sie hießen Semazar und Amraphelle, und, obschon Mann und Frau, sahen sie einander ähnlich wie Bruder und Schwester mit ihren wimpernlosen Augen, deren Lider nie zuckten, mit ihrer hochmütig geschürzten Nase, ihren schmalen, geschwungenen, spöttischen Lippen und den beiden tiefen, bitteren Falten, die, Wunden gleich, ihre Wangen furchten. Gesichter, glühend von scharfem Geist, die immer lächelten und die nicht lachen konnten. Zwei Menschen, sicherlich eng verbunden, ja sogar zuinnerst im Einklang, nur eben im Stil Sodoms – und ein uneingeweihter Beobachter hätte sich über die Atmosphäre allzeit wacher Bosheit gewundert, die sie ständig zwischen sich bewahrten. Mit dem Instinkt des treffsichersten Scharfschützen lauerte jeder bei seinem Gesprächspartner auf die verwundbare Stelle, an der er sich eine Blöße gäbe; sie wurde dann augenblicklich zur Zielscheibe für einen ganzen Schwarm kleiner, vergifteter Pfeile. Für die Beziehung von Sodomiten untereinander wollte es die ungeschriebene Regel, daß sie um so grausamer übereinander herfielen, je mehr sie einander liebten. Nachsicht bedeutet ihnen Gleichgültigkeit und Wohlwollen Verachtung.

Wie ein Schatten glitt Taor in den weiten Hallen hin und her, wo hinter hermetisch verschlossenen Türen ganze Nächte hindurch ein Festgelage im Gange war. Giftfarbene Liköre aus den Brennereien am Toten Meer ließen die Phantasie erglühen, den Ton der Gespräche anschwellen, Zynismus aus jeder Bewegung hervorbrechen. Abscheuliches wurde da gesagt und getan, und Taor war dabei gezwungenermaßen Zeuge, nicht aber Komplize. Er hatte begriffen, daß Sodoms Kultur in der innigen Verschmelzung dreier Elemente bestehe: dem Salz, dem Tiefengraben, in dem Sodom lag, und einer besonderen Weise des Liebesvollzugs. Nun, die Salzgruben und deren extreme Tiefenlage, die spürte Taor schon so viele Jahre an Leib und Seele, daß nun wohl bald der Tag kommen mußte – oder war er gar schon gekommen? – da er in dieser Hölle länger gelebt hatte als irgendwo sonst. Das genügte wohl, um ihm einen – freilich ganz dem Verstand entstammenden und abstrakten – Begriff vom Geist Sodoms zu geben. Er dachte zurück an seine ersten Schritte in der vom Blitz zerschmetterten Stadt, an seine Beobachtung, daß alles, was sonst Relief ist, was in einer Stadt normalerweise plastisch hervortritt, hier durch Schlagschatten ersetzt war. Plötzlich Hals über Kopf in das untergründige Leben der Stadt gestürzt, hatte er erst später begriffen, daß die plastischen Formen, deren Profil sich durch diese Schatten abzeichneten, unter Jahwes Fuß nicht nur flach geworden, sondern ins Gegenteil verkehrt, ins Negative umgesetzt worden waren. So spiegelte sich denn alles erhaben Geformte in der Stadt verkehrt, nämlich in Gestalt einer Vertiefung wider, die ähnlich und zugleich diametral entgegengesetzt war. Diese Umkehrung hatte auch ihr Gegenstück im sodomitischen Geist. In seiner Sicht bestand die Welt aus scharfgeschnittenen, eckigen schwarzen Schatten, die in schwindelnde Abgründe fielen. Beim Sodomiten löste sich alles dem Auge erhaben Scheinende in einer tiefgründigen Analyse auf, wurde jegliches Höherstreben zum Tieferdringen, jegliche Theologie zur Ontologie, und die Freude, zum Licht des Verstandes zu kommen, war starr vom Entsetzen des nächtlichen Suchers, der hinuntergräbt nach den Grundmauern des Seins.

Doch weiter ging Taors Verständnis nicht, und er sah wohl, daß die beiden Elemente der sodomitischen Kultur, die er kannte – das Salz und die Tiefenlage – gleichsam zufällig und äußerlich nebeneinander standen, wenn das erotische Element sie nicht einhüllte in seine fleischgewordene Wärme und Dichte. Da er nicht hier geboren und nicht das Kind sodomitischer Eltern war, würde ihm – das war klar – Sodoms Art von Liebe immer einen instinktiven Abscheu einflößen, und die Bewunderung, die er diesen Leuten nicht versagen konnte, würde immer mit Mitleid und Widerwillen gemischt sein.

So hörte er sie denn mit wachem Ohr ihre Liebesbegegnungen rühmen, doch fehlte ihm der Sinn, sie nachzuempfinden, eine Fähigkeit, ohne die man derlei Dinge nur halb begreift. Sie brüsteten sich damit, sie entzögen sich der – in der Beschneidung verkörperten – abscheulichen Verstümmelung der Augen, des Geschlechts und des Herzens, wie Jahwes Gesetz sie den Kindern seines Volkes zufüge, um sie zu jeglicher nicht der Fortpflanzung dienenden Sexualität untauglich zu machen. Sie hatten nur sarkastische Worte für den Fortpflanzungsfimmel um jeden Preis, wie er bei den anderen Juden herrsche; er führe zwangsläufig zu zahllosen Verbrechen, von Abtreibungspraktiken bis hin zum Aussetzen von Kindern. Sie erinnerten daran, wie schändlich Lot

einst gehandelt, als er seine Heimatstadt verleugnet und sich auf Jahwes Seite geschlagen habe, um sich dann später von seinen eigenen Töchtern betrunken machen und vergewaltigen zu lassen. Sie priesen sich glücklich ob der unfruchtbaren Wüste, in der sie lebten, ob des kristallenen Materials, aus dem sie bestand – das heißt eines Materials, das sich in einer Unmasse geometrischer Formen erschöpfte –, ob der reinen, vom Körper restlos aufgenommenen Nahrung, die sie aßen und durch die ihr Gedärm, anstatt als unflatgeblähte Kloake dienen zu müssen, die alles durchziehende hohle Säule ihres Körpers sei und bleibe. Wie sie sagten, bedeuteten die beiden *o* in dem Namen Sodom – wie auch in Gomorrha, freilich in anderem Sinne – die beiden gegensätzlichen Sphinkter des menschlichen Körpers – den oralen und den analen – die in Verbindung stehen, die – einer das Echo des anderen – von des Menschen einem Ende zum anderen nacheinander riefen, gleichsam als Alpha und Omega des Lebens, und allein der Sexualakt der Sodomiten entspreche diesem großen, dunklen Tropismus. Sie sagten auch, durch die Sodomie gewinne das Besitzen des Partners anstatt sich in einer Sackgasse einzuschließen, Anschluß an das Labyrinth der Eingeweide, tränke und labe jede Drüse, errege jeden Nerv und bringe jegliches Gedärm in Aufruhr, bis es letztlich mitten im Gesicht münde – es verwandle demnach den ganzen Körper in eine Trompete, eine Tuba, tief aus Fleisch und Blut tönend, eine schleimhautbesetzte Ophikleide mit endlos verästelten Schlingen und Voluten. Taor freilich verstand sie besser, wenn er sie sagen hörte, die Sodomie, anstatt den Sexus der Fortpflanzung zu unterwerfen, steigere ihn und führe ihn auf die königliche Bahn des Nahrungskreislaufs.
Weil sie die Jungfräulichkeit des jungen Mädchens wahrt und nicht in das gefährliche Räderwerk weiblicher Fruchtbarkeit eingreift, stand die Sodomie besonders bei Frauen in

Gunst, so sehr, daß sie Teil eines regelrechten Matriarchats wurde. Eine Frau – Lots Weib – war es übrigens auch, der die ganze Stadt als ihrer Schutzgottheit Verehrung erwies. Zwei Engel hatten Lot gewarnt, Feuer vom Himmel werde auf die Stadt herabregnen. Lot übte Verrat an seinen Mitbürgern und floh mit seinem Weib und seinen beiden Töchtern beizeiten aus der Stadt. Es war ihnen jedoch verboten worden, zurückzuschauen. Lot und seine Töchter gehorchten. Doch sein Weib konnte nicht anders, sie wandte sich um und wollte der geliebten Stadt, die da in den Flammen versank, ein letztes Lebewohl zurufen. Diese Bewegung der Liebe wurde ihr nicht verziehen, und Jahwe ließ die Unselige zur Salzsäule erstarren[13].

Zu Ehren dieses Opfertodes versammelten sich die Sodomiten alljährlich gewissermaßen zum Nationalfeiertag um diese Statue, die seit nunmehr tausend Jahren aus Sodom floh – widerstrebenden Herzens freilich, so daß ihr ganzer Körper, sich drehend, der Stadt zugewandt war: ein herrliches Symbol mutiger Treue. Lobgesänge erklangen, es wurde getanzt; rings um die Tote Mutter – wie man sie liebevoll nannte – taten sich Paare »auf hiesige Weise« zusammen; sie wurde mit der ganzen Flora des Landes – mit Sandrosen, fossilen Seelilien, Quarzveilchen, Gipszweigen – überhäuft, diese Frau, die, mitgerissen und gelähmt zugleich, dastand im harten Wirbeln ihrer steingewordenen Schleier.

Einige Zeit danach traf in Saline sechs ein neuer Gefangener ein. Der warme Ton seiner Haut, seine volle Erscheinung und vor allem ein gewisses entsetztes Staunen, das in diesen unterirdischen Räumen ständig in seinem Blick lag – alles an ihm verriet den Mann, der ganz frisch erst der blühenden Erde und der freundlichen Sonne entrissen war und noch den Duft des Lebens droben an sich trug. Die Roten Männer umringten ihn sofort, betasteten ihn und fragten ihn aus. Er hieß Demas und stammte aus Merom, einem Dorf an dem kleinen, vom Jordan durchflossenen Hulehsee. Die Gegend ist dort sehr sumpfig und reich an Fischen und Wasservögeln, und so hatte er von Jagd und Fischfang gelebt. Ach, wäre er nur in seiner Heimat geblieben! Doch er war, von der Hoffnung auf noch reicheren Fang getrieben, jordanabwärts gegangen, zunächst zum See Genesareth, wo er sich lange aufgehalten hatte, war dann weitergezogen, weiter nach Süden, durch Samaria, hatte in Bethanien Station gemacht und war schließlich dorthin gelangt, wo der Fluß ins Tote Meer mündet. Verflucht, dieses Land, grauenvoll die Tierwelt, abscheulich, was mir dort begegnet ist! jammerte er. Weshalb nur hatte er sich nicht sofort auf den Heimweg gemacht, hinauf in den lachenden, grünenden Norden? Er hatte mit einem Sodomiten Streit bekommen und hatte ihm mit einem Axthieb den Schädel gespalten. Die Kameraden des Getöteten hatten ihn festgehalten und ihn mitgenommen nach Sodom.

Die Roten Männer meinten schon bald aus dem fremden Häftling alles, was ging, herausgeholt zu haben, und überließen ihn dem Zustand hoffnungsloser Erschöpfung, den Neuankömmlinge stets durchmachten, bevor sie sich mit ihrem schrecklichen Dasein abfanden. Taor nahm ihn unter seine Fittiche, nötigte ihn behutsam, ein wenig Nahrung zu sich zu nehmen, und drängte sich in seine Schlafnische im Salz, um neben ihm liegen zu können. Nicht selten sprachen sie in der malvenfarbenen Nacht der Saline stundenlang halblaut miteinander, wenn sie, Kreuz und Nacken von Müdigkeit zerschlagen, dennoch keinen Schlaf finden konnten.

So erwähnte Demas nebenbei auch einmal andeutungsweise einen Wanderprediger, dessen Worte er am Ufer des Sees Tiberias und in der Gegend um die Stadt Kapharnaum

gehört habe, und der bei den Leuten landläufig der Nazarener heiße. Taor ging zunächst nicht weiter darauf ein, doch in seinem Herzen loderte von diesem Augenblick an eine warme, lichte, kleine Flamme auf, denn er hatte sofort begriffen, daß von dem die Rede sei, den er in Bethlehem verfehlt hatte und um dessentwillen er sich geweigert hatte, mit seinen Gefährten weiterzuziehen. Er ließ Demas' Äußerung hingehen, wie ein Fischer einen wunderbaren Fisch, auf den er seit Jahren lauert, davonschwimmen läßt, wenn er ihn endlich gefunden hat, weil nur äußerste Behutsamkeit ihn bewegen kann, ins Netz zu gehen. Er verfügte ja über unbegrenzte Zeit, und so ließ er Demas' Gedächtnis langsam, Tropfen um Tropfen, alles ausdestillieren, was er von dem Nazarener wußte, sei es, daß er es hatte erzählen hören oder daß er es mit eigenen Augen gesehen hatte. Und so erzählte Demas von jenem Hochzeitsmahl zu Kana, bei dem Jesus das Wasser in Wein verwandelt hatte, dann von jener Unzahl von Menschen, die in der Wüste um ihn versammelt gewesen waren und die er mit fünf Broten und zwei Fischen gespeist hatte, so daß alle satt geworden waren. Diese Wundertaten hatte Demas nicht miterlebt. Dafür war er dabei gewesen, als Jesus einen Fischer gebeten hatte, ihn mit dem Boot auf den See hinauszufahren und das Netz auszuwerfen. Der Fischer hatte nur widerwillig gehorcht, denn er hatte sich zuvor schon die ganze Nacht abgemüht, ohne etwas zu fangen, aber nun meinte er, das Netz werde reißen, eine solche Unmenge Fische hatte er gefangen. Das hatte Demas mit eigenen Augen gesehen und konnte es bezeugen.
»Es sieht mir danach aus«, sagte Taor schließlich »als liege es dem Nazarener vor allem am Herzen, die zu speisen, die ihm folgen...«
»Mag sein, mag sein«, stimmte Demas zu, »aber es ist bei weitem nicht so, daß die Männer und Frauen um ihn herum

seiner Einladung immer bereitwillig nachkommen. Nein, und so hab' ich auch gehört, wie er – sicherlich ob der Kälte und Gleichgültigkeit derer, die er so reich beschenken wollte – eine ganz bittere Parabel erzählte: die Geschichte von einem reichen, großzügigen Mann, der große Kosten aufgewendet hatte, um Verwandten und Freunden ein köstliches Mahl auszurichten. Als alles bereit war und er sah, daß niemand kam, schickte er einen Knecht zu ihnen, der sie an seine Einladung erinnern sollte. Aber jeder erfand wieder eine andere Ausrede und sagte ab. Einer mußte einen soeben gekauften Acker besichtigen, der andere fünf Paar neue Ochsen erproben, wieder ein anderer ging gerade auf Hochzeitsreise. Da sandte der reiche, großzügige Mann seine Knechte auf die Straßen und Plätze, sie sollten alles einladen was sie dort fänden: Bettler, Krüppel, Blinde und Lahme, ›damit‹, sagte er, ›die köstlichen Speisen, die ich bereitet habe, nicht verloren sind‹.«

Als Taor das hörte, kamen ihm all die Worte in den Sinn, die er selbst geäußert hatte, als er Balthasars, Melchiors und Kaspars Erzählung vernommen hatte, und er mußte damals wahrhaftig einer göttlichen Eingebung gefolgt sein: denn damals hatte er – nach dem Eingeständnis, daß ihm Kunst, Politik und Liebe, all das, was die drei Könige beschäftige, schrecklich fremd sei – die Hoffnung ausgedrückt, der Heiland möge auch für ihn einen Zuspruch haben, der seinem innersten Wesen entspreche. Und nun war er da: durch des armen Demas Mund erzählte Jesus ihm Geschichten von einem Hochzeitsmahl, von zahllos vermehrten Broten, wunderbaren Fischzügen, von einem Festessen für die Armen, für ihn, Taor, dessen ganzes Leben – und selbst noch die große Reise in den Okzident – sich um Essen und Trinken gedreht hatte.

»Und das ist noch gar nichts«, fuhr Demas fort. »Man hat

mir von einer Predigt berichtet, die er in der Synagoge zu Kapharnaum gehalten haben soll und die so abenteuerlich klingt, daß ich, obschon mein Gewährsmann volles Vertrauen verdient, immer noch nicht recht daran glauben kann.«

»Was soll er da gesagt haben?«

»Er soll wörtlich gesagt haben: ›*Ich bin das lebendige Brot, das vom Himmel herabgekommen ist. Wenn ihr das Fleisch des Menschensohnes nicht esset und sein Blut nicht trinket, so werdet ihr das Leben nicht in euch haben. Wer mein Fleisch ißt und mein Blut trinkt, der bleibt in mir und ich in ihm.*‹ Diese Worte erregten Tumult und Entrüstung und die meisten, die ihm gefolgt waren, liefen weg.«

Taor schwieg, wie geblendet von der schrecklichen Klarheit dieser heiligen Worte. Sich vorwärts tastend in dem für seinen Geist allzu grellen Licht sah er dann doch, wie Ereignisse seines früheren Lebens plötzlich neues Profil und neue Folgerichtigkeit gewannen; freilich ward ihm bei weitem nicht alles verständlich. Das Kuchenessen zum Beispiel, zu dem er die Kinder von Bethlehem eingeladen, und der zur selben Zeit verübte Mord an ihren kleinen Brüdern begannen einander näherzurücken und einander gegenseitig zu erhellen. Jesus begnügte sich nicht damit, die Menschen zu speisen, er ließ sich als Opfer darbringen und gab ihnen sein eigenes Fleisch und Blut als Speise und Trank. Nicht zufällig hatten Festmahl und Blutopfer zu Bethlehem gleichzeitig stattgefunden: es waren die beiden Seiten desselben Sakraments und unwiderstehlich berufen, aufs engste verbunden zu sein. Ganz zu schweigen von Taors eigenem Dasein in den Salzgruben, das in seinen Augen plötzlich einen Sinn gewann. Den armen Kindern von Bethlehem hatte er ja nur Süßigkeiten gegeben, deren Last die Elefanten geschleppt hatten; den Kindern des verschuldeten Karawanenmeisters hingegen hatte er Leib und Leben geschenkt.

Niemals aber war Taor von den Worten des Nazareners, die er durch Demas erfuhr, tiefer berührt als da, wo sie von frischem Wasser und sprudelnden Quellen sprachen. Denn seit Jahren schrie jede Zelle seines Körpers vor Durst, und er hatte, wenn er ihn zu löschen versuchte, nichts als brackiges Wasser. Wie ungeheuer war deshalb die Bewegung des in der Salzhölle Gepeinigten, als er die Worte vernahm: *»Wer dieses Wasser trinkt, wird wieder Durst haben. Wer aber das Wasser trinkt, das ich ihm geben werde, den wird nie wieder dürsten. Ja, mehr noch: das Wasser, das ich ihm gebe, wird in seinem Herzen ein lebendiger Quell werden für das ewige Leben.«* Keiner wußte besser als Taor, daß das keine Metapher war. Er wußte, daß das Wasser, das den Leib erquickt und jenes, das dem Geist entspringt, nicht mehr wesensverschieden sind, sobald man der Entzweiung durch die Sünde entronnen ist. Ihm kam wieder die Erinnerung an die Insel Dioskoris, an die Lehre des Rabbi Rizza von einer Speise und einem Trank, die imstande seien, Leib und Seele zugleich mit Kraft und Glück zu erfüllen. Alles, was Demas sagte, paßte wirklich so sehr auf Taor, entsprach so genau den Fragen, die ihn schon immer bedrängt hatten, daß ganz sicher Jesus selber es war, der durch den Fischer aus Merom zu ihm sprach.
Eines Nachts berichtete Demas dann noch: Jesus hatte auf dem Rückweg von Tyrus und Sidon den Berg erstiegen, den man die *Hörner von Hattin* nennt, denn er liegt unweit eines Dorfes namens Hattin, drei Stunden vom See, und hat die Form eines Sattels: mittendrin nach unten gebogen, außen beiderseits hoch aufragend. Und dort lehrte Jesus die Massen des Volkes. Er sprach: *»Selig sind die Armen im Geiste, denn ihrer ist das Himmelreich. Selig die Sanftmütigen, denn sie werden die Erde besitzen.«*
»Was sagte er noch?« fragte Taor leise.

»Er sagte: ›*Selig, die nach Gerechtigkeit dürsten, denn ihr Durst wird gestillt werden.*‹«
Kein Wort hätte so persönlich an Taor gerichtet sein können, den Mann, der so lange schon Durst litt, damit der Gerechtigkeit Genüge geschah. Inständig bat er Demas, sie nochmals und nochmals zu wiederholen, diese paar Worte, in denen sein ganzes Leben beschlossen lag. Dann ließ er den Kopf zurücksinken und an der glatten, malvenfarbenen Wand seiner Nische ruhen, und nun geschah ein Wunder. Oh, ein unscheinbares, ein winziges Wunder, das nur Taor allein bezeugen konnte: aus seinen verätzten Augen, seinen eiternden Lidern rollte ihm eine Träne über die Wange und dann auf seine Lippen herab. Und als er die Träne schmeckte, war es Süßwasser, der erste Tropfen nichtsalzigen Wassers, den er seit mehr als dreißig Jahren getrunken hatte.
»Was hat er sonst noch gesagt?« drängte er weiter, außer sich vor Erwartung.
»Er hat auch noch gesagt: ›*Selig, die da weinen, denn sie werden getröstet werden.*‹«

Demas, ganz offenbar außerstande, das Leben in den Salinen auszuhalten, starb bald darauf, und sein Leichnam gesellte sich zu denen seiner Vorgänger in die große Salzkammer, wo sie dem Kali ausgesetzt sind, das unablässig am Werk ist, dem Körper das Wasser zu entziehen, alle Keime der Verwesung in ihm abzutöten und die Toten zu verwandeln: zuerst in steife Pergamentpuppen, dann in Statuen aus Glas, durchsichtig und zerbrechlich. Und die Reihe der Tage ohne Nacht ging weiter, jeder Tag so völlig gleich dem vorherigen, als beginne derselbe Tag unaufhörlich von neuem, ohne Hoffnung auf ein Ende, einen Ausweg aus dem Kreis.
Doch eines Morgens fand sich Taor allein am nördlichen Tor

der Stadt. Man hatte ihm ein linnenes Hemd, einen Sack Feigen und eine Handvoll Scheidemünzen auf den Weg mitgegeben. Waren sie denn um, die dreiundreißig Jahre seiner Schuld? Vielleicht. Taor, der nie hatte rechnen können, hatte sich da auf seine Gefängniswärter verlassen, und überdies war in ihm das Zeitgefühl selbst so sehr geschwunden, daß alles, was sich seit seiner Ankunft in Sodom ereignet hatte, ihm vorkam, als sei es samt und sonders zur gleichen Zeit geschehen.

Wohin nun? Die Frage hatte in Demas' Schilderungen schon vorab eine Antwort gefunden. Zunächst hinaus aus den Tiefen Sodoms und hinauf zum normalen menschlichen Leben. Dann sich auf den Weg machen nach Westen, auf den Weg nach der Hauptstadt, wo er am ehesten Aussicht hatte, die Spur Jesu zu finden.

Sein völlig entkräfteter Zustand wurde zum Teil dadurch ausgeglichen, daß er ganz leicht geworden war. Ein dürres Gestell aus Haut und Sehnen, ein wandelndes Skelett, schwankte er hin und her bis zum Boden hinunter, als wären zur Rechten wie zur Linken unsichtbare Engel da, die ihn stützten. Schlimmer war der Zustand seiner Augen. Mit ihren blutenden Lidern, verkrustet von wachsartigen Sekreten, die in dünnen, trockenen Schuppen abblätterten, konnte er schon lange kein starkes Licht mehr vertragen. Taor riß den unteren Rand seines Kleides ab und band sich einen Streifen davon über das Gesicht, so daß er nur durch einen schmalen Schlitz seinen Weg sehen konnte. So zog er wieder an dem Meeresufer, das er so gut kannte, hinauf gen Norden. Doch er brauchte sieben Tage und sieben Nächte, bis er endlich zur Jordanmündung kam. Von dort ging er in westlicher Richtung weiter, auf Bethanien zu, das er am zwölften Tag erreichte. Es war das erste Dorf, auf das er traf, seit er in Freiheit war. Nach dreiunddreißig Jahren des

Zusammenseins mit den Sodomiten und ihren Gefangenen wurde er nun nicht müde, Männer, Frauen, Kinder zu betrachten, die menschlich aussahen und sich in einem grünenden, blühenden Land ganz natürlich bewegten, und der Blick darauf war so erquickend, daß er bald seine Binde abnehmen konne, weil sie unnütz geworden war. Er ging vom einen zum anderen, immer mit der Frage, ob etwas bekannt sei von einem Propheten namens Jesus. Der Fünfte, bei dem er fragte, verwies ihn an einen Mann, der ein Freund Jesu sei. Er heiße Lazarus und wohne mit seinen Schwestern Martha und Maria-Magdalena zusammen. Taor ging also zum Haus dieses Lazarus. Es war verschlossen. Ein Nachbar erklärte ihm, heute sei der vierzehnte Nisan, und an diesem Tag gebiete es das Gesetz den frommen Juden, in Jerusalem das Osterfest zu feiern. Zu Fuß sei es nicht einmal eine Stunde dorthin, und obgleich es schon spät sei, habe er noch Aussicht, Jesus und seine Freunde bei einem gewissen Joseph von Arimathäa anzutreffen.
Taor machte sich erneut auf den Weg, aber am Ausgang des Dorfes hatte er einen Anfall von Schwäche, denn er hatte gar nichts mehr zu sich genommen. Doch schon nach einem kurzen Augenblick zog er, als hätte eine geheimnisvolle Kraft ihn aufgerichtet, wieder weiter.
Eine Stunde, hatte man ihm gesagt. Er brauchte deren drei, und als er nach Jerusalem kam, war es schon tiefe Nacht. Lange suchte er Josephs Haus, das des Lazarus Nachbar ihm in etwa beschrieben hatte. Würde er abermals zu spät kommen wie einst zu Bethlehem, in einer für ihn unvordenklich lange vergangenen Zeit? Er klopfte an einige Türen. Weil Osterfest war, gab man ihm trotz der vorgerückten Stunde freundlich Antwort. Endlich! Die Frau, die ihm öffnete, nickte zustimmend. Ja, dies sei das Haus Josephs von Arimathäa. Ja, Jesus und seine Freunde hatten sich in einem

Zimmer im ersten Stock versammelt, um das Ostermahl miteinander zu feiern. Nein, sie wisse nicht sicher, ob sie noch da seien. Er könne gern selber hinaufgehen und nachsehen.
Hinauf, schon wieder hinauf! Seit er die Saline hinter sich gelassen hatte, mußte er immer irgendwo hinauf, aber nun trugen ihn schier die Beine nicht mehr. Dann war er doch oben, stieß eine Tür auf.
Das Zimmer war leer. Abermals war er zu spät gekommen. Der Tisch zeigte Spuren von einem Essen. Es waren noch dreizehn Becher da, nicht allzu tiefe, weite Schalen mit niedrigem Fuß und zwei kleinen Henkeln. Und in einigen noch ein Rest roten Weins. Und auf dem Tisch umher lagen noch Stücke von dem ohne Hefe gebackenen Brot, das die Juden an diesem Abend essen, zum Gedenken an den Auszug ihrer Väter aus Ägypten.
Ein Taumel überkam Taor: Brot und Wein! Er streckte die Hand aus, griff nach einem Becher, hob ihn an die Lippen. Und er langte nach einem Stück ungesäuertem Brot und aß es. Dann wankte er und sank nach vorn, doch er fiel nicht um. Die beiden Engel, die über ihm gewacht hatten, seit er frei war, fingen ihn auf in ihren großen Flügeln, und der Nachthimmel hatte sich aufgetan zu unendlicher Helle und Klarheit, und sie trugen ihn empor, ihn, der immer der Letzte, der ständig Zuspätgekommene gewesen war und der nun als erster das Sakrament der Eucharistie empfangen hatte.

Postskriptum

1 Als nun Jesus geboren war zu Bethlehem in Judäa, in den Tagen des Königs Herodes, siehe, da kamen Magier aus dem Morgenland nach Jerusalem.
2 Und sprachen: »*Wo ist der neugeborene König der Juden? Denn wir haben seinen Stern im Morgenland gesehen und sind gekommen, ihm zu huldigen.*«
3 Als der König Herodes dies hörte, erschrak er und ganz Jerusalem mit ihm.
4 Er versammelte alle Hohenpriester und Schriftgelehrten des Volkes und erforschte von ihnen, wo der Messias geboren werde.
5 Und sie sprachen zu ihm: zu Bethlehem in Judäa, denn also steht geschrieben durch den Propheten:
6 »*Und du, Bethlehem, im Lande Juda, bist keineswegs die geringste unter den Fürstenstädten Judas, denn aus dir wird hervorgehen der Fürst, der mein Volk Israel regieren wird.*«
7 Da berief Herodes die Magier heimlich zu sich und erfoschte genau von ihnen die Zeit, da der Stern erschienen war.
8 Dann sandte er sie nach Bethlehem und sprach: »*Gehet hin und forschet genau nach dem Kind, und wenn ihr es gefunden habt, so zeiget es mir an, damit auch ich hingehe und ihm huldige.*«
9 Als sie den König gehört hatten, zogen sie hin. Und siehe, der Stern, den sie im Orient gesehen hatten, ging vor ihnen her, bis er über dem Orte, wo das Kind war, ankam und stehenblieb.
10 Da sie aber den Stern sahen, hatten sie eine überaus große Freude.
11 Sie gingen in das Haus, fanden das Kind mit Maria, seiner Mutter, fielen nieder und erwiesen ihm Huldigung. Sie taten auch ihre Schätze auf und brachten ihm Geschenke: Gold, Weihrauch und Myrrhe.
12 Nachdem sie im Traum Weisung erhalten hatten, nicht mehr zu Herodes zurückzukehren, zogen sie auf einem anderen Weg wieder in ihr Land zurück.
13 Als sie weggezogen waren, siehe da erschien ein Engel des Herrn dem Josef im Traum und sprach: »*Steh auf, nimm das Kind und seine Mutter und flieh nach Ägypten und bleibe dort, bis ich es dir sage. Denn Herodes hat vor, das Kind zu suchen, um es zu töten.*«
14 Da stand Joseph auf, nahm in der Nacht das Kind und seine Mutter und zog fort nach Ägypten.

15 Und er blieb dort bis zum Tod des Herodes, damit erfüllt würde, was vom Herrn durch den Propheten gesagt worden ist: *»Aus Ägypten habe ich meinen Sohn gerufen.«*
16 Als Herodes sah, daß er von den Magiern hintergangen war, wurde er sehr zornig, schickte hin und ließ in Bethlehem und in der ganzen Umgebung alle Knäblein von zwei Jahren und darunter ermorden, entsprechend der Zeit, die er von den Magiern erforscht hatte. (Matthäus 2, 1-6)

Diese Zeilen des Matthäusevangeliums sind der einzige Hinweis auf die Könige aus dem Morgenland, der sich in den Texten der Heiligen Schrift findet. Im Markus-, Lukas- und Johannesevangelium ist von ihnen nicht die Rede. Matthäus gibt ihre Zahl nicht an. Daß sie drei betragen habe, wird im allgemeinen von den drei Geschenken hergeleitet, die erwähnt sind: Gold, Weihrauch und Myrrhe. Alles übrige entstammt apokryphen Texten und der Legende, so auch die Namen Kaspar, Melchior und Balthasar.

Der Autor hatte demnach jegliche Freiheit, um – aus dem Fundus seiner christlichen Erziehung und der von der Anbetung der Könige inspirierten, reichen Ikonographie heraus – Schicksal und Persönlichkeit seiner Helden zu erfinden.

Ganz anders liegen die Dinge bei Herodes dem Großen, einer historischen Gestalt, über die wir reiche Erkenntnisse besitzen, vor allem durch den jüdischen Geschichtsschreiber Flavius Josephus (37–100 n. Chr.). Das Kapitel über Herodes geht in erster Linie auf ihn, aber auch auf andere Quellen zurück, so insbesondere auf die Studien von Jakob S. Minkin und von Gerhard Prause.

Die Legende von einem vierten Magierkönig, der noch von weiterher anreist als die anderen, der zu spät nach Bethlehem kommt und bis zum Karfreitag umherirrt, ist mehrfach erzählt worden, so von dem amerikanischen Geistlichen Henry L. Van Dyke (1852–1933) und von Edzard Schaper (geb. 1908), der von einer russisch-orthodoxen Legende dazu angeregt wurde.

Anmerkungen

1 Paul Nizan.
2 Muhammad Asad.
3 Das Balsamodendron Myrrha.
4 Heute Kaspisches Meer.
5 »Sie erbauten zu Jerusalem eine Ringschule nach heidnischer Sitte. Sie beseitigten die Zeichen der Beschneidung, und so, sich vom Heiligen Bund lösend, gesellten sie sich den Heiden zu und verkauften sich zu sündigem Tun« (I. Makkabäer I, 14, 15).
6 Zweihundertfünfundzwanzig Meter.
7 Im Jahre 31 v. Chr.
8 Deuteronomium XII, 10.
9 Sprüche XXV, 27.
10 Matthäus II, 6, der dort Michäas V, 1 zitiert.
11 Die Oberfläche des Toten Meeres liegt vierhundert Meter tiefer als die des Mittelmeeres und achthundert Meter tiefer als Jerusalem.
12 Flavius Josephus, *Der Jüdische Krieg* IV, 8, 4.
13 Genesis XIX.

Inhalt

Marguerite Yourcenar

Eine Familiengeschichte

Gedenkbilder

Band 5472

»Gedenkbilder« ist der erste Band eines dreiteiligen Erinnerungswerks zur eigenen Familiengeschichte, das Marguerite Yourcenar, die große alte Dame der französischen Literatur, unter dem Titel »Das Labyrinth der Welt« veröffentlicht hat: ihre Spurensuche gilt in diesem ersten Band der Familie mütterlicherseits. Dieses Erinnerungswerk, dem die Kritik schon bald den Rang eines Klassikers der Autobiographie bescheinigte, verdankt sich der Essayistin, Dichterin und Historikerin Yourcenar gleichermaßen.

Lebensquellen

Band 5473

In diesem Band ihres großen Erinnerungswerks verfolgt Marguerite Yourcenar die Herkunft ihrer väterlichen Vorfahren. Ihre Darstellung gipfelt in dem Portrait ihres Vaters Michel de Crayencourt, diesem liebenswerten Aristokratensohn und Weltmann des fin de siècle, der das Spiel, das Geld und die Frauen liebt, allen Konventionen feindlich ist und leichtherzig ein Vermögen durchbringt. Halb Dandy, halb Abenteurer, ist er eine Gestalt, die einem Roman von Proust zu entstammen scheint.

Liebesläufe

Band 10499

»Liebesläufe«, der dritte Band zur eigenen Familiengeschichte liest sich wie ein großer Liebesroman. Er widmet sich vor allem jenen beiden Menschen und ihrem komplizierten Liebesverhältnis, die für die Kindheit der kleinen Marguerite am wichtigsten waren: das sind der vielbewunderte Vater Michel und die faszinierend unkonventionelle Jeanne, eine Jugendfreundin von Marguerites früh verstorbener Mutter.